新 潮 文 庫

# やぶれかぶれ青春記・大阪万博奮闘記

小 松 左 京 著



新 潮 社 版

11022

# 目次

# はじめに

小松左京という作家ほど、知名度の高さと実際の理解のされ方に開きのある作家はいない。『日本沈没』で知られるベストセラー作家」というイメージは流布《るふ》しているが、実際に作品に触れた人がどれくらいいるだろうか。SF好きであれば「日本SF界のブルドーザー」「星新一、筒井康隆と並ぶ御三家の一人」などというキャッチフレーズが浮かぶかもしれない。しかし、それらも小松左京の一面に過ぎない。小松左京という作家は、一言ではとても語り尽くせないのである。

言うまでもなく、小松左京は日本を代表するSF作家である。オールタイムベストのアンケートで必ず上位にランクインする『果しなき流れの果に』。ハードな破滅SFにして人類愛あふれる『復活の日』。人類の進化をテーマにしたSF青春小説『継ぐのは誰か?』。そして社会現象にまでなった『日本沈没』。いずれも日本SF史に残る傑作の数々であり、しかもそれを三十一歳のデビューからほぼ十年で矢継ぎ早に発表している。

生涯に書いた長編小説は十七作、中短編が二百六十九作、ショートショート二百五作。その内容もまことに幅広い。宇宙論SFの代名詞にもなっている「ゴルディアスの結び目」、幻想的な作品群「女シリーズ」、ホラーとして評価の高い「くだんのは」、歴史を素材にした『時空道中膝栗毛《じくうどうちゅうひざくりげ》』、自ら映画化もした宇宙SF『さよならジュピター』、日本SF大賞を受賞したポリティカル・フィクション『首都消失』……。あらゆるジャンルに及んでおり、小説の単行本だけで六十二冊を数える。

これだけでもその才能とエネルギーに圧倒されるが、これはまだ小松左京の、あくまで作家という「一つの顔」を語るに過ぎないのだ。その生涯をたどると、意外に知られていない、いくつもの顔が見えてくる。

「漫画家」としての顔。

小松左京は一九四八年、旧制三高時代に十七歳で漫画家としてデビュー。京大入学後も漫画家活動を続け、朝日新聞でも「京大生漫画家」として紹介される。当初は本名の小松實《みのる》名で、のちにはモリ・ミノルというペンネームで描いていた。モリ・ミノルには手塚治虫も一目置き、松本零士《れいじ》も中学時代からの熱心なファンだった。小松は長らく過去の漫画家活動を伏せてきたが、松本の説得で二〇〇二年、「幻の小松左京＝モリ・ミノル漫画全集」を刊行する。自ら製作・脚本・総監督まで務めた映画『さよならジュピター』では八百枚の絵コンテを描いたが、漫画家経験が生きたともいえる。

「放送作家」としての顔。

作家としての商業誌デビューは一九六二年だが、一九五九年から足かけ四年、ラジオ大阪の番組「いとし・こいしの新聞展望」で、夢路いとし・喜味こいしの演じるニュース漫才の台本を担当している。執筆枚数は一万二千枚。処女長編『日本アパッチ族』のヒントになった新聞記事は、ニュース漫才のネタ探しをしている時に目にしたもの。SF作家となってからも、ラジオ大阪では単発で構成を担当し、それが桂米朝との共演番組「題名のない番組」へとつながった。深夜番組として人気を博し、四年あまり続いた。

「大阪万博のブレーン」としての顔。

東京オリンピックの準備が進む一九六四年春、「次は大阪で国際博？」との小さな記事が新聞に載る。それに興味をおぼえた小松は、当時関西の文化サロン的な場となっていた『放送朝日』の関係者に話し、梅棹忠夫《うめさおただお》、加藤秀俊《ひでとし》らと「万国博を考える会」が発足。同会はあくまで私的な研究会に過ぎなかったが、そのレベルの高さと「理念なくして万博の成功はない」という指摘の鋭さによって、国家プロジェクトの渦中《かちゅう》に巻き込まれていく。小松はサブテーマ委員、テーマ館サブプロデューサーとして岡本太郎を支えた。また「万国博を考える会」とほぼ重なるメンバーで「未来学研究会」も発足、一九七〇年の国際未来学会開催へと至る。大阪万博での経験から、九〇年「国際花と緑の博覧会（花博）」では総合プロデューサーを引き受けることになる。

「ルポライター」としての顔。

その取材力、行動力、洞察力を買われ、デビュー当時からルポルタージュの仕事も多かった。一九六三年より『放送朝日』で「エリアを行く」を連載。SFルポという触れ込みだったが、西日本各地の歴史の深層をたどる面白いフィールドワークとなった。万博が終わってからは『文藝春秋』に「歴史と文明の旅」を連載。現地取材に基づいた読《よ》み応《ごた》えのある文明論である。このほか日本テレビのドキュメントシリーズのためにイースター島やストーンヘンジなどの巨石文明を取材。関西テレビ「河と文明」シリーズの取材で黄河、ボルガ、ミシシッピー流域を踏破。『黄河――中国文明の旅』『ボルガ大紀行』へと結実した。

まだまだある。『はみだし生物学』では当時の生物学の最先端を渉猟《しょうりょう》し、『地球社会学の構想』では人類全体をとらえる学問のフレームを提唱、『鳥と人』では文化史・経済学・生物学・動物生態学などのアプローチを総動員して「鳥と人間の関係」について考察している。文系理系を超えたあらゆる学問を咀嚼《そしゃく》し、吸収し、それを総合して文明論を提示する。あるいはまた、学問の水先案内人を務める。『未来の思想』『日本文化の死角』などの優れた評論を出すかと思えば、『学問の世界――碩学《せきがく》に聞く』(加藤秀俊との共著)では聞き手としてのセンスを見せてくれるのである。ルポ、エッセイ、評論など小説以外の単行本は七十冊を超える。

断片的な知識や借り物の論評ではなく、さまざまな知見を有機的につないだ厚みと奥行きのある思索。貪欲《どんよく》に学びながら、常にアウトプットするエネルギー。勤勉さとユーモア、最先端科学と古典的教養の同居。学究の徒でありながら実践者であり、プロデューサーでありながら職人であり、アジテーターでありながらオーガナイザーでもある。

小松左京とはそのような人であった。

本書は、そんな小松左京をあらためて知る手がかりにと願って、新潮文庫のオリジナル版として編まれたものである。二〇一一年に没して以降、漫画家時代の新たな資料も発見され、小松左京像も更新され続けている。そうした最新の成果も踏まえながら、作家・小松左京の原点を知るうえで必読のテキストを収めた。

第一部の「やぶれかぶれ青春記」は、『螢雪時代《けいせつ》』に連載されたユーモラスで半ばやけくそ気味な自伝的青春小説。戦時下の旧制中学時代と戦後の旧制高校生活、そのどちらも小松のバックボーンとなっていることがわかる。しかし、じつはこの「青春記」には書かれていない重要な事柄があった。それは何か、そしてなぜ書かれなかったのか——。子息・小松実盛《さねもり》氏の寄稿も併せてお読みいただきたい。

第二部は「大阪万博奮闘記」として二編を収めた。「ニッポン・七〇年代前夜」は万博後に「万国博を考える会」をめぐる顚末《てんまつ》について『文藝春秋』に書いた手記。当時の生々しい舞台裏がうかがえる。「万国博はもうはじまっている」は、小松の「万博の理念」への思いが伝わってくる文章である。また、小松と共に「万国博を考える会」「未来学研究会」の活動に奔走した加藤秀俊氏から、このたび新たに証言をいただいた。この場を借りて御礼を申し上げたい。梅棹忠夫氏を含めた三人の濃密な関係、京大人文研という学際的な学問文化の中で、小松がその「総合的知性」をいかんなく発揮していた様子が浮かび上がってくる。

「万国博はもうはじまっている」に小松らしい一節がある。

「私たちの目的は、あくまで、人類全体のよりよい明日を見出《みいだ》すこと、矛盾を解決し、よりいっそうゆたかで、苦しみのすくない世界をつくりあげて行くことであって、万国博はそういう目標にそった情報の、世界的な交流の場として、つくられなければならない」

万国博を貿易振興の道具程度にしか考えていなかった官僚に対して、小松は「人類全体のよりよい明日」を掲げ、ときに怒りながら、理念と言葉の大切さを熱く説いたのだ。

このとき、小松左京は三十五歳であった。

（新潮文庫編集部）

# やぶれかぶれ青春記・大阪万博奮闘記

# 第一部　やぶれかぶれ青春記

# やぶれかぶれ青春記

## まえがき

編集部の注文は、大学受験期を中心とした、「明朗な青春小説」というものだった。——そして、それは私自身の自伝風のものであること、という条件がついている。ところが、実をいうと、この二つの条件は完全に矛盾する。私自身の青春は、「明朗」どころではなかった。半分は時代のせいもあり、あと半分は、おそらく私自身の性格と、そのころまでにうけてきた教育とのせいもあって、何とも彼《か》とも、陰惨なも

のだった。いま思いかえしてもぞっとする。汗くさくて、不細工で、何でもなく、「青春」とははたで見るほどすばらしいものでも何でもなく、はずかしくって、何ともやりきれないものである。太宰治のいうように、「眼を閉じると、毛だらけの怪物が見える。はずかしくって死にそうだ」といった時代なのである。ニキビは出る。女の子の前で「いいかっこ」をして見せたくなる。ほかの連中が自分よりはるかにスマートに、かしこく見える。時間はある。金はない。「してはいけないこと」がまだたくさんあるのに、「しなければならないこと」がどんどんふえてくる。ヒゲがはえ、オナニーの味をおぼえ、遊びをはじめとする行動のスケールは、中学校時代よりさらに一段と大きくなってくるのに「受験勉強」という憂鬱《ゆううつ》きわまるものがさしせまってくる。ハメをはずすと教師はにらみ、親父《おやじ》はにがい顔をし、おふくろは溜息《ためいき》をついたり泣き言をいったりする。体は大きいのに、世の中の事はまだよく知らない。知らないのがはずかしいから、時には虚勢を張り、背のびをし、はじをかいて、いっそうみじめな気持ちになる。――ああ、何とやりきれないではないか。

もし、読者の中で、自分はそんな事はない、自分の青春は、目下バラ色であって実にすばらしい、という人がいたら、その人はとりわけ幸運な星のもとに生まれた人である。ひょっとしたら天才かも知れない。もし、読者の大多数がそうであるというな

ら――これは日本の戦後教育が世界に冠たる大成功をおさめつつあることであろう。

だが、私はほとんど確信をもっていえる。現在の日本の青少年教育が、そんなにうまい具合にいっているはずはない。もしいっているのなら、シンナー遊びやハイチャンパーティなどが問題になるはずもなく、大学があんなにドンガラガッチャのありさまになるはずはないではないか！

さよう――私は、実際に、諸君の年齢の若い人たちを多く知っている。そのほとんどの人たちは、青年期特有の、実にすなおで、みずみずしい感覚とまた、するどくて明るい知性をもっている。そして、その若竹のような青年たちの中に、それとまったく裏腹のような、汗くさい、羞恥《しゅうち》にみちた、どうにもやりきれないものが存在しているのだ。見たところ、最高にかっこよく見える「スター」である若者たち――GS（グループ・サウンズ）や、テレビタレントや、若きイラストレイターやデザイナー、あるいはすごいスポーツカーをすっとばしているような若者たちが、その華やかにかっこよい外観の奥に、それこそ陰惨ともいえるほどの、弱々しいコンプレックスをかかえていることを、私は彼らに直接あうことによって、はっきりと知った。とりわけ「つくられた」スター、マスコミの虚名によるスターの若者たちは、平凡な状況におかれながら、自分の力で、悪戦苦闘しつつ、「おとなとして生きはじめること」に習

熟して行き、ごくわずかずつではあるが、自分の手で何かをつかみつつある「ふつうの青年」とちがって、まことに正視にたえられないような、陰惨な内面性をもっている事がよくあった。

さよう――そこをくぐりぬけてふりかえってみれば、青春とはまことにやり切れない、正視にたえないようなものである。私の伜《せがれ》は、いま八つと五つであって、かわいいさかりである。しかし、この伜どもが、おいおい大きくなり、骨組みががっしりして、私より背が高くなり、喉仏《のどぼとけ》がとび出し、ひげがはえ出し、体から何ともいいようのない、猛烈な汗っくささを発するようになり、ニキビッ面《つら》をつき出し、野太い声で「おう、親父さん。小遣いくれよオ」なんていう所を想像すると、それだけでもいたたまれなくなり、そうなる前に蒸発したくなってくる。ましてや、この伜どもが、恋に煩悶《はんもん》したり、生かじりの思想問題に悩んだりしている所を想像すると、こんな原稿なんかうっちゃっちまって、たった今からでも、書き置きおいて、家出したくなる。

だがしかし、そうも行くまい。――人間は、その時期を通過しなければ、生理的に「おとな」になれないという、まことに奇妙な宿命をせおっている。うまれてから死ぬまで、そのところどころに、成長の「節《ふし》」があって、これはまだ今の所、人類の科学技術をもってしても、どうにもならない。それは、四十億年という、長い生物の進化のあとを背負っているのだ。昆虫でいえば、幼虫から成虫に変態する間の、蛹《さなぎ》という、「死」と「変貌《へんぼう》」を同時に封じこめたような時期——それが人間の場合、生理的には「ホルモン・ラッシュ」という異様な成長期、すなわち青春にあたるのだ。この生理的であると同時に、精神的、かつ経験的な大変動期を通過しないことには、人間は「成体」つまりおとなになれない。未開原始の時代から、この時期に、重要な「通過儀礼」というものがおかれてきた。この時期にさしかかると、若者たちは多くの場合、若者ばかり集められ、おとなになる準備のために、特別の訓練や潔斎《けっさい》をはじめる。日本の農村に古くからある「若衆宿」や「娘宿」の制度も、その一つである。やがておとなになる「試験」の日がやってくる。その試験は、未開民族の間で、実にさまざまだ。ある場合には、おとなたちにおどかされたり、肉体的な苦痛をあたえられたりする。ある場合には、たった一人で、槍《やり》と楯《たて》をもって、長い旅に出かけ、ライオンなりモグラなりをしとめ、その武勇のしるしを持ってかえらなければならない。もっとひどい場合には、他部族の家畜を盗んだり、首をとってきたりしなければならない。あるいは、長老と問答したり、何日間も断食したり、毛布にのせられて空中高くほうり上げられたり——とにかく、何らかの形で「試験」をうけ、その試練の中において、それまでの弱々しい「若者」は死に、一人前の堂々たるおとなが、「新しく誕生する」

という意味の、象徴的な儀式をおこなう社会が多いのである。——その未開社会における「試練」が、現代社会においては、「大学受験」にあたるような気がする。

いずれにしても、青春は、生理的・精神的に、大変な「疾風怒濤《シュトルム・ウント・ドランク》」の時期である。なまぐさい生が、体の内部から湧《わ》き上がり、はじけ、それは屢々《しばしば》暗黒の「死」の淵《ふち》にのぞんで、いっそうはげしく燃え——時には、陰惨なまでに暗く、混沌《こんとん》と煮えくりかえっている。子供の時のほうが、うれしい時ははじけるようにうれしく、悲しい時にはわあわあ泣き、はるかに「明朗」であるが、青春は決してそうでない。そのひ明るさには、暗い肉のいきづかいがそい、苦痛や屈辱も、もはや手ばなしでママのひざにすがって泣くことができないために、重く屈曲して内攻し、やがてはげしい、何ものに向けられているかわからない怒りとなって沸騰《ふっとう》し——そういうものなのだ。青春は。

まして、私の場合など、この時期と、戦争、戦後という日本の社会の、歴史的異常状況とが重なってしまったから、とても「明朗な青春」などというものではなかった。なにしろ妙な時代に生まれたものである。私の生まれた昭和六年には、満州事変がおっぱじまり、小学校へ上がった十二年には日中戦争がはじまった。五年生の時太平洋戦争がはじまり、中学校にはいった年に学徒動員計画がはじまった。徴兵年齢が一年ひきさげられて、学徒兵の入隊がはじまった。中学二年の時にサイパン玉砕、中学生の工場勤労動員がはじまり、B29の大空襲がはじまる。中学三年の時には大阪、神戸が焼野が原となって終戦、あとは占領下の闇市《やみいち》、食糧欠乏の大インフレ、預金凍結、新円切りかえ、中学五年で旧制三高にはいったと思ったら、その年から学制が現在の六三制にかわり、旧制一年だけで新制大学第一期生に入学、その年日本は、大労働攻勢と、大レッドパージの開始で、下山、三鷹《みたか》、松川事件と国鉄中心に怪事件が続発し、翌年朝鮮戦争勃発《ぼっぱつ》……。政治、思想、人生などの諸問題、そして何よりも飢餓と貧困にクタクタになって、やっと昭和二十九年、一年おくれで卒業した時、世の中は「もはや戦後ではない」という合い言葉とともに「神武《じんむ》景気」「技術革新《イノベーション》」の時代に突入しつつあった。その年、家は完全に倒産した。

こんなぐあいだから、わが青春が「明朗」であろうはずがない。全身大ヤケドをおったみたいなもので、それから十年以上たって、最近ようやくその上に薄皮がはってきたばかりであり、今でもそこらへんをさわると、とび上がるほど痛くて七転八倒する。やっと、戦争中、十四、五歳のあたりの、ほんの小さなかさぶたを、おずおずはいでみたりしている程度である。――イナバの白兎《しろうさぎ》みたいに、「皮をはがれて赤ハダカ」になったものの、のんびりガマの穂にくるまってばかりもいられず、何とか生きて行かなくてはならないので、今の所、この薄皮をはがすわけにはいかない。それは、もっとずっとあとのことになるだろう。——したがって、「自伝風の」「明朗な」青春小説など、とても、書けるわけはない。

しかしながら——これも、諸君はよくご存知のことと思うが——青春とは、途方もなく暗く、陰惨で、息苦しいものであると同時に、一方では、途方もなく無責任で、間がぬけていて、ムチャクチャで、ばかばかしくて、素頓狂《すっとんきょう》で、おかしいものなのである。青春の中で起こった事件は、その一つ一つが、自分自身にとって鋭い痛みをともなうものであるにもかかわらず、客観的に見れば、三派全学連の諸君の叫ぶように、「ナーンセンス！」であり、「マンガ」でもあるのだ。若さの中には、はてしなく暗く、重っ苦しいものがある反面、それと同じくらい底ぬけに明るく、軽く、強靱《きょうじん》なものもふくまれている。——人間とはよくできているもので、青春という、一種猛烈な、熱病的状態を通過するために、そのはげしい動揺をたえぬく力も、青春という状態そのものの中に、ちゃんとそなわっているのだ。自分と世界を、強烈に否定してしまおうとする青春特有の衝動は、自分を破滅の淵にたたせると同時に、何も彼も否定することそれ自体によって、新しい「自分」を、それまでの世界と自分の外にうちたてる。

こうして、青くさい自分と、それを包む古い世界とから徐々にぬけ出すことによって、若者はしだいにたくましい「おとな」になって行く。

まったく、青春そのものの中に、赫々《かくかく》とした「強靱な明るさ」というものがふくまれていなければ、思いかえしただけで、気が変になりそうなあの陰惨な時期を、切りぬけることができたとも思えない。戦時中、あれほど飢え、あれほど疲れ、あれほど教師に殴られ、空襲と、近づく「一億玉砕」の時を前にして、一方でどうしてあんなに、底ぬけに陽気で、ばかないたずらばかりしていられたのか、どうにも説明がつかない。

申すもはずかしい事ながら、私は「青春」の間に、三度、自殺未遂をやらかした。最初は、中学二年、まだ十四歳の時で、いたずらをやった仲間をかばったばかりに、教師からあまりに理不尽な拷問《ごうもん》にひとしい体罰をうけたので、学校の小使い室の大釜《おおがま》に青酸カリをほうりこみ、教師全員を殺して自分も死のうと思いつめた。その時は、かばってやった当の仲間から、私だけがつかまったまぬけさを嘲笑《ちょうしょう》されて思いとどまった。——二度目は、すでに大学にはいっており、思想上のあることを思いつめて四日間一睡もできず、五日目ついに決心して、安全カミソリで手首の静脈を切り、ぬるま湯をはった金だらいにつけた。つけて五分もしないうちに、前をラーメン屋の屋台が通り、とたんに腹がキュウグウーとなり、自分が二日間何も食べてないことを思い出して矢もたてもたまらず、大急ぎで自殺を延期し、屋台を追いかけてラーメン二杯とワンタン一杯を食い、食うと急にどっと眠くなって三日ぶっつづけにねて、起きた時には自殺の決意は雲散霧消してしまっていた。まことにきまりが悪いが、あの時ラーメン屋が通りかかり、私のはしたない胃袋が、きわめて健康で明るい音をたててくれなければ、今こうしてこの原稿も書いてないだろう。

こういったぐあいで、一方において陰惨で目をそむけたくなるような自分の青春の一齣《ひとこま》一齣には、必ず腹をかかえたくなるような、バカバカしさがよりそっている。それは「明朗」というようなものでは決してないが、ただひたすら一方的に悲痛、陰惨なものでなかったことも、またたしかなのである。そこで、SF界きってのマジメ男で通っている私、また「鬼の大松、仏の小松」とならび称されるほど気のやさしい私としては、せっかくの編集部の意向にそうために、私自身の青春を、なるべくそのバカバカしい面からとり上げて書いてみようと思う。バカバカしさのむこうに「暗さ」がすけて見えることがあるかも知れないが、それはやむを得ない。何回もいったように、青春というものは決して一方的に「明朗」なものではあり得ないのだから。

お前、アホやなあ……

剃刀《かみそり》のように鋭く冷たい風が背後の山から山腹の校庭に吹きおろしてくる厳寒二月の夕まぐれ、もう生徒はみんなかえって、人気《ひとけ》のなくなったうす暗い校舎の中から、一人でぼそぼそ出てきた少年があった。

頬《ほっ》ぺたが青ずんで腫《は》れあがり、唇《くちびる》はふくれあがり、ゲートルを巻いた脚はチンバをひいている。

——蚊帳《かや》地のように一目のあらい、紙みたいなスフの制服の胸ポケットには、つるが折れ、レンズが片方なくなった眼鏡をさし、襟《えり》の所にはⅡの襟章がついていて、二年生とわかる。強度の近視の眼をしきりにしばたたいているのは、眼鏡がこわれたせいばかりではなさそうで、眼の縁が両側ともくろずみ、明らかになぐられてはれ、泣いてはれたあとを、水で冷やした形跡があった。

とりわけあわれをとどめるのはその服で、胸ポケットが半分とれかかり、両肱《りょうひじ》に穴があきかけているうえに、五つのボタンが全部とれてしまい、風が吹くたびにパーッと前がひらくので、それを手でおさえるのだが、びっこをひく辛《つら》さについ手がおろそかになると、待ちかねたように氷のような風がビュッと吹きつけて前がひらいてしまい、その下の、たった一枚のうすいランニングシャツがむき出しになり、瘠《や》せた胸もとの皮膚が鳥肌だって、歯をガチガチいわせた。

この何とも情ない少年が、中学二年三学期半ばの私の姿であった。——昭和二十年二月初めである。

なぜこんな、情ない恰好《かっこう》になったかについての説明はあとまわしにして、なぜこんな所から話をはじめたかについて、ちょっと説明しておこう。その何ともあわれにしょぼくれた姿は、私自身の「青春」の記憶の原点にあるものであり「中学時代」を思い出そうとすると、どういうわけか、必ずまっ先に、この時の恰好が思い出されるのだ。その恰好はまた、当時の中学生の生活の典型的な一断面をあらわすものでもあったのである。

まず、その点から説明しよう。

これはもう、ご存知のことと思うが、昭和二十三年いわゆる六・三・三制が実施されるまでの日本の学制は、六・五・三・三制だった。小学校の義務教育六年はかわらないが、ここからコースが二つにわかれ、「高等小学校」二年間のコースへ進むものと、中等学校五年間のコースへ進むものとがあった。したがって、当時の「中学校」

といえば、現在の新制中学と、新制高校二年までを連続させたようなものになってお り、その次に、蛮《バン》カラとストームと落第《ドッペリ》と、高邁《こうまい》にしてチンプンカンプン、やたら深刻で哲学的・文学的な、旧制高等学校、高等専門学校（大学予科は二年間）の三年間がくる。いわばこれが、現在の大学の、「教養課程」に相当する期間だが、しかし、この「旧制高校」の実態は、現在の大学教養課程のそれと、へだたることははなはだしいものがある。そして最後に、三年間の「大学」生活がくる。これは、現在の二年間の「専門課程」にあたるが、ここまでくれば、もはやデタラメな「高等学校生活」とはガラリとかわった落ち着きぶりを見せ、身なりもととのい、言葉つきも紳士的でおだやかになり、遠くから一瞥《いちべつ》しただけで、頭痛の起きそうなぶあつい原書をかかえ、大判の大学ノートを何冊もつみあげて、それにぎっしりと書きこみを行う、といった深遠にしてはかりがたい――と、当時の中学生たちは思っていた――生活がはじまるのであった。

というわけで、当時の「中学」といえば、満十二歳ではいって十七歳で卒業という、いわば少年期を出かかる所からはじまり、青年期に一歩ふみこんだ所でおわる、一つのコースだった。私はちょうど、そのコースの五分の二を終えようとしていた。最初の一年間は、無我夢中だった。二年になると、中学生活の「要領」もおぼえて、少しは楽に息がつけるようになった。しかし――太平洋戦争の戦局は、日毎に急迫をつげ、一年の時に、それまであった、学生の徴兵猶予《ちょうへいゆうよ》がとり消されて、私の従兄《いとこ》は学徒出陣で出征した。緒戦で占領した南方の島々では次々「玉砕」があいつぎ、ついに昭和十九年の冬から、サイパン、マリアナ諸島からのB29の空襲がはじまり、それも日を追うてはげしくなりつつあった。

その時の私の姿は、いわばそういった時代の中学生の、一典型であった。――顔がはれあがっているのは、教師にぶんなぐられたからであり、眼鏡が折れたのもそのせいだった。みんなかえってしまった日暮れ時にふらふら出てきたのは、その時刻までのこされていたからであり、脚をひきずっているのは、ゲートルをまいたまま四時間半も、教員室の床に正座させられていたからである。

この「ゲートル」というものを、諸君はご存知であろうか？　ご存知であっても、巻き方を知っているであろうか？　――なまかじりの大学生に質問したところ、「ゲートル？　――ああ、ガーターのドイツ語読みね」

なんていったが、あの靴下をとめるやつではないのである。日本名を「巻脚絆《まききゃはん》」という、不思議なものである。早くいえば、幅十五センチ、長さ約二メートルほどの、ほそ長い布であって、一端に紐《ひも》がついている。こいつをズボンの裾《すそ》から上へむかってぐるぐるまきつけ、膝《ひざ》の下で紐でむすぶ。ふくらっぱぎがふくらんでいるので、ただまきつけただけではずっこけてしまうので、途中二回ほど折りかえさなくてはならない。――要するに山野を行くとき、ズボンの裾が草木にひっかからないように、また脚の疲れを防ぐように巻きつけるもので――そう、戦争中の写真や映画をごらんになった方は、ご存知だろう。日本の陸軍の兵士が、脚にまきつけていたものだった。

もともと、こんなものは、中学生がつけるものではなかったのだが、中学校で軍事教練がはじまってから、教練の時まくようになり、戦争がはじまるや、長いズボンをだらだらさせているのはよろしくない、というので全国中学で、登下校時につけることになった。戦争がたけなわになると、おとなたちもつける事を強制されはじめ、陸軍の軍服と、おなじ緑がかった黄土色（当時は「国防色」とよばれていた）で、軍服とよく似たデザインの「国民服」というのをつけ、カッチョ悪い、陸軍兵士型の「戦闘帽」をかぶり、ふつうの背広を着ているおとなでも、戦闘帽とゲートルは、つけなければならなくなった。――女は、老若《ろうにゃく》和洋装を問わず、すべてモンペである。要するに、当時日本の男たちは、みんな陸軍の兵隊、ないしは土方みたいな恰好をしていたのである。

このゲートルを、きっちり巻いたまま――ゆるく巻くと、教官や上級生にどやされるし、駈《か》け足の時などすぐゆるんでしまった――ドタ靴をはいたまま、床の上に四時間半も正座させられると、まあどんなことになるか想像してごらんになるがいい。

さらにもう少し、服装の説明をつづける。「蚊帳地のように眼の粗い、スフの服がひるがえると、その下から、ランニングシャツ一枚の瘠せた胸が見えた」というのは、ちょっと註釈がいる。

スフというものをご存知かな？

正式にいえば、「ステープル・ファイバー」その「ス」と「フ」をくっつけてスフだ。――紙と同じ原料の、パルプからつくった人造繊維で、まあ人絹の親類と思っていただいたらよろしい。人絹とちがって、綿糸の代用品で、これに対立する言葉が「純綿」である。戦中世代の連中が、ちょくちょく使うから、注意してみたまえ。戦時中、外国から綿花や羊毛がはいらなくなってしまい、わずかに植民地からまわってくるやつは、全部軍用にまわされてしまって、国民は、衣料に事欠いた。国産で大量にできる絹も、パラシュートにつかわれ、また桑畠《くわばたけ》が芋畠になったりして、減産し、ほとんど手にはいらなかった。とりわけスフ混紡でない「純綿」は、庶民の憧《あこが》れのまとになり、ついには、麦や大豆をまぜない白米の飯のことを「純綿」とよぶようになった。

このスフも、最初は綿製品にまぜて、綿糸の節約につかわれていた。ちょっとまぜただけで、その綿製品はたちまち弱くなった。そんな製品でさえ、当時は、役所からのわり当て配給制で、一人年間何ヤールときめた「衣料切符」というものがあり、これをもって行かなくては売ってくれなかった。

そして、私の中学校にあがった昭和十八年には、ついに配給の制服は、オール・スフになってしまった。

スフは今でもタイヤの中の補強コードなどにつかわれている。——しかし、当時の衣料品としてのスフは、まことに品の無い、涙の出るほど弱い繊維で、ピカピカ光ってベラベラであり、水につけてしぼろうとするとたちまち破れてしまい、ひっぱればだらしなくドレンと伸び、雨にあえばくちゃくちゃにちぢみあがり、保温効果は小さく、手ざわりは冷たく、いい所なしみたいな繊維だった。

私の、二年ほど上の学年までは、それでも綿の制服が配給になった。一年上が混紡になり、私たちにいたっては、戦闘帽型のカッコ悪い制帽から、服、ゲートルまで、オール・スフだった。帽子の裏の汗どめ紙の糸にエナメルをぬったやつである。ゲートルも、ゆるく巻くとすべってズッこけ、きつく巻くと、途中でぶっつり切れてしまって、泣くに泣けない思いを味わう。

その下に「ランニングシャツ一枚」というのは、これは私の通っていた中学校が、とんでもないスパルタ式、軍国主義的な学校で、たとえ厳寒であろうとも制服の下はシャツ一枚、パンツ一枚それも長袖はだめ、半袖までで、風邪をひいた時以外は毛織物、毛糸製品、パッチなどもってのほか、というきまりがあり、冬の服装検査には、毛のシャツを着ていないか、シャツを二枚以上着ていないか、厳重にしらべられたのである。

瘠せたからだというのは――今の私の姿からは想像もできまいが――とにかく当時は、一日の配給米、十五歳以下二合三勺《じゃく》、それも当時は食糧事情いよいよ切迫し、米は一か月のうち十日分しか配給されず、もちろん肉なんて影も形もなく（仲間と一二度蛇を焼いて食ったが）、魚はプンとアンモニアくさいサメの肉、米がわりの芋の配給されるうちはまだよくて、虫食い大豆、乾《ほ》したトウモロコシ、団栗《どんぐり》の粉（青くさいので閉口した）、大豆油をとったあとの豆粕《まめかす》（当時の家畜の飼料である）といった、およそ不思議なものが配給され、おまけにうちのオヤジがこれまた軍国オヤジで、政府は、国民が生きて行けないようなものを配給するはずはない、とがんばって、闇米を買わなかったから、私は一日五勺、ほぼ一握りの米と、煎《い》った大豆、カボチャ及びカボチャの茎と葉、ドングリの粉によって、ガリガリにやせていた（おお神様！――

私の上にそんな日が再びくるでしょうか？　計算してみたら、現在の私の体重は、当時の二・五倍強になっている)。

そういうわけで、こういうあわれな恰好になっていたのである。

ところで、服のボタンが一つもない、というわけは？　——それをこれから語らねばならない。

その日の四時間目は軍事教練だった。

三学期が終わって、三年になれば、みんなすぐ工場動員に出かけて、旋盤《せんばん》や溶接器《ようせつき》をあつかわねばならない。その時の三年生以上は、みんなもう、造船所へ動員されていた。——私たち二年生もすでに、度々《たびたび》かり出されていた。農繁期の農村の手つだい、林の伐採、高射砲陣地の砂運びなどに、度々かり出されていた。なにしろ、働きざかりの若い男子が、ほとんど戦場に送られてしまったのである。大学生は学徒出陣し、中学生の中からも、予科練や陸軍幼年学校、陸軍士官学校や海軍兵学校の予科へ、ぞくぞくとはいっていった。のこった連中も、十五歳、中三以上はすべて、軍需工場などへ、少年工としてかり出された。

そして、一方では、関西もいよいよ空襲がはげしくなり、他方では、慢性的飢餓である。——どうせ、もうじき工場行きだ、授業なんかやってもしようがないという気分が、みんなの間にみなぎっていた。

おまけに、その時の教官が、新任の年よりのみるからに鈍重そうな准尉《じゅんい》どので、ひどいズーズー弁だった。——都会ッ子のいやらしさで、私たちはみんな、この新任の退役軍人を、ひどくバカにしていた。

その事を思うと、未《いま》だに胸がいたむ。——もう一人教官がいたが、その人は、頭の切れる、カッコいい少尉だったので私たちは尊敬していた。少年というものはいやらしく、情容赦《ようしゃ》なく残酷なものである。戦争中、あれほどなぐられ、きびしく抑圧される立場に立たされながら、当時からすでに、カッコいい先生には人気が集まり、カッコ悪い先生はかげでバカにしていた。しかし、下づみの兵隊からたたきあげたその准尉どのが、いかに「たたきあげ」らしいいやらしさを持っていようとも、それにしても、彼の滑稽《こっけい》な容貌、鈍重な動作、ズーズー弁などを、嘲笑《あざわら》うべきではなかった。——それは、人間として下劣で、卑怯《ひきょう》で、恥ずべき事だ。にもかかわらず、集団として、それをやってしまう残酷さ、抑制のきかなさが少年にはある。

どうも、説教めかして恐縮だが、諸君も、少年や若者の——つまり君たち自身の年代に特有の、人の弱点を情容赦なく攻撃する残酷さについては、よく知っておいてほしい。しかし、同時にまたそういったものとはげしく対決する純粋さも、若者特有のものである。たとえ、相手が卑怯で、君たちに危害をくわえようとも、こちらは、絶対に、相手のどうしようもない弱味をつくような、卑怯下劣なまねをしない、という純粋さも。

話をもどそう。——たびたびいったように、山から霰《あられ》まじりの風の吹きおろすすごく寒い日で、慢性的空腹が、もっともはげしい空腹になる昼食時前、そして教官は日頃バカにしているズーズー弁だ。クラスのみんなが若干だらけた気分になったのも当然であろう。

そのうえ、始業の鐘がなり、五分たち六分たっても教官はあらわれなかった。——教練がはじまればいいが、吹きっさらしの運動場で、スフの服に薄着で、じっと立っているとどうしようもなく寒い。みんなガタガタふるえ出した。

「おい、週番、職員室見てこいよ」と誰かがいった。

「休みで自習かも知れんぞ」と別のものがいった。

「そうなっとったらええけどな……」ともう一人がいった。「寒いし、腹へってかなわん」

週番——これが隊長役をする——が職員室へ走って行ったが、すぐかえってきて、

「いまくるぞ」といった。

チェッ！　と四、五人が舌うちした。

まもなく教官どのがあらわれた。バリッとした純綿の、あたたかそうな軍服に皮の長靴をはき、歯をチェッチェとせせりながら。

「なんや、あいつ——先に飯食っとったんや」と誰かがとげとげしくささやいた。

こうして、歩いたりかけたり、教練がはじまった。——じいさん准尉のやり方は、変化が乏しく、ばかばかしかった。

しかし、あまりダラダラやりすぎたので、さすがに彼も気がついた。

「なんだ！　貴様ら寒いからといって、だらけとるな！　——気合をいれてやる！」と、教官はどなった。「運動場の端まで、匍匐《ほふく》前進！」

みんなの間で、ぶつぶついう声が起こった。

匍匐前進とは、敵前で、相手に見つからないように、あるいは弾丸にあたらないように、地面に伏せ、肱と膝とではって行くことである。——運動場の端から端まで、ざっと二百メートル、伏せた大地は氷のように凍《い》てつき、おまけに崖《がけ》の斜面をけずってつくったので、角の鋭い小石だらけときている。

二百メートル——歩けば何という事ない距離だ。だが絶対に腰を立てないで、肱と膝だけではってみたまえ。相当なものだ。みんな掌をすりむき、額に汗をかいてやっと端に達した。

「よす！　もう一度！」と教官はどなった。みんなうらめしそうな顔で、またのろのろと膝をついた。――ダラダラすんな！　と教官は竹の鞭《むち》でピシリと背中をたたき、腰が高いと長靴でふんづけた。

二度目の二百メートルにはさすがにこたえた。何人かの連中の、うすいズボンの膝がやぶれ、膝を注意した私は両肱がぬけた。

「服が破れる！」と誰かが憤懣《ふんまん》をこめてやや声高にいった。「一着しかないねんぞ。どないしてくれるねン」

のこのこ歩いて近づいてくる教官に、数人が、――そしてオッチョコチョイの私も――、きこえよがしにいった。

「服が破れますゥ！」

「なにおッ！」とたんに、教官がえらい見幕でとんできた。

「教練中に服がどうスた！」とたんに、手なれた、ぶあつい総ビンタが、あっというまにクラス中を一往復した。

しかし、それで彼の逆上がおさまったわけではなかった。

「今服が破れるといったやつは誰だ？　いえ！　――お前か？　お前か？」一人ずつ、竹の鞭でグイと胸や腹をつかれてよろけた。――何しろ、大男の、おとなの力だ。

ちょうどその時、四時間目終了の鐘がなり他のクラスの連中がぞろぞろ校庭に出てきて、飯を食いはじめた。――私たちの中学は、妙な伝統があって、弁当は酷寒の真冬だろうが、炎熱の夏だろうが生徒はみんな、運動場で立って食うのである。お茶は絶対のませない。雨の日は集会場で、やはり立って食う。風の強い日なぞ、砂がはいってじゃりじゃりになる。

「よス！　いわんのなら飯を食わさん。いったやつが名のり出るまで、全員そこで立たスておく」

みんなは、寒さのため以上に青ざめた――その教官なら、ほんとに午後の授業をつぶしてもやりかねないからだ。

「おい……どないしょう？」というささやきがつたわってきた。

「手をあげようか？」

言ったのは四、五人だった。四、五人のために、クラス全員をまきこむのは――と、私も青くなりながら思った。

「名のり出んのか？　週番、お前見とったろう――級長はどうだ？　いえ、どいつだ？」

見ませんでした。と週番がこたえるとそれで週番がつとまるか、とはりたおされた。

「おい……手をあげようや」とまた別の声がささやいた。「一、二の三で、いっしょに手をあげよう」

「しゃあないな、――やるか」

「そんなら行くぞ。――一、二の三！」

私も覚悟をきめ、さっと手をあげた。――とたんに、妙な悪寒《おかん》に似たものが、全身を走り、私はアッと内心で声をあげた。

ささやくようなかけ声にのって、手をあげたのは、私一人だったのである！

「貴様か！」

見上げるような教官の姿が、突進してくるや、眼から火がとび出し、グワンと耳が鳴った。眼鏡がポッキリ折れてはねとんだ。

「この服が何じゃ！　この服が破れると？」

むんずと服の裾をつかむと、教官は力いっぱいひっぱった。五つのボタンが、小石のようにはねとぶのを、私はぼんやり見ていた。また三つ、四つと、立っているのがやっとぐらいの打撃が顔をおそった。

「貴様一人じゃなかろう。いっしょにいったやつは誰じゃ？」と教官はいった。

「知りませんでした」と私はやっといった。

「何？——貴様、悪いことをしたやつらをかばう気か？」

今度の拳固《げんこ》で、とうとう私はぶったおれた。ひきずり起こされて、またぶったおされた。

「どうスてもいわん気なら、職員室へこい」と、教官はいった。「あとのものは解散」

かくて——、

職員室につれて行かれ、ゲートルを巻いたまま床の上にすわらされ、なぐられ蹴《け》られ、ごつい長靴で膝の上にのられ、さらに私の担任の教官が出てきて、軍事教官に対する点数かせぎに、私を投げとばした。（私はこの軍事教官には、あまり恨みを抱かなかったが、この時の担任の教官は、いろいろの事があって、未だに許す気になれない）

「いっしょにいうたやつの名まえをいえ」と二人のごついおとなは私を責めた。「ええか——貴様まちがっとるぞ。たとえ友だちでも、悪いやつをかばうのは、非国民じゃぞ。言うたらかえしてやる」

私には、いっしょにいったやつの名まえはわかっていた。一、二の三と合図したやつも――。しかし、どういうわけか私は最後まで相棒の名まえをいわなかった。非国民だっていいや、と私は脚の痛みに失神しそうになりながら思った。

戦時中という時代を知らないかたにはちょっと想像がつかないかもしれない。――非国民といわれる事は、非人間、敵、犬畜生といわれたのと同様であり、まして当時私はまだ十四歳だった。それをいわれた時の絶望感は、眼の前がまっくらになったみたいであり、そうどなられ、二、三人の教官によってたかって罵倒《ばとう》され、拷問されながら、なぜ私が、最後まで仲間の名まえをいわなかったのか、今思うと不思議なくらいである。

――しかし、その時、「聖戦」下の「非日本人」といわれながらも、友人を裏切らなかったという事が、あとあと私の人生にとって、重大な意味をもつ事になった。それは、「国家」よりも「主義」よりも、具体的な「人間」――とりわけ「友人」のほうを大事にする、という一つの行動原理を私の中に確立させたのである。

四時間半の正座と拷問のあと、私はやっと解放された。担任の教官は、私に、両親にもって行き、判コをもらってこいといって手紙をわたし、私にも読ませた。その手紙の、あまりに理不尽なまでの残忍な侮辱の言葉の故《ゆえ》に、私は未だにその教官を許せない。おそらく一生許さないだろう。――先にのべたように、青酸カリを小使い室の釜にぶちこみ、教師全員皆殺しにして、自分も自殺しようと思ったのは、その手紙を読んだ時である。

もうほとんどまっ暗になった便所で、はれあがった顔をひやし、荷物をとって私は外へ出た。弁当は食ってなかったが口が腫れあがって食欲がなかった。

夕暮れの校門の所に立って、寒さに鳥肌だちながら坂の下を見た時、そこに四、五人の影が立ってこっちを見ているのに気がついた。――とたんに、私の中にあついものがこみあげてきた。私といっしょに、「服が破れる」といった仲間だ。彼らは、やはり、私の事を心配し、同情して、こんなおそくまで待っていてくれた。私は彼らを裏切らなかった。私の中に、傷だらけの勇者のような、ほこりがふくれあがり、胸をはって彼らに近づいていった。

「おい……」そのうちの一人が心配そうにせきこんでいった。

「大丈夫やったか？　おれたちの名まえ、ばらさなかったか？」

「ああ……」私はいたむ顔で、むりに笑いながらいった。「いわなかったよ」

「一人も……？」

「一人も……」

ほっとしたような空気が連中の上にながれた。

「お前、アホやなあ……」と、一人がいった。

「冗談でかけ声かけたら、お前だけほんとに手をあげるんやから、——おかげでこっちは、今までひやひやした」

「ほんまにお前、オッチョコチョイや。物騒でかなわんわ」もう一人が、舌打ちするようにいった。

連中は歩き出したが、私は立ちすくんでいた。——今度こそ、私は完全にうちのめされてしまった。歯をくいしばり、必死になってかばってやった「仲間」から……。すると連中は、何もなぐられている私を気づかって、待っていてくれたのではなく、私が彼らの名をばらさないか、という事が心配で待っていたのか！

こんな連中のために、拷問に堪え、総身のそそけだつような罵倒に堪え、家系全体を侮辱されるような屈辱的な手紙を持ってかえらされるのか？　——クラス全員をまきこむのが悪いと思ってやったあの行為が、「アホ」で「オッチョコチョイ」だったのか？　——なるほど手をあげたのが私だけだった所から見れば、私一人が、連中にとっては、「物騒なオッチョコチョイ」だったかもしれない……。

——少年たちの交際は、残酷なものである。だが、この残酷さを通じて、男の子たちは、自衛と、男同士のつきあい方と自分自身の行動原理を見つけて行く。決してお互いをたよりにせず、迷惑をかけず、しかも地獄に行ってもお互いに裏切らないという、真の「友情」というものも……。

## なぐられる青春

三年生になる日が近づくにつれ、戦争はますます苛烈《かれつ》になってゆき、そして工場動員にかり出される日も近づいてきた。

戦争がはげしくなることは、実をいうと、それほどいやな事でもなかった。——すくなくとも、当初の間は。

たしかに、空襲がはげしくなるのはおっかなかったし、食糧事情の悪化は、私たちの頭から、二六時中食う事以外の思考力をほとんどうばってしまった。——しかし、戦局悪化にともなって、授業がとびとびになり、特に二年生の後半から三年以上の上級生が、動員で学校からいなくなったとき、正直いって蘇生《そせい》の思いだった。

なにしろ、上から下まで軍国主義の時代で、そのうえ、もとから「質実剛健」なるスパルタ式の中学校である。前回にものべたように、夏冬通じて制服の下はシャツ一枚、高熱のとき以外は毛織物着用は許されず、弁当は炎熱酷寒を問わず、雨天以外は運動場で立って食べる。むろん茶や水を飲むことは許されない。暑いときに陽陰に、寒いとき風のこないものかげにはいって食べていたら、上級生がおそろしい顔でひっぱり出しにくる。

そのとがった石コロだらけの運動場を——ゴム靴がなくなったので——はだしで飯を食いながら、かけずりまわってサッカーをやるという、今から見ればマナーもへったくれもない、メチャメチャな事をやっていた学校である。消化に悪いもクソもない。寒風吹きすさぶ凍てついた運動場で、カチカチに冷えて霜柱のたちそうな弁当に箸《はし》をつっこみ、大急ぎでほおばりながら、赤チンだらけの裸足《はだし》で走りまわって、ボカンボカン、ボールを蹴っていた。蹴っているほうがまだいいので、ぼんやりつったって飯を食っていると、弁当の上にドカンとサッカーボールがとんできて、唯一《ゆいいつ》無類のたのしみの昼飯がひっくりかえって砂まみれになる。それがいやさに、禁を犯して、二時間目と三時間目の間に弁当を食ってしまう。もっとひどいやつは、八時始業なのに、朝六時頃きて食ってしまう。午後は空腹でぶったおれそうになるが、朝食うと、まだ弁当があたたかいだけいい。——そんな事をやっていて、胃病になったやつは一人もないのだから、不思議である。

と、まあ、食い物の話になると、すぐ脱線してしまうのが、私たちの世代の悪い所であるが——、とにかくそういう中学であるから、教師も上級生も、何かといえばぶんなぐった。「鉄拳《てっけん》制裁」などというかっこいい言葉は、とうの昔になくなって、何しろよくなぐった。一番よくなぐるのは、むろん教師で、次が運動部の中の上級生、それからすぐ上の学年の上級生である。理由は何でもいい。

「このごろ貴様、たるんどるゾ！」

「態度悪い！」

「にやけとる！」

総ビンタはまだしも、一人に数人がかりでやられるとなんともおっかないものである。反抗などしようものなら、その学年全部と教師まで出てきてコテンパンにやられるうえに、「にらまれる」——。なぐるのはたいてい「陸軍式」だったが、中には、海軍から輸入してきたやり方で「一中精神注入棒」と名づける太い棒で四つんばいにさせておいて、尻《しり》を思いきりひっぱたくやつもあった。

一年生の間は、こちらも無我夢中だし、幼くもあり、上級生も手かげんする。だが二年生になると、見た眼も生意気ざかりとなって、一番風あたりがつよい。——とりわけ、私たちをふるえあがらせたのは「ロンドン塔」と、年一回の「学生大会」だった。

「ロンドン塔」というのは、鉄筋五階建て校舎の屋上にある、望楼のような塔だった。実際のロンドン塔は——漱石にこの名の小説があるが——ごぞんじの通りロンドンにあって、十五世紀から十六世紀にかけて、イギリスの国王や幼い王子それに女王や王妃などが政権争いの犠牲になって、ここへ押しこめられちゃア首をチョン切られたおそろしい所である。「血みどろ《ブラッディ》メリー」とか、クイーン＝エリザベスなどという、おっかない女王さまが、押しこめたり押しこめられたり、首をチョン切ったり切られたり——といった残酷な話が、シェークスピアの活躍した時代の背景を色どっていた。

その中学校の屋上の塔も、そういった血ぬられた「伝説」があった。まさか首をチョン切りはしないが、最上級の五年生に、「風紀係」というのが数名いて、まあ軍隊でいえば、憲兵のような役目をし、日ごろ下級生の中の、不良じみたやつ、上級生にむかって反抗的なやつ、ニヤけたやつ、絶対厳禁の「女学生と話をしたりする」やつなどに眼を光らし、これというのに眼をつけると、その塔へひっぱりあげる。ここの「制裁」はものすごくて、塔内には鼻血のあとがこびりついている——と、これは「伝説」で、私たちのころには、実際にそんな眼にあったものはいなかったようだが、しかし上級生から話をきかされ、五年から「屋上へこい」といわれると、いわれただけで脳貧血を起こすやつがいた。

もう一つの「学生大会」のほうは、毎年秋の末に行われる。（正確には「生徒大会」というべきだろうが私たちはそう呼んでいた）これも現在のように、全学生徒が参加して生徒自治に関する重要な事をきめる、といったものではなくて要するに、最上級生が下級生に「活《かつ》」をいれるための行事だった（当時は「やきを入れる」などという下品な言葉はなかった）。

行事は一学年ごとに行われる。――通常全校生徒千数百名がはいることのできる講堂に、一学年約二百名余がすわらされる。講堂の壁際《かべぎわ》、ふつう教師達がすわる所に、五年生がズラリとならんで立っている。つまり、まわりから下級生をとりかこむような恰好になる。下級生は、ふつうなら五人ならんでかけるベンチに、間隔をおいて二人ずつ腰かける。まわりはスカスカにあいて、広い所にむき出しにされているような感じである。心細いったらない。

毎年、運動会もすみ、朝晩の寒さが身にしむころになると、みんな、今年の学生大会では誰がやられるかと思って、おちつかない気になった。――五年生の主だった連中の間で、どの学年の誰に「活」を入れるか、協議中という噂《うわさ》がたち、それが例の「風紀係」のブラック・リストを参考にして行われるというので、みんなは運動部の上級生などを通じて、情報を知りたがった。——日ごろ、身におぼえのあるものなど、特に気をもんだ。こういうときに、有力な、たとえば柔道部や剣道部にはいっていると、その部の上級生がかばってくれるというので、そのときになって、にわかにはいるやつもいた。

いよいよ当日になると、放課後、その学年全部が、「年級隊長」につきそわれて屋上に行く。——「年級隊長」は五年生である。そのころの生徒会の仕組をいうと、まず各学年各クラスに、教官から天下りに任命される「級長」がいる。その上に、五年生の「年級係」がつく。(ひょっとすると、これは、一、二年生の低学年の場合だけだったかも知れない。今考えてみると、ちょっとはっきりしない) 各学年全体には、やはり五年生の「年級隊長」がつき、その年級隊長全部の上にやはり五年生の「生徒隊長」がいる。五年生はそのほか、清掃班・風紀係・銃器庫係・各運動部や、研究班の「主将」になり、こういうメンバーで、全校生徒の「自治」をガッチリ掌握している。——なんのことはない、各クラスを「小隊」とし、各学年を「中隊」または「大隊」とする「連隊」であって、完全な軍隊組織である。

さて——陽がかたむき、冷たい秋風が吹き出す屋上で、みんなは講堂にはいるのを待つ。冷たい不安におののく眼の前には、例の「ロンドン塔」がそびえている、という寸法である。呼びこまれる前に、年級係の五年生が、「服装点検」をやる。服装がやかましいのも、軍隊同然で、まず服のボタンがとれていないか、名札の名はうすれていないか、制帽のマークはまっすぐで、いやにピカピカ光らせていないか、といってさびついてもいないか、帽子の裏に名まえは書いてあるか、ゲートルの結び目は、キチンとズボンの横の線に来ているか、靴紐をきちんと結んでいるか、胸ポケットに万年筆をさしていないか（どういうわけか、これが〝お洒落《しゃれ》〟と考えられていた）、「学校教練教科書」を持っているか——いやはやその細かい事、うんざりするくらいだった。しかし、ちょっとでも「隙《すき》」があれば、たちまち怒声罵声がとぶ。年級係も自分の面倒みている下級生は、一応責任があるので、念入りに点検する。

　呼びこまれるのは一人ずつである。——屋上からせまい階段をおりて行くと、踊り場にチョークで円が描いてあり、その横にまた五年生が一人立っている。一度その円の中にはいって直立不動の姿勢をとると、そこでまた点検。

「よーし！」の声でまた前進する。——講堂のドアはいっぱいにひらかれ、中にはおっかない五年生が、ずらりとならんでいるのだが、もうあがってしまって、中などよく見えない。円の中にはいり、帽子をとり直立不動の姿勢で胸を張り、声をせいいっぱいにはりあげて、

「何年何組、何の誰べエはいります！」と叫ぶのである。

このとき、五年生のほうから、「よーし！」の声がかかれば、まず第一関門突破。——だが、声がふるえたり、小さかったり、また日ごろにらまれたりしているとそうはいかない。

「声が小さい！」「元気ないぞォ！」

「やりなおせェ！」

と、四方八方からどなられ、何回でも「ナンネンンン、ナンクミイイ……」とやりなおさなければならない。

中にはいって、例の五人がけの椅子《いす》にはなればなれに二人ですわる。カンカチコになってすわっているまわりや背後では五年生の怒声が反響し、必死になってはりあげる同級生の黄色い声が、悲痛にひびきわたり、耳がワンワン鳴りはじめる。

全員がはいってしまうと、これから「点呼」である。はいるとき、すでに名のっているのだから、二重手間だと思うだろうが、実はこれこそ骨も凍る「本番」なのである。——正面演壇には、中央に生徒隊長、両翼に年級隊長が、いかめしい裁判官の如《ごと》く着座し、まわりには地獄の牛頭馬頭《ごずめず》——いや、陪審員のごとく、ごっつい五年生がいながれる。五年生といえば十七、八歳、小学生に毛がはえたぐらいの一年生にして見れば、体も大きく不精ひげははえ、骨も太く、汗くさく、喉仏《のどぼとけ》はいかめしくとび出し、声はガラガラ声で、まるでオッサンのように思えるものだ。

その五年生にとりまかれた中で、おもむろに一人ひとり名まえをよばれる。よばれたら、勢いよく返事をして立ちあがる。とたんに——ああ、神よ！——ワァーン！という耳を聾《ろう》せんばかりの怒声と罵声にとりまかれるのだ。五年のオッサンたちは、ドスンドスンと講堂の床をふみならし、てんでに野太い声をはりあげ、

「態度悪いぞオ！」

「貴様ニヤけとるゥ！」

「たるんどるぞッ！」

「なっとらんぞゥ」

「どう思っとるんだ、こらァ！」

「ウワアアア！」

「ギャオー！」「ガーッ！」

とどなりまくるのである。いやそのすさまじい事、ゴジラの大群にとりまかれたごとく、やられる身にあっては、恐怖のあまり魂は天外にとび、自分がどこにいるかもわからず——早くいえば、戦後はやった「吊《つる》しあげ」とか「大衆団交」などというも

の原型のようなものである。理非を正すなどという事は問題外で一人の人間を大勢よってたかって、ただひたすら罵倒し、威嚇《いかく》し、圧倒しさるのである。やられるやつは、顔面蒼白《そうはく》、全身冷汗にまみれ、立っているのがやっとという塩梅《あんばい》なのであった。

これが、上級生のおおぼえめでたいやつ——たいてい級長とか、運動部のチャンピオンだったが——だと、

「態度いいぞオ！」

「しっかりやれェ！」

「がんばれよゥ！」

などというはげましの言葉になるが、にらまれてるやつだと、すさまじい。

「前へ出ろッ！」とやられたら、もうおしまいだ。演壇の下にひっぱり出されて、数人にぶんなぐられる。「前へ出ろ」といわれただけで、脳貧血を起こしてぶったおれるやつもいる。

このおっそろしい「点呼」がやっとすむと、いよいよ生徒隊長殿の演説だ。——演説といったって、中学五年ぐらいで内容のあることがいえるものでもない。こちらは二時間余の緊張で、汗みずくでふらふらである。生徒隊長どのは猛烈な勢いで、何やら悲憤慷慨《こうがい》して見せるのだが、何が何やらさっぱりわからない。

「このナントカを、貴様ら、なんとも思わんのか！」とか、「どう思っとるのか！……わかっとるのか！　……ではないか！　われわれは……ねばならない！　ウォーッ！　フギャーッ！」

といったぐあいで、ただ、何やら逆上し、興奮しているということがわかるだけである。ときには興奮のあまり涙さえ流した。――要するに、内容などはどうでもいいので、みずから逆上し、興奮して、その興奮をみんなに感染させ、集団的逆上に達するのが目的であったのだろう。後年、オーストラリアから、「オール・ブラックス」なるラグビーチームが来て、オーストラリアのマオリ族という原住民のやる「戦争の雄叫び《ウォー・クライ》」というのをやって見せたが、今から思うと、「学生大会」のドナリ声や演説もどこかそれに似ている。――人間というものは、もともとあまり闘争的にできていないし、その性すこぶる個人主義的なので、ケンカや戦争をやる場合には、体中から恐怖をたたき出し、相手に対する憎悪をかきたて、興奮し、全身にアドレナリンをゆきわたらせ――つまり集団的にウォーミング・アップをやってエンジンをあたためる必要がある。それが、闘う相手がいなくなると、ただ「集団的逆上」をつくり出すことによって「集団的酩酊《めいてい》」を味わうことをよろこびとするようになる。――闘争心や集団的憎悪は、刺戟《しげき》のつよい、危険な美酒である。特に、酩酊耐性のすくない若者たちは、これに酔っぱらいやすく、また泥酔《でいすい》の味に溺《おぼ》れやすい。

何を問われてるのかわからぬまま、「どう思っとるのか！」と叱責《しっせき》され、何を反省していいのやらわからぬ問題について「猛省」をうながされ、眠るどころではない。キンキンにしゃっちょこばってるのに「覚醒《かくせい》せよ！　眼をさませ！」とどなられ、そして最後はけっこう自分たちも興奮して、「がんばれよ！」とどなられれば、「がんばります！」と叫びかえし、わけのわからぬままに、そうだ、がんばらなくちゃならない、と心に決意し――そして校歌の大合唱をもっておわるこの「学生大会」も、もとはといえば、旧制高等学校などでつくられた、――そして現在なら高校野球全国大会などに見られる――青春の甘美な「集団自己酩酊」の行事だったのであろう。――上級生が、まわりからドナリ、おどかすのも、大昔から「若者組」の集団にあった、一種の「通過儀礼」の試練であったのだろう。だが、青春集団の中にのこる、この一種の「蛮行」が、その時代の非人間的な「軍国主義」の風潮や、「東亜建設の使命」「悠《ゆう》久《きゅう》の大義に生きる」といった、当時の「イデオロギー」にむすびつけられていたことが、問題だった。

## おさない「人夫」たち

こんな具合だから、私たちは戦局が悪化して、上級生が学校から姿を消すと、かえってよろこんでいた。――ついでにいっておくと、この野蛮きわまる「学生大会」を、自分たちがやる番は、ついにめぐってこなかった。三年のとき終戦になって、そういう「軍国主義的」制度は米軍の指令により一切廃止されたからである。戦後私たちの一年上の学年が、これを復活させようとしたが、そのとき、「ブラックリスト」にのっていた、私たちより一年下の学年のものが、米軍民間情報部《シー・アイ・イー》に密告したため、米軍将校がジープでのりつけてきて、中止させた。このいきさつは、ちょっと面白いのだが、後段にゆずりたい。ちなみに私たちの学年は、三年生の八月というちょうど真中で終戦になったため、一年二年のときに上級生になぐられっぱなしで、「もとをとる」（いやな言葉だが）年代になったとき、今度は下級生が上級生をなぐりはじめ、上下からぶんなぐられたという珍しい世代である。

工場動員にかり出される以前、二年生の一学期ごろから、一日二日、のちには一週間二週間と、あちこちの「雑役」にかり出されることが多くなってきた。――戦争で、働き手の青年壮年はみんな出征してしまい、あとにのこったのは老人と女子供ばかりで、なるほど手は足りなかったかも知れない。しかし、都会地の十三、四歳の中学生が、「労働力」として、何ほどの役に立ったとも思えない。しかし、当時としては、「国家危急存亡の秋《とき》」に、少年といえども、勉強やスポーツだけさせておくのは、けしからん、という風潮だったのであり、役に立とうが立つまいが、とにかくかっこうだけでも「労働」させるのが「国策に沿う」ことだったのである。とりわけ、インテリ学生などは「文弱」にながれやすいから「農村」で働かせて精神をきたえなおすのだ。農こそ「国の基《もとい》」であり（これを「農本主義」という）、「勤労」こそ精神をたたきなおすもっともいい方法である——と、当時の為政者軍人官僚どもは考えた。何の事はない、中国の「文化大革命」における「下放《かほう》」みたいなものだ。——「文化大革命」の、政治的意義はともかく、それが起こったとき、何となくいやーな感じがしたのは、それが戦時中私たちの体験したことと、まるでよく似ていたからだ。日本の場合も、「国民精神総動員」とか「産業報国」、「国民精神作興」と精神主義的であり、「欧州排斥」が起こり、若い連中がまっ先にかり出され、「軍人」と「農本主義者」が音頭《おんど》をとり情容赦ない「精神・言論統制」と「アジテーション」が行われ、「スローガン」がやたらと叫ばれた。

そんなわけで、最初にかり出された先は、農村だった。手にマメをつくって鍬《くわ》をつかい、うねをおこして芋を挿《さ》し、ゴルフ場をほりかえし、蛭《ひる》に吸いつかれながら、田植えや草とりをやり、収穫期には稲刈りに行った。稲刈りがいかにむずかしいか、よくわかったし、カマに、鋸《のこぎり》のような刃のついたのがあるのもこのとき知った。稲葉に眼をさされ、カマで自分のむこう脛《ずね》をかっきり——それでも、農村はまだ、食糧が豊富だったからよかった。イナゴを袋いっぱいつかまえて釜《かま》でむし、これをホーロクで煎《い》って食うことも知った。

その次は、疎開《そかい》家屋のとりこわしだった。——空襲がはじまり出すと、家屋密集地帯は類焼の危険が大きいというので部分的にとりこわして、幅ひろい防火用の空地を帯状につくる。強制疎開にひっかかった家は泣きっ面《つら》だったが、そこは「軍」と「お上《かみ》」の命令で有無をいわさない（私だけでなく、日本人が未だに「お上」から立ち退きを命じられると、アレルギーを起こすのは、このせいではないかと思う）。

今から考えてももったいない話だが、りっぱな、幾部屋もある家屋の屋根の棟《むね》に丈夫な麻ロープをとりつけ、これを数人で下からひっぱっていると、日本の木造家屋はもろいもので、二階建てでも平屋でも、十数分でゆさゆさゆれ出し、まもなくペタコンとつぶれてしまう。かなり危険な作業で、級友の父親——あわれにも、相当な会社の課長だった——は、つぶれるとき逃げおくれて、下敷きになって死んだ。しかし、こちらはまだほんのチンピラだから、もったいないも危ないもわからない。破壊行動が満足させられるので、面白がってやった。

「エエコーラ、エエコーラ、もひとつ、エエコーラ！」と、こんなとき誰でもやるように「ヴォルガの舟唄《ふなうた》」など唄いながらやっていると、

「コーラァ！」と、これは舟唄のリフレインではない教師のどなり声がきこえていきなりポカポカッとぶんなぐられた。「バカモン！　何という唄をうたうか！　戦争中なのに、敵国ロシアの唄をうたうとは何事か！」

ムチャな話で、このときまだ、日本とソ連との間には「日ソ中立条約」があって、戦争をしていない。条約期限が切れる一年前にもかかわらず、ソ連が突然日本に戦争をしかけてきたのは、戦争が終わる直前、広島に原爆が投下された二日後の、昭和二十年八月八日のことである。——この教師の頭の中は、日露戦争も太平洋戦争もごっちゃになっていた。

もっとも、この教師のムチャクチャさかげんは有名で——前記したような事件で、私が未だに許す気にならないのは彼である——その前にも、動員で山に薪《まき》をとりにいったとき、鉈《なた》をこわしたというので、ある級友が「たるんどる」とポカポカになぐら

れた。そのうえ、「貴様、今日という日を何と思っとる。いうてみい！」とつめよられた。

その男、しばらく考えていたがどうしてもわからず、

「わかりません」と答えると、

「なにッ！　貴様、日本国民のクセに、今日という日を忘れとるのか！」

と足腰のたたないほどなぐられ、けっとばされた。さらにほかの連中も、

「誰かいうて見い」

と質問され、みんな危険を感じて、必死に考えたが、どうしてもわからない。

「なんという事か！　貴様らみんな、なっとらん！」

と総ビンタを食わし、あまつさえ木の枝でひっぱたき、そのうえでおごそかに「気をつけ！」をかけ、

「今日はもったいなくも、十二月八日、大詔奉戴日《たいしょうほうたいび》（開戦記念日のこと）である」

といった。——みんなしばらくあっけにとられていたが、班長がやっと小さい声でいった。

「あのう、先生……今日は十二月七日です」これで赤面でもするかと思いきや「何をッ！　口答えするか！　たるんどる！」

といってもうひとわたりビンタをくったのだから理不尽もいい所である。この教師は、終戦の詔勅がラジオで放送されたときも、「ポツダム宣言受諾」を「離脱」ときちがえ、放送のあと、「断乎《だんこ》闘って悠久の大義に生きる」という演説をぶち、訂正と疑問を申し出た生徒をぶんなぐって、そいつを片ツンボにしてしまった。――こんな教師が、終戦になるや否《いな》やぬけぬけと「私はもともと民主主義者で」といって、組合の闘士になってしまったのだから、私たちのオトナ不信は深い。

そんな教師だから、そのとき、「ソ連と日本は、まだ戦争していない」といったって、通ずるわけはない。なぐられ損である。みんな舌打ちして、

「じゃア、日本伝統の労働歌ならいいだろう」というので、今度は、

「おとちゃんのためなら、エーンヤコラ！」とやってると、また「コラッ！」ととんできてぶんなぐる。

「何だそれは！　中学生としての品位にかける」

みんなふくれかえって、のろのろ綱をにぎると、突然一人が、大声で叫んだ。

「陛下のためなァら、エーンヤコオラァ！」

私たちは一瞬、凍ったようにまっさおになった。――陛下という言葉を口にする前には、かならず「気をつけェ！」がかかり、映画館でも皇室の画面のうつる前には

「脱帽」という字幕の出る時代である。みだりに「陛下」という言葉をつかってはならないし、ましてヨイトマケのかけ声などにつかった日には……。

だが、妙なことに、その教師も一瞬キョトンとしてから、「よーし！」

といってむこうへ行ってしまった。——ずいぶん間のぬけた話だが、こういうことは、戦争中ちょいちょいあったのである。このとき、すっ頓狂《とんきょう》なことを口走った男は、今、小さいながらりっぱな貿易会社の社長になっている。この男は、ほかにもおそるべき場面に、おそるべきことを口走って、私たちの肝を冷やさせたことがたびたびあったが、その話は後段にゆずろう。貿易会社の社長になってからも、すっ頓狂なことを突然やるくせはぬけず、アフリカ奥地へ、単身雑貨の売りこみにはいったとき、現地でプリント地を売りつけようとして原住民の酋長《しゅうちょう》の横ッ面を、言葉がうまく通じないもどかしさから、何かのはずみにひっぱたいたという話を、人づてにきいていた。——何でも相手は、人を食う習慣をもつ、獰猛《どうもう》な連中だったということである。よくも食われなかったものだと思うが、本人は今もシャアシャアして、三児の父として、世界中をとびまわっているところを見ると、酋長をひっぱたいたうえ、まんまとプリント地を売りつけたらしい。

そのほか、私たちのやらされたことといえば、教師のひっこしの手つだい（まったくの〝私事〟の雑役に〝動員〟されたのである）防空壕《ぼうくうごう》ほり、それから神戸の高射砲陣地の、掩蔽壕《えんぺいごう》づくりの砂はこび、材木伐採、工場へはいってからは、旋盤、溶接、鋳造、製罐《せいかん》、戦争が終わってからは焼け跡の片づけ、焼け跡の水道管の修理と下水――ああ！　ほんとにまったく、あのころの教師やオトナどもは、中学生のことを、いったい何だと思っていやがったんだろう！　――その当時の時点から、今の中学、高校、大学の生活を見ると、日本はすごくかわった。すくなくとも――あの愚劣きわまりない「受験地獄」をのぞいては、若者たちの生活ははるかに良くなった。この良さをあともどりさせてはいけない、という気になる。

農村以外に、私たちがもっとも良く動員されたのは、高射砲陣地づくりだった。神戸には大倉山、苅藻島《かるも》、そして税関のむこうに高射砲陣地がつくられ、とりわけ税関の高射砲は、当時の日本にはめずらしいラジオロケーター（レーダーの前身である）連動式で、高空をとぶB29によくあたった。あとできくと当時最新鋭の二十センチという大口径高射砲があったともいうが、よくおぼえていない。

苅藻島のときは、海から烈風が吹きつける厳寒時だった。――めいめい、かつぎ棒がわりに、太い孟宗竹《もうそうちく》の棒をもって集まり、冷えきった砂をモッコにいれては、かついで一方から他方へはこんだ。どうしようもないほど寒く、空腹だったが、火にあたることはゆるされず、背中と肩はたちまちはれあがり、小休止になると、わずかな砂かげにぶったおれて風をさけ、一日の終わるのを祈るように待った。

反対に、税関前のときは、酷暑の頃でそして空襲たけなわのときだった。——こちらには、モッコや手押し車があり、作業はずっとらくだったが、そのかわり、燃えあがるような砂に眼をやられそうだったし、作業中に何度も空襲があった。高射砲の、コンクリート製の砲座のまわりに、まっ白なサラサラの砂を、エ、ホ、エ、ホ、とモッコではこんでかける。八分目通り埋めたところで空襲があり、防空壕の中で二十センチ高射砲が、朱色の焰《ほのお》をドカンとはくのを、シビレながら見ている。空襲が終わって、ぞろぞろ防空壕から出てくると、さっきかけた砂は、砲撃のショックでほとんどくずれ、また一から、エ、ホ、エ、ホとはこび出す。——まったくばかげた話で、このころの私たちは、みんなどこか、シジフォスに似ていた。

こんなことをやりながらも、私たちはけっこう陽気だった。教師をはめるために深い落とし穴をいくつも掘り、その中に自分がはまりこんだり、さぼるためにわざとトロッコをひっくりかえしたり、休憩時間には、砂の上でゼスチュアゲームにうち興じたりした。——中で抜群にうまい細っこい少年がいて、それがのちに新東宝のニューフェイスとして「学生シリーズ」「坊ちゃんシリーズ」で売り出し、東宝ミュージカルのスターとなり、「マイ・フェアレディ」などで好演した高島忠夫だった。

あの色の黒い、どこかナヨナヨとした水泳とギターのうまい級友が、後年、宝塚のプリマ寿美《すみ》花代嬢と結婚しようとは、当時のブンナグラレ仲間の誰が想像したろうか？　チキショーメ！

昭和二十年四月、米軍はついに沖縄に上陸した。——空襲は、Ｂ29、中型爆撃機、艦載機をくわえていよいよはげしくなり、そして私たちも、特殊潜航艇をつくっている造船所へと動員されていった。

## 英雄茶番劇

昭和二十年の一学期——。

中学三年生の新学期がはじまってまもなく、私たちはいよいよ勉強をやめて、工場動員されることになった。

その当時、すでに日本は敗色濃く、南方北方の拠点で「玉砕」や「撤退」をくりかえし、海上制空権は完全に米軍ににぎられ、Ｂ29による東京、大阪、神戸をはじめとする全国主要都市、工場地帯に対する空襲は、連日連夜となり、それに艦載機による銃爆撃がくわわりはじめた。

その当時の状勢を、ざっとふりかえってみよう。前々年の昭和十八年、つまり私たちが中学にはいった年、ガダルカナル島の撤退、アッツ島玉砕、山本五十六連合艦隊司令長官の戦死あたりからはじまった米軍の「まきかえし」は、翌十九年のマーシャル群島上陸、サイパン陥落となっていよいよ雲行きが怪しくなりはじめ、レイテ沖海戦で日本が敗退してから、南方海上は、ほぼ完全に米軍の制圧下にはいってきた。——サイパン、マリアナに急造した基地によって、日本本土は長距離爆撃機の圏内にはいり、この年の十一月、B29の初の大空襲が、東京に対して行われた。爆弾を抱いて、飛行機もろとも敵艦に体あたりする、常識やぶりの戦法をとった「神風特別攻撃隊」の出撃がはじまったのも、この年である。

昭和十九年の七月、開戦内閣だった東条英機内閣が戦局悪化の責をとって退陣し、小磯国昭陸軍大将が首相になる。翌二十年の四月には、小磯内閣も退陣し、元老級の鈴木貫太郎枢密院《すうみついん》議長が首相になって、終戦へともちこむことになる。

昭和十八年、それまで満二十歳だった徴兵年齢が、一年くりさげられて、満十九歳となり、つづいて、大学高専の文科系学徒の徴兵猶予《ちょうへいゆうよ》が廃止になって、金ボタン詰襟《つめえり》

に角帽をかぶった、ひょろひょろに瘦《や》せた大学生たちが、銃をせおい、ゲートルをまいて、

〽花も蕾《つぼみ》の若桜……

とばかり、出陣して行くことになるのだ。

――私は直接知らないのだが、学徒兵たちは、実につらい目にあったらしい。そしてまた、実に大勢が、戦争で、また特攻で死んでいる。「きけ わだつみのこえ」は、この学徒兵戦没者たちが、学生として、戦いの意義について、人生のとば口において強制的に迎えさせられる死について、二十年の短い生涯について、歴史について、殺しあいについて、はげしく悩み、疑い、ついには運命をむかえる決意をして死地におもむいて行った、その若い、誠実な心の叫びを残した手記や遺書を集めたものである。むろん、その年頃で死んでいった若い人たちは、何も大学生ばかりではなかった。

――しかし、とりわけいたましいのは、そういった文科系の学生たちが、おおむね知的にすぐれ、深く人生について考える習慣と資質をもっていただけ、それだけ感じやすく、それだけはげしく悩み苦しんだであろうということである。文学青年のひ弱さをあざ笑うのはやさしいが、やはり文学を志すほどのものは、単に「文学好き」や、語学が達者というだけでなく、平均よりすぐれた繊細さ、感受性の鋭さをもっている

場合が多い。それだけに傷つきやすくもあり、人なみの「生活の闘い」には不適確と知って、文学への道をえらぶことが、わりと多いのである。

そんな青年たちを、無慈悲な戦争は、否応《いやおう》なしに、ふつうの男でもたえがたいような闘争の場にひっぱり出す。きのうまで、マラルメやベルレーヌや、ゲーテやリルケなどの繊細な世界に耽溺《たんでき》していた青年たち、カントやヘーゲルの、デカルトやスピノザの、深遠な世界に思いをこらしていた青年たちに、いきなり重い人殺し道具をもたせ、キサマたち文弱だ、ニヤケとる、たるんどる、そのメメしい根性たたきなおしてやると、上靴で顔がひんまがるほどひっぱたき、歯が折れるほどぶんなぐり、泥にはわせ、水にとびこませ、あげくのはてに、爆弾をつけたボロ飛行機に押しこんで、さあ死んでこい、殺してこい――というのはいかに「義務」は万民平等とはいえ、あまりに残酷な仕打ちだったと思う。

徴兵年齢は、のちに満十八歳へとさらにひきさげられ、昭和二十年の、終戦まぢかいころには、さらにもう一年、満十七歳へとひきさげられた。この改正は、幸い全面実施にならないまま終戦をむかえたが、戦争がさらにもう一年、いや半年つづいていたら、ハイティーン兵隊が続々とうまれていたろう。本土決戦のときは、学校教練をうけた満十四歳以上の少年も、地域によって第一線配置につける、というプランが練られていたというから、当然終戦時十五歳だった私なども銃か竹槍《たけやり》をにぎったであろう。何人かを殺して戦死したかも知れないし、逃避行の間に餓死、病死したかもしれない。あるいは捕虜になり、生きのびても負傷して、手一本足一本のない、うまれもつかない体になっていたかも知れない。幼い何も知らない私たちは、残酷で、死を恐れない、「鬼畜米英」をはげしく憎む、猛烈なファシスト少年兵になっていたろう。――自己宣伝になって恐縮だが、私はそうなったときの当時の中学生の架空の姿を、「地には平和を」という作品に書いた。私の、一番最初にSFとして書いた作品だった。

そして、私がSFとして書いた事柄が昭和二十年四月、米軍の沖縄上陸が開始されたとき、沖縄の中学生、女学生の上には、実際に起こったのである。――沖縄の青い空、強い日ざしのもとに今も建つ「健児の塔」「ひめゆりの塔」の前に立つと、悲痛とも異様ともいえない気持ちが胸にせまって、何とも形容のしようもない混乱した感情におそわれ、思わず心の中につぶやいてしまうのである。

「あと半年、いやあと三か月あの戦争がつづいたら、君たちと同じ死が、ぼくたち〝本土〟の中学生の上におそいかかってきたはずだ。――わずか千キロの距離、数か月の時間が、ぼくたちと君たちの運命をわけ、君たちはここで死に、ぼくたちは〝戦後〟の二十数年をこうして生きのびた。同じ日本の中学生だったわれわれの運命を、こうもへだててしまった〝運命〟とは、いったい何だろう？　これが〝歴史の壁〟というものだろうか？」

その「健児の塔」「ひめゆりの塔」の空の上には、今日もB52が、ごうごうと音をたててベトナムへとびさって行く。大きさ、スピード、爆弾搭載量、そして形式番号のすべてが、二十数年前のB29のほとんど倍になっていることは、私にとっては、あの「戦争」が実は終わったのではなく、檜舞台《ひのきぶたい》からはひきさがったが、舞台の袖《そで》のほうで、あの当時のまま成長しつづけ、倍にふくれあがってきたような気がする。そして二十数年前日本の若者たちの上をおおっていた〝死の雲〟は今、ベトナムの、あるいはアラブの、ビアフラの若者たちの上をおおっているのである。――今なお眼前にある、二十数年前と同じような悲惨さについて考えるのも大切だが、そういったものを絶え間なく再生産する、われわれの「文明」や「歴史」の構造を、冷静に、客観的に研究してみることも、それにおとらず大切だ。

昭和十九年の末からはじまった竹槍訓練は、昭和二十年にいたって、「国民義勇軍」の結成へ――本土決戦にそなえて女も子どもも、おっさんもおばはんも、つまり「非戦闘員」も戦争に投入しようという、血まよった計画が実行にうつされつつあった。

私たちの同級生にも、軍関係の学校へ進む連中がぼつぼつ出てきた。それまで中学二年で進学できる軍関係の学校といえば、陸軍幼年学校ぐらいしかなかったのだが——そのほか、十四歳で「少年航空兵」「少年戦車兵」などになれた。——中学卒業後進学する、高等学校・専門学校なみの学校だった「海軍兵学校」に、「予科」ができ、中学三年から募集をはじめた。

——ふつうの人間を、いきなりひっぱってきて、軍服を着せ、銃を持たせても、そのままでは「兵隊」になれない。どうしても「戦闘」という事に関して、一定の訓練期間がいる。それも銃砲をかついで、いわれた通りに動き、いわれた通りに鉄砲をうっていればいい「兵」なら、かなり急造がきくが、その「兵」を指揮する、下士官、士官をつくり出そうとすれば、それなりに長い期間がかかる。まして、兵器が複雑になり、技術が高度化し、作戦規模が巨大化してゆく「近代戦」の場合はなおさらだ。

戦闘はますます激化し、一方では必要な兵隊数もふくれあがると同時に、他方では損害が鰻《うなぎ》のぼりにふえ、人員補充の必要がどんどんふえてゆく。——四十ぐらいの、課長級のサラリーマンまで召集して戦線に投入する一方、若い連中を、「青田刈り」の要領で、早期に軍関係の学校や組織にかかえこんでゆこうとする動きがはげしくなりはじめる。——それも陸軍と海軍が露骨なナワバリ争いをやりながらであり、その力に航空系、技術系、経理系の人員争奪がからむ。

それでも「海兵」や「陸士」に進めるのは、学術優等品行方正身体強健の、中学生中のエリートたちであってふつうの——まして私やその仲間の「不良」中学生どもは、中学校当局のほうから、うけさせてももらえなかった。陸軍のほうには戦前から「陸幼」があったが、海軍のほうには、それに相当するものがなかったので、戦争中に陸軍に対抗するために「海兵予科」をつくったり、あの有名な「予科練」——飛行予科練習生——を大々的に募集したりした。

〽若い血潮の予科練の
　七つボタンは桜に錨《いかり》……

という、諸君もきいたであろうあの歌——なつかしのメロディによく出てくるし、私たちと前後する中年男どもがよっぱらうとよく歌うあの歌は、実は私にとっては、メロディもきらいなら、歌そのものがおぞ気をふるうほどきらいなものの一つであって、酒の席でこの歌が出てくると、どうにもたえがたくなって、便所にたつことにしている。

それには、ある理由があるのだ。

「予科練」といえば、海軍兵学校生徒と同じように、短いピッチリとした上衣《うわぎ》に下までついた七つの金ボタン、今の警察官の帽子をもっとかっこよくしたような海軍士官帽と、見た眼はきわめて「カッコイーイ」であったが、その実、海軍でもっとも消耗のはげしかった「飛行機のり」にまわされ、戦死する率が一番多い、ということを、みんなは誰からきくともなくきいて知っていた。――「予科練」の段階を終えると、下士官になる（これはあとで説明するが、軍隊には、二等兵、一等兵、上等兵までの「兵」と、伍長《ごちょう》、軍曹、曹長の「下士官」、少尉《しょうい》以上の「士官」、少将以上の「将官」があった）。そして、海軍航空隊では、戦闘機のりはおおむね下士官以上だったから、下士官の消耗率が一番多いことも知っていた。成績がずばぬけてよければ、海軍兵学校をうけて「少尉」になることもできるが、予科練にはいってしまえば、まずそんなのぞみはなく、課程終了後はほとんどすぐ、第一線に配置されて行くことは確実だったのである。

「予科練」になれば、シゴキは中学校以上に猛烈なうえ、死ぬ確率は圧倒的に大きくなる。そのうえ、せめて「士官」で死ねば、まだカッコいいし、給料待遇も下士官よりよく、死後にもらえる年金もちがう。――そういった微妙な計算もはたらいて、歌をつくり、映画をつくってカッコよさを宣伝したにもかかわらず、当初はなかなか応募者が集まらなかったらしい。業《ごう》を煮やしたのか、それとも「呼び水」のつもりもあったのか、公式には「募集」だったが、そのかげで、各地の中学校に生徒の中からある最低数を予科練の試験をうけさせるように強引に「勧誘」し、のちには「強制割り当て」してきたらしい。

私たちの中学校へも、最初この「勧誘」がきたという。――これらのことは、すべてずっとあとになって知ったことである。――しかし、県下のエリート中学だった私たちの中学校の校長は、「わが校は、陸士、海兵、帝大への進学者が圧倒的に多く、国家の〝士官級〟の若者を養成すべく、よりぬかれた優秀な少年たちを集めている。彼らに消耗品としてのコースをえらばせるわけに行かぬ」といった意味のことをいって、最初はつっぱねたらしい。だが、そのために軍方面と、中学校との関係がまずくなり、むこうは強硬に「強制割り当て」してきて、否応なしに、生徒の中から、何人かの「予科練志願者」を出さざるを得ないような事態になってしまった。県下のナンバーワンの中学校から、「志願者」を出すことは、軍関係のメンツにかけても、またナンバーワンばかり「優遇」しているのではないということを他校に示すためにもぜひ必要だったらしい。

「強制割り当て」といっても、決してこれを表向きやるわけにはいかない。戦時中でも、やはり法治国だから、法律できめられた「徴兵制」以外に、表だって強制的に、人間をひっぱることはできないのだ。まして、まだ親の手もとで「被保護者」の位置にある未成年である。どうしても本人が自発的に「志願」する形をとらなければならない。

これはまったく奇妙なことだが、例の爆弾かかえて片道ガソリンでつっこんで行く「特攻隊」の場合でも、決して表向きは、強制的に「お前行け」と名ざしで命令するわけではない。軍隊であっても「お前、死ね」とは、公式に命令するわけにはゆかないのである。これもあくまで「自発的志願」の形をとる。むろん、前日にあらかじめ、隊長の内意をうけた分隊長などから、その順番にあたるものは内々にいいふくめられてあるのだが、特攻志願者をきめる当日は、隊長どのが「誰か志願するものはおらんか？」とたずね、あらかじめいいふくめられていた何人かが「私がまいります」と自発的に進み出る形をとる。こういった奇妙な「しくまれた芝居」が、戦争中はいくらもあったのだ。——もっとも中には勇ましいのがいて、私の知っていたある私立大学の学徒兵は、前日いいわたされていたにもかかわらず、翌日隊長どのが「誰かおらんか」といったとき、ほかの連中が進み出たのに、自分だけだまっていて進み出なかった。分隊長は青くなり、隊長どのも人数がたらなくて困ってしまい——むろん、誰と誰を行かせるというのは隊長どのはよく知っているのである。――何回もよびかけたが、彼は一向に「志願」しない。とうとうしびれを切らした隊長どのが、彼を指さして、

「お前はどうか?」といったとき、彼は敢然として答えたのである。

「いやです!」

こういう豪傑も、戦時中いたのである――ついでながら、その男は、むろんそのあとムチャクチャになぐられ、ついにいやがるのをむりやり特攻機にのせられ、出撃させられたが、南へむかうところを故意か偶然か北へむかってしまい山陰地方に不時着して漁師に助けられて、終戦まで土人の王様のような生活をしていたというから、どこまでも豪傑である。

あいかわらず、脱線ばかりして、ちっとも話が進まないが、とにかくそのとき予科練の「志願者」を「強制割り当て」されて、考え出された方法は、何ともいやらしいものだった。――まず、私たちの学年の中で、一年落第してきたものがえらばれ、その中から、さらに特に成績の悪い、札つきの生徒がえらび出されたのである。その少年は、私の「親友」とまではいかないまでも、同じ運動部にいて、わりと親しい男だった。私も当時すでに――学科の成績は上位だったのだが――教師ににらまれて「札

つき」の仲間にはいっていた。二年生の終わりがちかづく頃――その落第してきた少年は、教師によばれた。親もよばれたらしい。そして、今のままの成績では、また今のような素行ではもう一年つづけて落第せざるを得ないだろう、と告げたのである。

今はどうなっているか知らないが、そのころの公立中学では、病気の場合は別として、二年つづけて落第すれば、自動的に退学になることになっていた。むろん、たいていの場合は、そう過激な事はせず、二年つづけて落第しそうになれば、体よく他の中学校に転校させたりするのだが、そのときはそんな「穏便な」処置は提示されなかった。逆に、日ごろの素行の問題をたてにとって、「放校処分」をほのめかしさえしたらしい。――「放校」ともなれば、これは戦時中のことでもあり、公式の「札つき」となって、もうどこの中学校にも転校できない。十四、五歳の少年が、中学生の「世界」から追放されることになるのである。

教師たちは、彼と彼の親たちを、ある意味で「脅迫」した。――このままでは、もう一年つづけて落第し、「退学」もしくは「放校」になる。しかし……。

もし「予科練」を志願するなら――彼を、その学年の、いやその中学校の「英雄」として、送り出すだろう、と……。

悪童といっても、傷つきやすい年ごろの少年にとって、戦時下の少年生活にとっては、犯罪者の烙印《らくいん》にひとしいもっとも不名誉な「放校」と県下中学生の「英雄第一号」としての「栄誉」と、どちらをえらぶかとせまったら――結果はわかっている。彼は、私たちの学年からただ一人「志願」してテストに合格し、日ごろ「札つき」だった彼は、みんなの整列する前に、「英雄」として登壇し、一晩かかって一生懸命暗記したらしい「英雄的な」あいさつを、照れくさそうにしゃべった。教師は「みんな、彼につづけ」と演説し、私たちは彼の名をよんで万歳を三唱した。――私たち――とりわけ彼と同じだった「不良仲間」は、何となく気はずかしかった。教師たちはうまくやった。きのうまでの「札つき」は、まんまと「英雄」にしたてあげられた。

だが、私たちは、この「茶番劇」の筋書きにうすうす感づいていた。――彼はこの問題が起こってから、ずっと学校を休んでおり、予科練の試験をうけ、私たち「仲間」にあわないようにさせられていた。しかし、彼はそれ以前に、「落第」と「退学」について、教師におどかされたことを、「仲間」にしゃべっていた。それから長い期間私たちの前から姿をかくし、ある日突然、「英雄」としてあらわれたのである。

――本当の、自発的に志願した「英雄」だったなら、なぜ私たちの同級の、もっともすぐれた連中の中から、出てこなかったのか？　まったく同じことが、私たちより一年上の学年にも起こっていた。やはり、二年つづけて落第しそうな、箸《はし》にも棒にもかからない「札つき」の中から、予科練を「志願」させられた「英雄」が出たのである。私たちは、万歳を叫びながら、彼が、「英雄」なのではなくて「犠牲《いけにえ》」にすぎないことをどこかで知っていた。知っていながらあの「予科練の歌」をうたって、彼をおくった。——「予科練へ行ったら、訓練はきついけど、飯はたらふく食えるし、キャラメルや大福も食えるそうやで」と彼にうらやんで見せるのが、彼に対する唯一のはなむけだったのである。

この残酷な「茶番劇」は、彼にはもちろん、私たち全体にとってさらにみじめではつの悪いどんでんがえしでしめくくられた。——歓呼の声で送られ、カッコいいあいさつで颯爽《さっそう》と出ていった「英雄」は、簡単な学科試験や体格検査では合格とされていたにもかかわらず、入隊先で精密検査をされた結果、体の一部に欠陥を発見され、「不合格」としてかえされたのである。彼はもうさすがに、私たちの学校へはかえれず、別の目だたない中学へはいり、戦後になって、また私たちの中学へかえってきた。戦後になってその事情を知り、またのちに一切の真相を知ったとき、私はどうしようもない胸のむかつきを感じた。——そんなわけで「予科練の歌」をきくと、今でもどうにも我慢できない。——終戦の年の暮れ、彼は、同じような目にあった一年上の「予科練帰り」とともに、「戦後初の中学生のピストル強盗」をやって世間をおどろかせた。暴力団とも関係をもっていたという。彼が荒れたり、ぐれたりしたのも当然だと私たちは思った。みじめな「犠牲者」を、「英雄」にしたてて、危険におもむかせる狡猾《こうかつ》な茶番劇は、今も地球上のどこかで――そして日本のどこかでも――行われているだろう。そういう「でっちあげ英雄」の気配をちょっとでも感じると、今でもどうしようもなくヒステリックな気分になってしまうのは、われながらおどろく。

蝶々《ちょうちょう》トンボも鳥のうち……

だが、それでも当時の時点にしてみれば、「英雄」となってカッコよく出て行けるものが、うらやましいぐらいのものだった。――「優等生」たちは、陸士、海兵予科をうけ、パスしていった。その連中は本当のエリートコースだった。なぜなら陸士や海兵の生徒は、士官待遇であり、卒業すれば少尉になれる。「士官」になれば、兵や下士官よりも、はるかに待遇もよく、肉体的苦痛もすくないし、みじめな死のチャンスもすくない。成績がよければ、陸軍大学、海軍大学へ進み、そうなれば参謀格となって、死ぬチャンスはもっとすくなくなる。何よりも、「一兵卒」のみじめさをまぬがれ、死ぬにしても指揮者として「カッコよく」死ねるのである。「優等生」の中でも、ずばぬけて学科——主に数学・英語——の成績のいい連中は、これも工場動員を免れて、空襲のない京都にあつめられ、特別学級をつくって「英才教育」をうけることになった。戦争遂行のためすぐれた知能は温存しようというわけである。

だが、のこりの連中は、そういうわけにいかなかった。とりわけ私は、そういったエリートたちよりはるかにはなれた所にいた。学科の成績は決して悪くなく上の下から中ぐらいの所だったのだが、どういうわけか担任にひどくにらまれ、前にのべたように仲間をかばったりしたために、ついに「修練」——今でいえば「素行」とか「たいど」というのだろうか——が「不可」という赤点になってしまった。現在、いくら考えても、私が当時どんな悪いことをしたのか理解できない。オッチョコチョイで目ざわりだった以外、思いあたる節はまるでない。しかし「修練」が「不可」になれば、他の学科がいかによく出きても及落会議にひっかかり、「札つき」の仲間入りをする。私は「優等生」よりはるかはなれた底辺の「札つき」たちといっしょにいた。

かててくわえて、私は小学生のときから、ひどい近視だった。信じられないかも知れないが、当時は、子供のくせに近視であることは、「鉄砲がうてない」「いい兵隊になれない」というので、「道徳的悪」のようにあつかわれていたのである。小学校時代も、ずっとみじめなコンプレックスを味わわされ、軍国主義教育でならした中学にはいるや、何かにつけて「非国民」あつかいをされた。教練の教官は、近視のやつは、「醜《しこ》の御盾《みたて》」(軍人のこと)になれないといって、級友みんなの前で罵倒《ばとう》した。教師は説教の時「お前みたいなチカメは、陸士も海兵へも行けん。そんなやつはいっそ中学をやめちまえ」とあからさまになじった。たかが、十三、四の子どもをつかまえて、本人も気にしている身体的欠陥を、ぐさぐさつきさすようなことをする当時の教師どもの無神経さ、意地悪さ！――当時、近視になったのは、「日本国民として」不忠の罪を犯したことになるのだろうか、と真剣に考えたものである。――今でも、その人間の身体的欠陥を、面とむかっていうような無神経なやつにでくわすと、たとえそれが自分にむけられたものでなくても、カッとなって見さかいがなくなりそうになる。

そんなわけで、私はそういった当時のエリートコースをとうの昔にあきらめ、自分はどうせ赤紙一枚でひっぱられみじめな兵隊として毎日なぐられ、どこか遠い、大陸か南方で、泥の中をはいずりまわって死ぬだろうと予想していた。右眼が当時からひどく悪かったから、おそらく鉄砲もうてないだろう。きっと「輜重輸卒《しちょうゆそつ》」だな、と思っていた。輜重輸卒とは、軍隊の食料や物資をはこぶ、いわば運搬人足で、よくよく戦闘の役に立たない連中がまわされるということになっていた。

〽輜重輸卒も兵隊ならば

蝶々トンボも鳥のうち

という軽蔑《けいべつ》の歌があって、それをおぼえ、さすがに人前で歌うのははずかしいから、一人でこっそり歌ってみた。――十四、五歳の少年が、自分の「未来」をさしてうたう歌としては、何ともみじめでわびしく情ないもので、口ずさむと涙がこぼれそうになったが、当時の私は、それをひそかに「自分のうた」にして、まあそれでもいいや、どうせぼくはチカメだし、だめなやつなんだから、と自分にいいきかせていた。「カッコ悪さ」「情なさ」は、すでに中学にはいったときから、私の伴侶《はんりょ》だった。

二十年にはいってから、空襲は次第に猛烈になり出した。――四月から工場に行くはずだった私たちは、工場の一部が空襲でやられたため、のびのびになり、五月の末からということになった。その間に、沖縄は陥落《かんらく》し、最初は一週間に一回、三日に一回という程度だった空襲が二日に一回になり、毎日になり、ついに連日連夜、昼と晩と、多い時には日に三回というにぎやかさになった。それにくわえて、艦載機の爆撃銃撃がはさまり、長距離重爆B29のほかに、中距離型のB24、急降下爆撃機などもくわわり出した。――サイパン落ち、硫黄島落ち、沖縄、小笠原《おがさわら》落ち、空母は沈められ、洋上制空権は完全に米軍ににぎられ、まるでピクニックにくるような気楽さで、米軍機は飛来した。――その状況をきいたとき、友人は溜息《ためいき》まじりでつぶやいた。

「便利になったもんやなあ……」

今でも、何かにつけてこの言葉を思い出して、ついおかしくなる。――新幹線で、東京大阪間三時間になり、ジェット便就航で、空の旅が四十五分になったときも、この言葉を思い出して、ひとりでふき出した。敵にまわりの基地をみんなおさえられ、日に三度も空襲されるようになったのを、「便利になったもんやな」もないもンである。

そして、ついに、もうかなり陽ざしのあつくなったある日、私たちは、神戸の造船所に動員された。――四年、五年も先にそこへ来ていた。うんざりするほど広い敷地に、さびだらけの巨大な工場がたち、煤煙《ばいえん》や石炭ガラのいがらっぽいほこりや、赤銹《あかさび》がまいあがり、スクラップや、爆弾攻撃で破壊された建物がむっと熱気を吐き、耳を聾《ろう》する騒音があたりにみちている。そんな工場へ、連夜の空襲で寝不足と疲労でフラフラになり、一日わずか五勺《しゃく》の外米と、虫クイ大豆や虫食いトウモロコシ、ドングリの粉などで、すっかりやせおとろえ、おまけに消化の悪い煎《い》り豆を食べては水をのむので、大半がピイピイ腹下しでフラフラの私たち三年生が到着した。――私たちの関心はそこでつくっている、特攻用の特殊潜航艇よりも、仕事の内容よりも、なによりも食物、工場で支給してくれる弁当のことだった。それは自宅配給外に食える「夢の加配米」だったのである。

一日め、まちかねた昼休みがやってきて、当番が炊事場から、大八車にいっぱい、アルミの弁当箱をつんできたのを見ると、私たちののどは高なった。その頑丈一点張り、はしをまるめてもいない、ごついアルミの弁当箱とおかず入れが配られるのをまちかねて、胸をとどろかせながら、飯のもりつけ具合はあとのたのしみ、まずおかずは何ならん、ひょっとすると、まかりまちがって「肉」のスジでもはいっていないだろうかと、おかずいれの蓋《ふた》をはらってみると……。

「ありっ？」

同じ思いらしい級友が、小さく驚きの声をもらした。――私だって、わが眼をうたがった。誰でも知っている、あのアルミの弁当箱と対になっているおかず入れ、その中に、底がすけて見えるほど、うっすらパラリとはいっていたのは――トウモロコシの粒に、ボロボロの外米をかるくまぶしてある程度の、トウモロコシ六分に米四分（あるいは七分三分ぐらいだったか）の「飯」だった。

まさか！　――と思って、今度は大きいほう、つまりふつうなら飯を入れる弁当箱のほうの蓋をあわててとってみると、ツン！　とすっぱいようなにおいがして、これも底のほうにうすく、昆布か若布《わかめ》かフノリかツノマタか、何やら海藻と、これは見るのもうんざりの大豆を煮たものがドロリとはいっており、中央に、径三センチほどのくろずんだジャガ芋の——それも一個ではなく半切りにしたやつがポツンと一つころがっている。

何度見てもそれだけだ。

おかず入れの中の、うっすら飯と、大きな弁当箱の中の、海水で煮たジャガ芋半個と——この珍妙な、戦時中ならではの倒錯を眼《ま》のあたりにして、級友たちの間から、声のない落胆の気配がたちのぼった。——しかし、三年ともなれば、みなかしこくなって、誰一人、あからさまな落胆の声をあげるやつはいなかった。そんなことをすれば、たちまち教師のゲンコツがとんでくることは、いやというほど知っていたからである。

だが、このなんとも情ない「給食」がその後やはり、私たちの唯一のたのしみになったこともたしかである。朝くれば給食のことばかり考え、ゆっくり味わって食おうと思いながら、あっという間に食ってしまい、そのまずさに驚倒しながら、のどを通ってしまえば、次の瞬間から翌日の分のことを考え……。

「教師のやつ、欠席者のあまった分を、三つも食っとったぞ！」と誰かが知らせてくれば、クソ！　おのれ！　食い物のうらみ、今に思い知らせてやるぞ、と切歯するよ

うになったのだから、人間あさましくなれるものである。——だが、ある日、当番の級友が、何ともいえない顔をして帰ってきて、

「おい、あのな——いま炊事場の横で見てたらな、馬方が、あまった弁当を五つも六つも、馬にくわせとったぞ」

と報告したときは、みんな腹をたてるよりは、何かしゅんとして、何とも情ない気持ちで、たった今、食べ終った弁当箱を見つめた。——馬に食わせる弁当を、それも馬の食う何分の一かを、あさましく、ガツガツと、眼の色かえてもとめつづける……。いったいおれたちは何なんだ馬以下の存在か？

そのとき、あの〽輜重輸卒が……の歌を教えてくれた、輜重兵で負傷してかえってきた人の話が、ふと思い出された。輜重隊では、馬が人間より大切にされ、馬のあつかいが悪いと、二言目には、「貴様らは一銭五厘《りん》（昔のハガキの値段つまり召集令状のこと）でいくらでも補充がつくが、馬はそうは行かないんだぞ！」——とどなられた、ということである。——「陛下の赤子《せきし》」とか「醜の御盾」とか、一方ではかっこいいことをいっておだてながら、その実、私たち中学生のあつかいは、馬以下だった。いや、軍用犬が肉を食っていた時代で、私たちは軍用犬ほども役にたたなかったから、犬以下の存在だったろう。——豆ばかり食っていたから、せいぜい

できの悪い、伝書鳩程度のところだったかも知れない。

## 狂気の特攻兵器

私たちの動員された先は、神戸のK造船所といって、今では超マンモスタンカーをつくっている、日本有数の大造船所である。戦争中は、輸送船のほかに、小型潜航艇をつくっていた(K造船所のその技術は、今もひきつがれて、現在は海上自衛隊の潜水艦や、海底調査用の深海潜水艦をつくっている)。

それが、あの開戦のとき、真珠湾の水中攻撃に参加したり、はるばるオーストラリアのシドニー港をおそったりした二人のりの特殊潜航艇であったかどうか知らない。だが、やけただれたように熱い赤銹と煤煙と、耳を聾する騒音の舞いあがる工場群のむこうの船台に、眼にもあざやかな朱色のさびどめをぬった、まるい船殻構造の肋骨《ろっこつ》が見えたとき、私たちは、あ、あれだな、と思った。

私たちのような、十四、五歳の中学生は、もちろんその船台の作業には、つかわれなかった。しかし、自分たちが、潜水艦の部品をつくるんだと思ったとき、一種の興奮を感じたこともたしかである。

どんな潜水艦だったか、いまだに知らない。しかし、日本海軍が、戦争兵器として、たくさんの小型潜水艦をつくったことはたしかである。そして、安定性が悪く、故障も多いそういった小型潜航艇に、二人で、あるいはたった一人でのりこんで、多くかえらぬ人となったのが、ほとんど二十歳前後の若い人たちだったことも事実である。――こういった小型潜航艇は、航続距離がみじかいので、イ号潜水艦のような、大型巡洋潜水艦の上部に、二隻《せき》から四隻とりつけられ、いざ作戦ということになると、潜水中の大型潜水艦の内部から、水密ハッチを通じてのりうつり、艦体にとめてある金属のバンドをはずして発進するようになっていた。

だが、戦後ずっとあとになってしらべてみると、これらの小型潜航艇は、小さいという構造の無理から、ずいぶん故障が多かったようである。バンドがはずれずに、発進できなかったようなものは、まだよかった。しかし水中を目標に接近して行く途中で、魚雷の射程距離にはいらないうちに、機械類の故障で水底にエンコしてしまった例などを見ると、いったい中にはいった青年は、どんな感じだろうと思ってぞっとする。――はなばなしくつっこむならまだいい。だが、小さな下水管のようなものの中にとじこめられたまま、海底に沈んで、死ぬときをじっと待っている青年の心を想像すると、まったくたえきれなくなってしまう。

初期のうちは、それでも、攻撃を終了したら、一応、母艦に帰れるようなシステムになっていた。しかし、戦争後期になると、明らかに、いったん発進したらそれっきり、行きっぱなしの構造だった。——いわゆる「特攻兵器」である。

人間魚雷「回天」——この名を、君たちもきいたことがあるだろうか？　てっとり早くいえば、人間が一人のって操縦し、目標にぶつかって行く魚雷だ。今でいえば、目標を音波などで捕捉《ほそく》して、自動的にあとを追っかけて行く「ホーミング魚雷」の、自動操舵装置のかわりに人間がのるのだから、人間はいわば「電子装置」のかわりだ。魚雷の「機械」の一部のかわりを「人間」がやるのである。当然「人間」は、爆薬やエンジンのおそえものだから、そのスペースもきゅうくつなもので、一人が腹ばってようやくはいりこめるぐらいの大きさしかない。これなら百発百中と思うかも知れないが——また事実、考案者はそう思ったのだろうが——これも実際は故障が多くて、途中でブクブクということもたびたびだったらしい。「回天」は、訓練中の事故が多かったようである。

この「回天」と、もう一つ、一式陸攻という双発攻撃機の腹の下にぶらさげていって、目標前できりはなしてつっこんで行く、有人有翼ロケット爆弾「桜花」という特攻兵器の構造を見ると、私は戦争というものが、一種の「民族的狂気」のようなものに思えてならない。

地球上の、さまざまの人種、民族、国民の歴史を見わたしてみると、日本人は概して「弱い」民族の部類にはいる。国内の紛争――いまの言葉でいえば、「内ゲバ」はよくやるが、対外的には、どちらかといえば、あまりつきあいなれしているほうではなく――何しろ「島国」だし、徳川二百五十年の「鎖国」があったので――体形が小さく、例の河崎大使の問題を起こした発言のように、あまりかっこいい人種ではなく、子供っぽく、おずおずおどおどするほうである。例の有名な「オリエンタル・スマイル」も、このおどおどしている内面をカムフラージュするものである。

だが――諸君らも、自分たちの交友関係を見わたしてみて、思いあたることがあるだろうが――気が弱くて、みそっかすで、いつもおどおどしているようなものでも、そしてそういった人間にかぎって、いったんカッとなったら何をやるかわからない。ふだんのコンプレックスがいっときに爆発し、目先が見えなくなり、ムチャクチャをやる。

実をいえば、かつての私がそうであった。――私は弱虫で、オッチョコチョイで、ケンカは決して強いほうではなかったから、たいていの場合、いじめられっぱなしになっていたが、いったんカッとなると、すぐここで死んでもいいや、という気になってしまう。死んでもいいやと思うものだから、ヘタをすると相手を殺しかねない（広域一〇八号事件の犯人や、親友の首をチョンぎってしまった高校生の事件を知ったとき、私は何だか、かつての自分の姿がそこにあるような気がしたものだ）。

日本が、どうして戦争につっこんでいったか、ということについて、その歴史的経過については、こまごました事実がいっぱいある。大学入試のために、暗記しなくてはならないようなやつだ。そういう「歴史」の研究は、すでにうんざりするほどある。

しかし、軍閥が悪い、資本家が悪い、諸外国が悪い、帝国主義がどうこうといったところで、それだけでは、どうしても説明しきれない部分がのこってしまう。――なぜ、日本はあんな「闘い方」をしたのか？　そのことはどうしても説明しきれないのだ。

一つの民族や国民は、あたかも人格をもった個人のようにふるまうことがある。――そして、日本民族は、全体としてわりと逆上しやすい、カッカとなりやすい国民らしい。逆上した人間は、ふつうでは考えられないようなことをやる。本人自身があとで考えてみて、どうしてあんなムチャをしたのか、自分でもわからないようなムチャクチャをやる。理性的に考えて、効果もうすければ、人命消耗もはげしい、あのお粗末な「特攻兵器」は、日本民族の「逆上性」の証拠の一つである、と私は思う。カッときたときには、命もなにも見境がなくなるのだ。私たち一人ひとりだけでなく、日本という社会全体に、そういう「傾向」がある、ということを知っておく必要がある。君たち若い世代のほうが、昔の連中より、よほどクールになっているような気がするが、それでも日本社会全体として、この傾向はまだ根づよくのこっている。

こういう性格は、人種にかぎらず、人格共通にあるのだが、日本の場合は特にその「子供っぽい弱さ」とからみあって、つよく出てくるようだ。——このことを、よほど頭においておかないと、反戦平和運動などが、かえって「逆上性」をつっき出したり、また運動自体が、「逆上性」の中で自己崩壊してしまう。

## 機密と監視

例によって、脱線とお説教がつづいてしまった。話をもとにもどそう。

赤い鯨の骸骨《がいこつ》のような、建造中の小型潜水艦の姿は、いつでも工場のむこうに見えたのだが、私たちは、自分たちが何をつくっているかということは、「軍事機密」であることを知っていた。

——何をつくっているか、ということは、親兄弟にもいってはいけないことだ。

現在の日本では、せいぜい産業スパイが「秘密書類」をぬすむぐらいだが、戦争中は、この「軍事機密」がいっぱいあった。——もし、学校図書館に、戦前の日本地図があったら、ぜひ一度、みんなでのぞいてみたまえ。明治、大正、昭和、戦後と、時代ごとに地図を比較してみると、町が大きくなっていったり、鉄道がのびていったり、行政区画がかわったり、地形がかわったり、それだけでも、「歴史」が、私たちのすんでいる「国土」の上に変化を及ぼしてゆく過程がわかってたまらなく面白いし、ひどく変った場所や古戦場へ実際に行ってみて、昔の地図とひきくらべてみると、胸がワクワクするほど面白いのだが（どうして、社会科なんて、小学校のときからこういう教え方をしないのだろう？）、戦前の地図を見ると、海岸地帯に、白っぽい、地形も何も書きこまれていない場所が、あちこち見つかる。

これが「要塞《ようさい》地帯」といって、軍事機密に属する地帯だ。その中へは、ふつう、一般人立入り禁止だったし、うっかりカメラで、その方角を撮影しようものなら、たちまち附近を警戒している私服の憲兵にとっつかまり、スパイのうたがいで、拷問《ごうもん》をうけたりする。

カメラをぶらさげて、その附近に立ちよることは禁物だった。むろん、スケッチもいけない。「要塞地帯につき、撮影写生を禁ずる」という立札があちこちあったし、双眼鏡でのぞくことさえ禁止されていた。——いまいって見ると、たいていの場合何となくアッケラカンとしてアホらしい所だ。海上自衛隊の基地などはまだ同じ場所にある所があるが、行くと叮嚀《ていねい》に案内してくれる。

戦前からあったうえに、戦争中は、こういう地帯がさらに拡大され、またあっちこっちにふえた。——列車にのっていると、車掌が突然、「みなさん軍事施設地帯にはいりますので、窓のシャッターをおろしてください」とふれてくる。飛行場や要塞地帯、それに機密工場の傍《そば》を列車が通過するので「見てもいけない」というわけである。

兵隊をのせて走る列車、沖合にうかぶ輸送船の数、そんなものを、ぼんやり数えてもいけない。——また、戦争末期にもなると、B29から、「伝単」といって、「日本国民の皆さん、日本は負けました」とか何とか、ヘタクソな文字で書かれたビラがまかれたが、そんなものをひろって、うかつにポケットなどにいれるところを見られたら、それこそひどい目にあう。同じ学校ではなかったが、そいつをたくさんひろって持っていた中学生が、憲兵にひっぱられて、三、四日かえってこなかったこともあった、という話だった。

制服の憲兵、眼付きの鋭い私服の憲兵や、思想関係のとりしまりをしていた特高刑事などが、街の中をうろうろしていた。そのほかに、ふつうの将校、サーベルをガチャつかせて、今よりはるかにおっかなかった警官、刑事などがいて「教師の特高」ともいうべき「補導連盟」や「教護連盟」の教師がいて、「不良中学生」を油断なく見はっていた。――ふつう私たちがもっとも恐れたのは、この「補導連盟」の教師たちで、たとえば、女学生とこっそり話をしているのを見つけられたり、学校から集団で見に行く以外には父兄同伴でも許されなくなってしまった映画を見に行ったり、盛り場をヨタった恰好《かっこう》でうろついたりしているところを見つかれば、たちまちとっつかまって学校へ通知され、通知されたら最後――なぐられ罵倒され、停学、退学、放校になってしまう。にもかかわらず――私の親友に、どうにもならない「映画気ちがい」がいて、彼に教えられた「こっそり映画を見る」味は、食物も、甘味も、デートも、またブザーとともに「中部軍情報……」といってB29の来襲を告げる声でたびたび中断されるラジオ以外、何の娯楽もなかった時代にあって、たとえようもなく甘美なものだった。

私たちは、もっとも眼につかない、ビルやデパートの中にある小さな三流館やときには神戸から、わざわざ大阪の新世界まで、映画を見にいった。制帽をこっそり服の下にかくし、あたりにこそこそ気を配りながら、胸をドキドキさせて切符を買う（小遣いは、原則として持たせてもらえなかったから、その金は、たいてい親父《おやじ》の財布からくすねたものだった）。映画の暗闇《くらやみ》にまぎれこんで、はじめてほっとして、スジだらけのスクリーンをむさぼるように見つめる……。

ああ！——あんな甘美な、ほとんど愉悦といっていい感覚の中で、映画を見るようなことは、もう二度とあるまい。戦争中だから、新作物はすくなくて、古い、ぶつ切れのものの再映が多かったが、そのほうがかえって面白かった。新作物は戦意昂揚《こうよう》のため、やたら大味で、あまり面白くなかった。松竹の、また東宝の、今はいいオバちゃんになっている女優さんたちが、当時は何と可憐《かれん》だったか——映画なら、時代物、現代物、輸入物（当時はドイツものばかりだったが）なんでもよかったが、とりわけ私たちが、身内のふるえるほど幸福な気分になれたのは、斎藤寅次郎監督の、ドタバタ喜劇だった。エノケン、ロッパ、エンタツ、アチャコ、アノネノオッサンこと高勢《たかせ》実乗《みのる》、柳家金語楼、川田義雄（のち晴久）——こういったコメディアンを縦横につかった、ほとんど全部、太平洋戦争開始前につくられた、途方もないアチャラカ、ドタバタ喜劇を、私たちはどんなに喜んで見ただろう。とりわけエノケンの「鞍馬天狗《くらまてんぐ》」「ちゃっきり金太」「法界坊」「誉れの土俵入り」「一心太助」などのシリーズを見ながら、私たちはどんなに幸福になれただろう。息のとまるほど笑いながら見ていると、その間、戦争も、飢餓も、教師の恐怖も、情けない自分も、いっさい合財《がっさい》消えてしまい、私はただ、甘美な幸福感の中で、笑いころげているのだった。そう――妙ないいかたかもしれないが、ああいったメチャクチャなナンセンスなお笑いの中で、中学生の私は何か――「人間を愛する」ことを学んだように思う。そのときの、あの状況下での自分の幸せを思うと、何故か、こういった喜劇人に対する、感謝の気持ちでいっぱいになりさえする。斎藤寅次郎氏は、私の心の中で、いまだに日本最大の映画監督であり、エノケンは、最高の俳優である。――輜重輪卒にしかなれないなら、いっそ斎藤寅次郎氏のような監督になろうか、と真剣に考えたこともあった。だが、私の家庭は「カツドウ屋」などは「不良のなるものだ」と思っていたし、学校は「国士」になれと強制していた。それでも戦後、「映画批評」などという、しかつめらしい、愚にもつかないものの存在を知らなかったら、その方向へ進んだかも知れない。

という具合にまたまた脱線したが――とにかく当時は、そういった眼に見えない「秘密」と「秘密擁護」の網が、まわりにはりめぐらされてあった。私たちはまだ何といっても中学生で、「学校」というもっともせまい檻《おり》に、ガンジがらめにしばられていたから、その網にぶつかることはすくなかったのだが、しかし、「軍需工場」の中は、そういった網がもっときびしくなっているらしく、「機密」についての注意も、教師と職長からきかされた。

だが、もうその当時にあっては、「機密保持」のたいした意味もなかったろう。なぜなら私たちが動員されたときは、すでに雨天体操場ほどの工場のいくつかは空襲で焼けおち、その後毎日、その工場地帯を直接ねらってくる空襲があって、そのたびに機械も何もおっぽり出して近所の山まで逃げなければならなかったからである。

「バカ」「アホ」の工場労働

私たちのクラスは、第二だか第三だかの機械工場（あるいは旋盤工場といったかもしれない）に配属されていった。

戦争というものは、たかが十五、六の少年に、ずいぶんいろんな体験をさせるもので、戦争がなければ、文弱の私などはおそらく、「工場」というものがどんなもので、「工業」というものがどんな具合に運営され、「工場労働者」が、どんな生活をおくっているか、「工場作業」がどんなものか、といったものを、直接体験する機会はまったくなかったにちがいない。後年、親父のオンボロ工場の工場長をおっつけられて、わりあい抵抗なくはいっていけたのも、そのせいかもしれない。毛沢東の「下放」思想は、それが十把一《じっぱひと》からげの強制というところにはうんざりするが、「知識の体験的拡大」という面から見れば、学校で、四、五千年前の何とか戦争の歴史を、アクビをかみころしながら暗記するよりは、農村や工場のほうが、はるかに面白い「学校」にちがいない。そして、学問や知識というやつは「面白い」と感じなければ、絶対身につかないものである（この点から見ても、現在の「受験型」「知識つめこみ型」の学校教育と、そうならざるを得ない教育システムは、若干疑問がある）。

とにかくそこは、学校にくらべれば、はるかに面白い所だった。それまでの動員でコキつかわれた、モッコかついで砂をはこぶような仕事よりも、ずっとよかった（これは最低の仕事だった。ノルマがあり、単調でバカみたいで、しかもひたすら筋肉をいためつける）。また、ノルマさえなければ、そしてもっともっとお百姓のいろんな話がきければ、ずっと面白かったはずの農村よりも面白かった。——労働のほうは、決してらくなものではなかった。工業というものは、やたらに汚れるものであり、やかましいものであり、うっかりすると大けがをする危険もあり、そして相当筋肉をつかうものだったが、同じ汚なさでも、農家の下肥《しもごえ》をあつかったり、ヒルにたかられるそれとはちがい、同じ筋肉をつかっても、農業労働よりは、もう少し高級な感じだった。何しろ、相手は「機械」である。——そのかわり「やかましさ」と「危険」、作業テンポのあらっぽさなどは、農業とは比較にならないくらいはげしかった。

工場には、鋳物《いもの》、圧延、製罐《せいかん》、機械、組立とあって、鋳物工場の作業がもっともひどかった。鋳砂や黒鉛粉や煤煙のもうもうとまき上がる中で、摂氏四十度もの高熱にさらされながら、とけた銑鉄をあつかう。十分もいれば、顔がまっくろになり、服がズクズクになってしまう。そんな中を、上半身裸で口をタオルでおおい、重い鋳型や、取瓶《とりべ》をはこぶのである。鋳物工場の連中には、塩の塊りと、飯の増配があった。風呂《ふろ》もあったが、そんなのが何十人とはいる風呂の湯の色たるや！

やかましさという点では、製罐工場のリベット打ちが最高だった。ここでは、溶接でヤケドしたり、感電してひっくりかえったり、アークの強い光で、網膜がやられたりする危険があった。——しかし、圧延工場がやられて、鉄板があまりはいってこなくなると、新しくはいってきた、何も知らない中学生にわたすような作業がなくなって、連中はあいている溶接機で、溶接の練習をやらされていた。——私が、作業の途中にちょっとたちよってみると、悪友ども、鉄板にむかって殊勝らしくマスクをつけ火花をちらしていたが、そばで見ると、鉄板の上に溶接棒で「バカ」とか、教師のアダ名とか、公衆便所のラク書によくある、あのおゲレツにして単純なシンボルなどを描いているのだった。

私たちの機械工場は、そういう所にくらべれば、比較的きれいで、作業も旋盤をあつかうのでらくなほうだった――といって危険がなかったわけではない。

旋盤そのものが、あつかいなれないと危険である。あまり眼を近づけて削り具合を見ていると、金属のあつく焼けた鋭い切り粉がとんで、眼をきずつける。ヘタをするとメクラになる。けずるスピードが適当でなかったり、けずる材料にスがはいったり、その他の原因で、刃物《バイト》が折れて、これはまちがうと大ケガのもとだ。調帯《ベルト》はぶんぶんうなっていて、巻きこまれれば、腕一本ぐらい折ってしまうし、天井はホイスト（小型クレーンの一種）が重い金属塊をぶらさげてごうごうなっている。――級友の中で、旋盤で足の小指を切りおとすという何とも器用なことをやったやつがいた。手の小指ならわかるが、いったい旋盤でどうやって足の小指を切りおとすなどという芸当ができたかというと、――空襲があって、待避するときは、旋盤のスイッチを切らなくてはならないのだが、そのとき彼はうっかり切りわすれて逃げ出した。幸い工場がやられずに、かえってきたとき、彼は作業がはじまるまでのときのたしにと思って、棚の上にかくしてあった、煎《い》り大豆をとろうと、旋盤の上にあがった。その瞬間、空襲中は工場の大もとで切られていた電気のスイッチがはいり、スイッチを切り忘れていた旋盤が急に動き出し、彼は靴のすみっこごと、小指を食いちぎられてしまったのである。

　タガネ作業にまわされたやつもいた。万力に金属片をはさみ、タガネをあてて重いハンマーをふりかぶり、ガチンとやる。この練習は、指導員のピッという笛の音で、いっせいにハンマーをふりおろし、なかなか勇ましいのだが、あてそこなうと、拇指《おやゆび》の爪《つめ》をつぶしてしまう。——四年生の担任で、一足先に工場へ来ていた教師が、先輩ヅラして、

「ええか！——ハンマーをふりおろすとき、こわがるとかえって指をたたいたりする。こういう具合に、必勝の信念をもって、米英撃滅！　とばかり……（ゴキン！）アッチッチッチ」といった一幕もあって——まったく、教師は教師なりに、あの戦争中大変だったと思う。

　私の作業は「罫書《けが》き」といって一番らくなやつだった。別に体が弱かったからではない。

「前列何番から何番まで」

　という具合に、自動的にきめられたのである。——ほかの級友は、すわってやれるらくな仕事だといってうらやんだが、私たちは旋盤のほうが面白そうでそっちをうらやんだ。

罫書きというのは、鋳物工場からあがってきた鋳物に、白い石灰をぬり、旋盤で荒削りするための寸法を、図面を見ながら、罫書き針やカリパスでかきこむ作業である。まだあつあつの鋳物を、「定盤」という、あつさ三十センチ、二メートル四方ぐらいの完全に水平にすえられた鋼《はがね》の板の上にのっけて、ポンチでセンターをうち、がりがりと、針で線をひいたり、コンパスで円を描きこむという、しごくのんきな作業だった。

鋳物工場から、まっ黒けの顔をした連中が黒い鋳砂まみれの鋳物をのそのそゴロゴロ手押し車でひいてきて、黒い顔から眼をギョロリと光らせ、

「セエの！」

といって、鋳物をガラガラとあける。

——そいつをとりあげて、バケツの中の石灰を水でといたのを、刷毛《はけ》でバシャリとぬりつけると、たちまちシューと湯気をたててかわく。そいつの適当なセンターをカリパスで出し、ポンチでチョンとしるしをいれる。センターには赤いチョークをなすりこみ、今度はそのセンターに罫書コンパスの針をたててガリガリと円を描き——そんなことをくりかえしているうちに、旋盤のほうから、見るからにだるそうな、どろんとした眼つきの級友がのろのろゴロゴロ手押し車をひいてきて、

「バカ」「アホ」と、あいさつし、罫書きのすんだやつをつみこんで、

「サボリ！」「非国民！」

とあいさつして、またかえって行く。

のそのそゴロゴロ、「セエの！」ガラガラ、バシャリ、シュー、チョン、ガリガリ、のそのそゴロゴロ、「バカ」「アホ」ゴトンゴトン「サボリ！」「非国民！」ゴロゴロ……こんなことをくりかえしているうちに、

「ほンまに、飯まだかいな！」と、誰かがつぶやく。——それでうまく、飯のベルが鳴ってくれれば、当番はいっせいにとび出して、例のオカズいれにパラリのトウモロコシ飯、弁当箱にジャガ芋半切れの弁当をとりに行けるのだが……うかつに、サイレンがなれば大変だった。飯前の空襲のあったときだけは、チキショー、鬼畜米英め！と天をのろったものである。しかし、命あっての物種で、みんなすきっ腹でもつれる脚をひきずって大急ぎでとび出して行く。サイレンは、不吉に断続的になる。工場全体から、汗、埃《ほこり》、煤煙、油まみれの連中がワラワラととび出してきて、うす汚れた奔流となり、えっさえっさと二キロばかりの北の山のふもとまで走って行く。あんなに体力を消耗していて、よく走れたものだ、と今でも思う。

たいていは目的地につくまでに、カンカン、カンと、非常待避の半鐘がなり出し、

青く焼けただれた空の底が、うんうん唸《うな》り出す。と、——私たちがかつて砂をはこんだ陣地の高射砲が、ドカン、ドカンと、すきっぱらをゆするような音をたてはじめるのだった。しばらくして、ザァーッと空をゆすりあげるような音が頭上をおおう。絨《じゅう》緞《たん》爆撃でいっせいに投下される、何千本もの焼夷弾《しょういだん》、爆弾が空気を切る音なのだ。ふってくる焼夷弾が、空にまかれた千万の針のようにキラキラ光ってみえる。思うまもなく、ポンポン、パンパン、あたりは破裂音につつまれ、合い間にドスンドスンと、これは半トン、一トンの爆弾で、これが爆発したときは、青い大気の中を、池の面を走る波紋のように、衝撃波が、水紋よりももっと早く雲をゆすってパッと空にひろがってゆくのが見えた。衝撃波が眼に見えるということを、そのとき知った。

爆撃の主目標は、むろん海浜工場地帯で、しかし高射砲や迎撃戦闘機をさけて、高度一万メートルからおとすので、風のつごうで住宅密集地帯におちることなどしょっ中であり、のちには、はっきり住宅地帯をねらい、さらに沖縄がおち、こちらの空母、特攻機の数がつきて、洋上制空権は完全にむこうににぎられ、機動部隊が土佐沖あたりをわがもの顔で遊弋《ゆうよく》しはじめると、艦載機はもっと露骨に、道行く非戦闘員、小学生まで、面白半分とはいわないまでも、動くものならなんでも、二百五十キロ爆弾、二十ミリ機関砲でねらいうちはじめた。

空襲がすんで、黒煙のまだもくもくあがるほうへむかって、それでも作業時間がのこっていれば、二キロ走ってもう毛程の力ものこっていないと思う脚をひきずって、工場へかえらねばならない。どうぞ生きていてくれよ、ではなく、どうぞ焼けていてくれよ、という願いが胸のうちにこみあげてきたのも事実で、熱気がうずまき、黒煙が低く地面をはう造船所の門をはいり、自分の配属された工場が、完全に焼けおちているのを見て、

「ワッ！　しめた！　焼けとる！」

と叫んでとびあがったオッチョコチョイが、いきなり鉄のパイプで、これは教師ではなく「伍長」とよばれる職工頭にグワンと脳天をどやされたこともあった。

まったく、その焼け方は見事なもので、見あげるばかりの、雨天体操場のような工場が屋根スレートも、トタン、モルタルの壁もあとかたもなくぬけおち、鉄骨だけになった巨大な建物全体が、ぐにゃりとへたばったように地面にふして——まっかに焼けてポクポクになったコンクリートの間に、青い、鉛のかたまったようなものがあって、それが窓ガラスのとけたものだと知ったとき、その高熱が肌で理解できたように思い、こんな所で逃げおくれ焼け死んだら、さぞかしあつうてかなわんやろな、と息をつめて考え、それがもうあかん、と思いながら、空襲警報のたびに、必死で鉛のよ

うに重い脚を動かす力となった。

こんな目にあって逃げながら、またすきを見てのイタズラはやまず、山の中腹をほった大きな横穴式防空壕《ぼうくうごう》に近所の人たちといっしょに逃げこんだとき、奥で折れまがってまっ暗になった所につめこみしなに、日ごろ憎まれている教師が近くにいるのをチラと見て、

「よっしゃ、あいつにこの間の仇討《あだうち》してきたろ」と、私のとなりからゴソゴソ動いていった勇敢なやつがおり、まもなくゴツンと音がしたと思ったら、ギャア！　と赤ン坊が火のつくように泣き出すのがきこえ、つづいて、

「気をつけてくださいよ！　赤ン坊がいるんですよ！」

ととがった声で叫ぶ女の声が暗闇にひびいた。私たちは闇の中で笑い声をおさえるのに苦労したが、憎まれ教師とまちがえられた赤ン坊こそいい迷惑である。

残念なことに私たちの旋盤工場は、最後まで焼けなかった。くやしいことに鋳物工場も焼けなかった。だから最後の最後まで、鋳物はこびこまれ、私たちはチョンガリガリをやり、バカ、アホのあいさつをかわしては、旋盤で削る作業はつづいた。

――だが、もうそのころ、少し全体としてピントがくるいはじめていたと思われるのは、いくら鋳物工場が米英撃滅と鋳物をつくり、いくら私たちの旋盤工場が、一億玉

砕と部品を削っても、削りあげた部品を組みたてる組立工場が、赤銹《あかさび》の曲がった鉄骨に化していて、私たちの削った部品は、組立工場との間に、むなしく、堆《うずたか》くつみあげられてゆくだけだった。

(アホとちゃうか?)と、工場の外の空き地に、削りあげた部品をつみあげるたびに、眼前の焼けただれ、のたうち、へたばっている組立工場の残骸《ざんがい》をながめて私たちは思うのだった。——だがそのころはそれを口に出していう気力もなくなり(どうでもええわ……)と機械的に、のろのろはこんではつみあげた。

もうそのころ、栄養失調はだいぶ進んでいたらしく、頭の中は、腹がへった、ということと、しんどい、ということと、あつい、ということと、この三つのこと以外、ほとんど考えられなくなっていた。一日一回の空襲は、やがて昼と夜中の二回、しまいには昼二回、夜一回乃至《ないし》二回となり、「本土決戦」「一億玉砕」の声は、ごうごうともえさかる炎の間から、どこからともなく私たちのまわりにせまり、

(もうじきやな……)

もうじき、竹槍《たけやり》か、弾丸の出ない三八式歩兵銃を、垢《あか》でカサカサになった細い腕でにぎりしめ、タコツボ壕の中で死ぬことになるだろう、と、私たちはぼんやり考えていたが、それもさほどの事とは思えず、体を折り曲げるようにして脚をずるずるひき

ずって歩き、肩で息をしながら、ただ思うことは、あつい、しんどい、腹へったの三つであった。

昼の空襲で山麓《さんろく》に逃げたあと、また工場へかえり、そのあとが途方もない憂鬱《ゆううつ》だった。空襲はたいてい線路もねらい、一度あると国鉄一本、私鉄三本ある電車が全部とまってしまう。そうなると、神戸の工場から西宮の自宅まで約二十キロ余、重い脚をひきずって歩いて帰らねばならない。ふつうに歩いて五時間の距離を、体力消耗と、道が焼けおちた瓦礫《がれき》の山にうまっていたりで、まわり道をしなければならないので、六時間以上もかかった。かえりつくころは、夏の日が、もううす暗くなっており、足は靴の中でぶよぶよにはれあがっていた。——帰る道すがら、線路はひんまがり、沿道の、きのうまであった家並が、きれいにこんもりともりあがった、まだほこほこのあたたかい赤土になっているのを見て、これはきっと、自分の家も焼けてるなと思い、焼けてたら今夜はどうしようと思い、そこまで思いながら足の痛みと疲労コンパイに、その先の考えは何にも思いうかばず、しんどい、あつい、腹がへったと、またあのお題目ばかりがうかんできた。

栄養失調の初期から中期へ、そのころすでにすすんでいたらしく、何しろその頃は何を見ても無感動になってしまっていた。焼け跡の中にうっかりふみこんで、黒こげ死体を見たり、泉水に顔だけつっこんで、下半身黒こげ、顔はそのままといったおっさんを見たり、爆弾攻撃のあと、胴中から前半分スパッと切りとられた馬の後半身が、ひらいた肛門《こうもん》から山のように馬糞《ばふん》をひり出してたおれているのを見たりしても、興奮したのは、戦争がおわって、そのとき見たものを思い出してからで、そのときは何を見ても、はあそうか、なるほど、ぐらいの反応しか起こらなかった。

かえったらかえったで、まわりが焼野原になりながら奇跡的に焼けのこっているわが家を見ても、ああ、まだのこっとるかと思うぐらいで、玄関にへたりこみ、三十分もたってやっと靴をぬぐ。停電で家の中はまっ暗で、雨戸も玄関も障子ふすまも、空襲にそなえてあけっぱなしてあるから、家というより、吹きぬけガラン洞の、亭《あずまや》みたいなものの中へ、虫の息でどてんとひっくりかえって、一時間も動くことさえできない。母は弟妹をつれて田舎へ疎開してしまい、兄は動員で名古屋に行っていて、親父と私の二人ぐらしだが、親父はその時間まだかえっていない、ときには出張で、三日も四日もかえってこない。まっ暗な中で、私はいたむ筋々に顔をしかめながらやっと起きあがり、ガスも出ないから、七輪の中に紙屑《かみくず》と炭をいれて火を起こし、小さなアルミ鍋《なべ》の中に、コクゾウ虫だらけの、くさいボロボロの外米を五勺《しゃく》——というのはふつうのコップの半分ぐらい、両手にいっぱいぐらいである。当時の「米」の配給は、一日一人五勺、あとは虫食い大豆、カチカチのトウモロコシの粒、脱脂大豆（豆粕《まめかす》で牛馬の餌《えさ》）、ドングリの粉、くさったカンソウ芋だった。親父は「お上《かみ》が飢え死にするようなものを配給するわけはない」といって、ガンとして闇米を買わなかった——ほうりこみ、庭の片隅でとれたうらなりの、拳《こぶし》ぐらいの大きさのカボチャ（大きくなる前にみんな食ってしまうのである）を、皮ごと切り、ワタも種をざっととってぶちこみ、カボチャの蔓《つる》、カボチャの葉も、いっしょにいれて水をだぶだぶにいれ、火にかける。醬油《しょうゆ》も塩の結晶のういた合成醬油で、いれるとくさくなるので、塩を一つまみ、たきあがるのをまって、鍋からじかにあっという間に食ってしまう。成熟前のカボチャはずるずるして青くさく、カボチャの茎や葉は、ザラザラ小さな毛があって、うまいものではない。しかし、とにかく腹がすこうしふくれると、ふとんを敷き、蚊《か》帳《や》を半分だけつり、服もゲートルもつけたまま、ときには紐《ひも》をゆるめただけの靴さえはいたまま、ひっくりかえる。こうしないと、夜中に必ず空襲があって、そのときは着のみ着のままとび出さなければ間にあわないことがあるからである。——もうあかん、とも思わず、吹きぬけの家の中で眠る寸前、思うことといえば、明日電車が動いてなければ工場を休めるんだが、ということだけだがいまいましいことに、電車は翌朝になると手品のように動いているのだった。

こんな状態が、六月、七月とつづき、そして八月がやってきた。

## 昭和二十年八月十五日

昭和二十年八月十五日——。

あの日のことは、私もずいぶんとあちこちに書いた。いくつかの作品にもまとめてあるから、諸君の眼にとまる機会もあるだろう（一つだけ例をあげておくと、私がはじめて、SFとして書いた作品「地には平和を」は、終戦の前後を題材にしたものである）。だから、ここの所はごく簡単に書いておこうと思う。

あつい、しんどい、腹へったのお題目をとなえている間に空襲はつづき、焼け跡の面積はどんどんひろがっていった。

私の家にも、数発のエレクトロン焼夷弾と、庭や屋根をふくめて十発以上の油脂焼夷弾がおちたのだが、とうとう最後まで焼けのこった。これをいっても誰も信じてもらえないのだが、エレクトロン焼夷弾のときは、昼間でおとなたちもいたので早めに消しとめたのに対して、油脂焼夷弾のときは夜間で、足腰たたない焼け出された医師老夫妻以外、父も旅行中で、私がたった一人で消しとめたのである。玄関先におちたうか、などと考えていた。——それから、近所の友人の家が心配になって、見に出かおちついた気分で、防空壕にはいっている医者夫婦を、よびにいったものかどうしよったのがさいわいだったが、だだっぴろい、まっ暗な家の主人になったような、変に人で水をのんですわっていた。屋根を貫いて、家の中でもえはじめるのが一本もなかわりの街を見て、何となくもう大丈夫という気がして、まっ暗な家の中へはいり、一え、家のまわりを機械的に見まわり、塀《へい》にざぶざぶ水をかけ、ごうごう燃えさかるまので、そのときは、ただ妙に物悲しく冷静で、ほかにおちてないかな、と機械的に考

これも戦争も終わって、ずっとあとになって思い出し、戦慄《せんりつ》したり興奮したりしたみついて下へおりた。

んで五十センチほど横に移動し二階の小窓の桟《さん》をつかみ、そこから物干用の柱にしがぐおちれば五、六メートルはある。しかし、そのときは妙に冷静で、手で軒瓦をつかち、軒瓦《のきがわら》と樋《とい》にぶらさがって、しばらく宙ぶらりんになるという目にあった。まっすき私はゼリー状の油で足をふみすべらし、あっという間に大屋根のはしまですべりおえはじめたのを、のぼっていって火たたきの棒で道路へたたきおとした。——そのとり出し、軒びさしの一発を庭へはたきおとし、最後に二階の大屋根につきささってもう二発をぬれたむしろで消しとめ、軒下でもえはじめたのをひっつかんで裏の畠《はたけ》にほう

けた。焼夷弾の雨はもうやんでおり、かわりに周囲一面の大火事によって吹きおこるおそろしい熱風が、つむじをまいて灰と火の粉をたたきつけてきた。空は一面ぶあつい煙にとざされ、それが炎を反射してにぶく赤く光り、まわりはただごうごうとうなる、眼もあけていられないような熱い旋風だった。旋風は、時折り看板とか、トタンの波板などを吹きとばし、それが電柱にあたってひどい音をたてた。関東大震災のときもそうだったと、母にきいたが、この熱風でとばされたトタンに、首をスッパリ切られた人が何人もいたそうである。そのほかにも、焼夷弾をたばねていた鉄の帯金などがぶんぶんとんできた。

いったん家の外へ出たが、あまり熱風があついので、ひきかえしてのこっていた防火用水を頭からかぶり、二丁ほどはなれた友人の家へ出かけていった。――熱風と灰を手でよけながら歩いて行くと突然、背中のへんでヒューッ！という音がおこり、すぐうしろでバシンと地ひびきがおこった。ふりかえってみると鉄板をまげてつくった、ひとかかえもありそうな円筒で、くちゃくちゃにひんまがった羽根が四枚ついていた。草色にぬられているので、米軍のものとわかった。――焼夷弾は、何十発とたばねられてケースにいれられ、B29から投下される。おちてくる途中で、尖端《せんたん》の小さな羽根が何回かまわると、たばねた帯金がはずれて、空中にバラまかれる。「モロトフのパン籠《かご》」といわれたやつだが、その何十本とまとめたケースについている、大きな尾羽根が、私の背をすれすれにかすめておちたのだとわかった。一足おくれていれば、むろんこちらはグシャグシャになってつぶれていたろう。だが、そのときは、そんな事を想像してふるえあがるゆとりはなく、天をあおいで、一つ舌打ちしただけだった。

線路をこえて友人の家へいってみると、二階家は、いままさに紅蓮《ぐれん》の炎をはいて焼けおちようとする所だった。——友人が、私同様、制帽をかぶり、ゲートルをつけた姿で、トホンとしたような顔つきで、焼けおちる家を見つめていた。

「焼けてしもたな」と私がいうと、友人はちらりとふりかえって、

「まる焼けや」といった。

「おれんとこは、助かったらしい」と、私はいった。

「それでどないするねン？」

「知らん——防空壕へすむか、どこぞへ行くか……」

「小父《おじ》さんは？」

「夜があけたらきよるやろ」

ちょっとはなれた所で、リュックをしらべていた友人のおふくろさんが、こっちを

見て、どういうつもりかニッコリ笑っていった。

「小松さんとこ、焼けなかったの？　――よかったわね」しっかりしたおふくろさんだった。――眼の前で家が焼けおちようとしているのに、涙も出さず、さばさばしたような顔をしていた。私は、自分の家が焼けなかった事が、妙にうしろめたいような気がして、うつむいた。

「明日は工場休むやろ」と私はいった。

「ああ……いうといてくれ」と友人はいった。「明後日《あさって》からは行かせますからね」とおふくろさんはいった。

それから私たちは、しばらくならんで、家の棟《むね》が、仕掛け花火のように炎の珠《たま》をつらねて、どうーっとおちてくるのをながめていた。

翌朝、父がかえってきて、あたりで数軒だけ焼けのこった中にはいっている私の家を、ふしぎそうにながめてきいた。

「焼夷弾はおちなかったのか？」

「おちたけど、消した」と私は答えた。

父は、ふうん、といって、それだけだった。考えてみると、それがそのあたりの最後の大空襲だったように思う。――大阪のほうは、そのあともやられた。

八月七日の新聞——タブロイド判といって、いまの新聞紙一ページの半分の大きさだった——は、広島でおちた「新型爆弾」の記事が一面にのっていた。八月九日には、一面焼け野原になった中で、焼けただれてガイ骨みたいになった市電と道ばたにゴロゴロ石のようにころがっている頭蓋骨《ずがいこつ》の写真がのっていて、米国のこの暴虐《ぼうぎゃく》！　とうたっていた。

「これはどうも、原子爆弾らしいぞ！」

と名古屋大の動員先からかえってきていた兄貴はひと目みていった。

「へえ！　原子爆弾？」

マッチ一箱の大きさで、富士山もふっとばせるとつたえられた原子爆弾の事は、私たちは戦争がはじまるころから知っていた。——アメリカがとうとう、そいつを完成させたか、と、兄と私は興奮して語りあった。妙な事だが、そのものすごい兵器を、アメリカが完成させたという事についての敗北感はなかった。かえって敵が完成させたのなら、日本も、もうじき完成させられるはずだ、というおかしな確信があった。

その翌日の新聞の下隅に、ソ連が、まだあと一年の期間がのこっている「日ソ中立条約」を一方的に破棄し、宣戦布告して、攻撃を開始した記事がのっていた。——しかし、私たちはちっとも動揺しなかった。どっちにしたって、もうじき決着がつく。アメリカでもソ連でも中国でもやってこい。本土決戦よ、早くはじまれ——そんな、妙に軽々とした気分だった。むしろ、決定的に動揺したのは、動員先で銀行屋の息子の友人から、

「日本は、もう敗《ま》けた」

という話をきいたときだった。——日本は、無条件降伏することにきめ、銀行の上層部では、いま資産をかくしにかかっている……。そのショッキングな「秘密ニュース」を、私たちは昼休みの工場の物かげで、息をのんできき、きくだけきいてから、その友人を、「日本が敗けたなんて、きさま、非国民だ」といって、みんなでぶんなぐった。

だが、八月十三日、十四日と、二日つづけて、不思議千万にも、あれほど熾烈《しれつ》だった空襲がなかった。警戒警報は何度も鳴ったが、侵入してくるのはたいてい一機、それも、伝単（ビラ）をまいて行くだけだった。「敵の謀略宣伝」であるビラはひろう事を厳禁されていた。ひろってもっていたために、憲兵隊にひっぱられたやつもいた。しかし、誰も彼も、そのビラを一度は見た事があり、その内容が、「日本国民のみなさん、日本の天皇は、ポツダム宣言をうけいれ、無条件降伏を申し入れました」とい

ったものである事は、誰もが知っていた。そして八月十四日、翌十五日に、「重大放送」がある、という情報がつたわってきて、それはかえって、「敗戦」の、噂《うわさ》をうち消してくれるものとうけとられていたのである。

十五日の朝になって、「重大放送」が「陛下の玉音」である事がはっきりすると、みんなは、ほんの少しばかり興奮した。

「いよいよ本土決戦やな」

と変にうれしそうにいうやつもいた。

いつもより十分早い、午前十一時五十分に作業は終わり、私たちは工場の中央のラジオの所に集まった。私のいる罫書班は、ラジオに一番近かったので、一番そばに陣どれた。——いよいよはじまった「陛下の玉音」を、みんなはコチコチになってきいた。何しろ、天皇陛下は、子供のころ「御真影をじかに見ると眼がつぶれる」とおどかされた「現人神《あらひとがみ》」であり、その玉音が、ラジオできけるなどという事など、あり得ようとは思えなかったからである。

しかし、必死になってききとろうとしても、ラジオも悪く、そのカン高い、節のついた言葉はどうにもききとれず、ただ「ポツダム宣言」という言葉と、「たえがたきをたえ」という言葉しか理解できなかった。ついに何もわからずじまいに放送が終わると、担任の教師は大感激して演説をぶった。

「ただいま陛下は、もったいなくもおんみずから、ポツダム宣言を離脱したといわれた。われら陛下の玉音にしたしく接したこの感激を身に帯し、ますます一億一心、尽忠報国の意気にもえ、聖戦の完遂にむかって邁進《まいしん》すべきである。天皇陛下万歳！（ここでみんな万歳三唱）――ただちに午後の作業にかかれッ！」

歳《とし》とった工員は、感激のあまり涙をながしていた。ほかの連中も、何となくわりきれない顔をしながら、職場へかえっていった。

しかし、前のほうにいた私たちの班の中では、論争がまきおこった。――いったい、ポツダム宣言を「離脱」したとはどういう事だろう？　「離脱」するためには、それにはいっていなければならない。しかしポツダム宣言は米英ソ中四国が行った宣言のはずである。そんなものに日本がはいっているはずはない。陛下はポツダム宣言を「受諾」したといわれたのではなかったか？　とすると……。

「貴様ら、なにグズグズしとるか！」

と、しゃべっている私たちを見て、教師が近づきながらどなった。

「陛下の玉音に接しながら、なおだらだらしとるか！――この不忠モン」

とたんに総ビンタがきた。――しかし、中で勇敢な一人が、おずおずと、いった。

いまラジオをきいていたら、たしか陛下は、ポツダム宣言を「受諾」したといわれたようにきこえました。ということは、日本は敗けたんやないですか？

「なにッ日本は敗けただと？——きさまなにをきいとったのか！　この非国民！」

とそいつははったおされた。——その時以来、その男の鼓膜はおかしくなってしまったのだから、ムチャな話である。

そんなききちがえをするのは、貴様らがたるんどるからだ、といって、さんざんぶんなぐって教師はいってしまった。——この教師が戦後、それも終戦後三か月もたたないうちに、突然、

「私はもともと民主主義者で……」などといい出したのだから、私たちの戦後の「大人不信」は深くなってしまった。

しかし、そのときはみんな頬をはれあがらせながら仕事にもどった。——そして、一時間もたたないうちに、他の工場の連中がかえりじたくでやってきた。変に気おいたった様子だった。

「なんや？——もうかえるんか？」と、私たちはいった。

「ええなァ、どないしてん？」

「なにいうとる！——お前ら知らんのか？」と、連中の一人は、興奮した口調で吐

き出すようにいった。
「日本は敗けてんぞ！　もうこんなもんつくってもしかたがあるかい。やめてまえ、やめてまえ！」

そういうとその連中は、勝手に配電室におしいり、電源をきってしまった。日本は敗けた、という声のない情報は、たちまち工場全体にひろがった。——私たちは、やめや、やめや、といって作業をおっぽり出し、荷物を持って外へ出た。

出た所でする事はなく、海べりの堤防の所に集まってうろうろしていた。——つよい、夏のひざしの中で、いまのいままでやかましい音をたてていた巨大な工場群が、はしのほうから次々に静まりかえって行く光景は、なんだか異様なものだった。一つの工場の音が消えるたびに、なかから、中学生や工員がぞろぞろ出てきて、所在なさそうに空を見あげ、ぼそぼそ話しあうのだった。私たちは、ぼんやり海をながめていた。戦争は終わった、日本は敗けた、それはたしからしい。が、それがいったいどんな事なのか、ちっとも実感がわかなかった。そのうち、教師がやってきてみんなを集めた。——日本は敗けたが、だらだらしていいわけではない。今日はこれで帰宅するが、おって学校からの指示をまて。解散。

すると、上級生のクラスの「年級隊長」がとび出してきて、演説をぶちはじめた。

――日本は敗けたが、日本民族が敗けたわけではない。神州は不滅である！

しかし、もう誰もきこうとしなかった。ぐずぐずくずれ出した列の中から一人がどなった。

「アホ！　――やめとけ」

それが合図のように、みんなは足をひきずって思い思いのほうに歩き出した。「明日泳ぎに行こうか？」と誰かがいった。

## 焼け跡の休暇と闇商売

私の青春の中で、強い光輝をはなって印象にのこっている時期は二つある。

――一つは、この「敗戦」の瞬間から、米軍がやってきて授業が再開されるまでの一か月、もう一つは旧制高校にはいってから、大学入試までの一年間である。

後者のほうは、あとでのべるとして、この敗戦から授業再開までの一か月は、自分が、「肉体的」に少年であることを、一番強く感じる事のできたときとして印象にのこっている。日本は敗けた。――食糧はあいかわらず一日五勺の米とカボチャで、ガツガツ腹をすかしていた。あたりは焼け野原で電燈《でんとう》はつかず、家の戸障子ははずしたままだった。

しかしもはや空襲はなく、戦争はなく、未来に予定されていた「本土決戦」はない。学校は休校であり宿題はなく授業はいつ再開されるかわからず、これからさき自分が何をしなくてはならないかという事について考えようにも考えようはなく、ああしろこうしろと指図した大人たちは、呆然《ぼうぜん》とした虚脱状態で眼をあわすのをいやがっているようだった。

私には、「やらなければならない事」としての「未来」がまるきりなかった。そして、私は十五歳であり、瘠《や》せこけて栄養失調であっても、十五歳という「肉体」は、充分休ませてさえやれば、それだけで何かいきいきとした力にみちあふれてくるのだった。——親父は毎日ぼんやり庭をながめていた。私は、空襲にも登校時刻にもたたき起こされることなく、眠りたいだけ眠り、眼がさめると、あつい青空をながめ、夏空をながめ、朝顔をながめ、のんびりと友人をさそいに行き、泳ぎに出かけるのだった。海は土用波がたちはじめていたが、人ッ子一人おらず、昼間から泳いでいても、どなる大人はおらず、雲の彼方《かなた》からおそいかかってくる艦載機もいない。街は焼けてしまい、一面に平らになった焼け跡のむこうに、こんなに近くにあったのかと思うほどま近に、六甲の山々の鮮やかな緑がせまっていた。——大地と、空と、海と、山と、雲と、緑の間に、私たちの十五歳の若い体は、そういったやさしくおだやかな、何事も強制しない太古さながらの「自然」の一部としてただよっていた。それはすばらしい「休暇」だった。未来の事、「休暇の終わり」の事を、全然考えなくてよかったのだから、――また、考えようもなかったのだから、――あれほど純粋な「休暇」がまたとあろうはずはない。だが、九月になると「米軍」がやってきた。――男はみんな去勢され、女はみんな強姦《ごうかん》されるという噂がとんでいたが私たちは無関心だった。私の家の近所にも、はじめて「ジープ」というものが走ってきて、映画そっくりの顔だちの若い米兵が、子供たちにチューインガムをばらまいた。

そして、九月のある日、クラスの「級長」が、登校せよ、という「命令」をつたえてきた。――私は近所の友人と、行くのをやめようか、と語りあった。しかし、米軍の姿と、そろそろ形をあらわしはじめた「闇市《やみいち》」の姿は、何となく「休暇の終わり」を告げているようだった。

登校してみると、教室のほうは、焼け出された日本陸軍の連隊区司令部に占領されていた。――兵隊は復員してしまっていたが、連隊区司令部は、まだ「終戦処理」で、校舎にいすわっていたのである。私たちの運動倉庫は、窓に格子《こうし》をうって「重営倉」（兵隊が一時懲罰のためにいれられる留置場のようなもの）につかわれていて、動員中の登校時には、首をつらないように、紐とボタンを全部とりさられた服を着た兵隊が、手でズボンとシャツをおさえ、銃をもった衛兵につきそわれて出てくるのが見られたものだが、その「重営倉」もからっぽだった。

柔道場と剣道場をつかった授業がはじまった。――最初に命じられた事は、歴史、国語の教科書のある箇所を、墨でぬりつぶしてゆくことだった。当時の私たちの教科書は、表紙もなければ、とじられてもおらず、また裁断もされていない、いってみれば新聞紙をおりたたんだようなものだったが、その中の、「米英」を鬼畜と表現したような箇所を、全部つぶしてゆくのである。

一部の教師はまだどなりちらし、ぶんなぐった。――しかし、私たちの中には「おとな」全般に対する一種の同情と同時に、不信の念が、どうしようもなく芽ばえはじめ、それが反抗へと成長しつつあった。授業をする事は、何とか学校の「体面」をたもつのに必要だったのだろうが、何しろ、ただでさえうすっぺらい教科書のあちこちを墨でぬりつぶしてしまって、する事がじきになくなり、といって新しい「教育」をどうやったらいいかわからなかったので、私たちはまたぞろ「作業」にかり出された。――今度は焼け跡のかたづけである。

焼け跡には、いたる所に水道のパイプがつったち、焼けた蛇口から水がじゃあじゃあこぼれていた。そいつの元栓をさがしてしめ、元栓から先のパイプを金鋸で切り、先端をハンマーでたたきつぶす仕事である。——たった一軒焼けのこった銭湯のパイプをとめてしまい、裸の男大勢におっかけられたりして、けっこう面白かった。そして、その作業中、私たちは、米軍の兵士と、三国人とのうちあいを見たりした。敗戦とともに、無警察状態の中で大きく勢力をのばしてきた第三国人同士の衝突が、米軍をまきこみ、神戸の街角で「市街戦」が演じられたのである。——そして、それは、GIと、街娼《がいしょう》と、復員兵ギャングと、浮浪児と、殺人甘味料と、殺人アルコールと、愚連隊と、集団強盗と、闇取り引きの「闇市時代」の開幕を知らせるものだった。

「闇市」というものの概念を説明するのは今となってはむずかしい。——それは最初、焼け跡の路《みち》ばたに、じかにむしろをおき、カンソウ芋や、軍隊毛布、乾パン、シャケの罐詰《かんづ》めなどを、ポンポンと売っている光景からはじまった。

それがあっという間にバラックがたち、もっぱら繊維製品と食物を中心に、靴、酒、石鹼《せっけん》、タバコ、ライター、時計、貴金属など、とにかく当時「統制品」や「配給品」とされて、ふつうの人間が売り買いしてはいけないものばかりが、どっとあふれ出したのである。

――それがみるみる大きくなっていったのは、敗戦直後の、ガックリ力を失った日本の法律と警察では、おさえようもなくなった第三国人たちの活躍によるものだった。戦時中、国民には食うや食わずの食料配給でおさえておく一方、軍隊のためには、大量の繊維製品や食料をたくわえてあった。それが敗戦とともにいらなくなり、復員兵がもち出したり、政治家や高級軍人がかくして、少しずつ売りはらったりして、少しずつ世の中へ出まわりはじめた。それにやがて、米軍の兵士が横流しした品物がくわわった。――一方、庶民のほうでは、それを買おうにも、金の値うちはまるっきりさがってしまい、しかたなしに、戦時中は着ることを許されなかった、洋服や袂《たもと》の長い着物などと交換に、そういった食料や生活必需品を手にいれはじめた。いわゆる「売り食い」「筍《たけのこ》生活」というやつである。

こういったものの、一大交換場が、「闇市《ブラック・マーケット》」である。警察のとりしまりをのがれる、というよりも、そんなものをはねかえしてしまうほどの、ものすごい活気にあふれる一方、その中は無警察状態だから、暴力、恐喝《きょうかつ》、ぶったくり、ケンカが横行し、物騒きわまりない所だった。道路の両脇《りょうわき》に、勝手にバラックをつくってしまうから、道幅はぐんとせまくなり、そのせまい道に、やせおとろえて眼をギラギラさせた人たちがあふれかえり、両側から売り声、呼び声がわめきたて、椰子《やし》油《ゆ》であげる揚饅《あげまん》頭《じゅう》、殺人甘味料紫蘇《しそ》糖《とう》入りの汁粉《しるこ》、密殺牛馬や犬猫の肉のゴッタ煮、飛行機用のガソリンにまぜられたアルコールでつくったバクダン焼酎《しょうちゅう》などの臭《にお》いにむせかえり、こちらではインチキ賭博《とばく》をやっており、どなりあいがあり、誰かが逃げ出し、それを殺気だった連中がおいかけ、昼間からよっぱらってつぶれているやつがおり、喧嘩《けんか》が起こり、「手入れだ!」「ポリ公だ!」「MPだ!」という声があがるたびに、どっと人波がくずれる。——ときには、一角で、派手な銃声があがることさえあった。

私たちにとっても、闇市は、大変な魅力とスリルのある所だった。——そこでは戦争中ぜったいに手にはいらなかった甘いものや「銀シャリ」が、金さえあればいくらでも手にはいった。問題はその金を手にいれる事だったが、これもその気になって危ない橋をわたれば——つまり警察につかまったり、おっかない連中に途中で身ぐるみはがれる危険をおかせば——ある程度手にいれることができた。

「ちょっとかつぎに行かへんか?」

と、友人がさそってくれた。

「なにかつぐんや?　米か?」

「米はあかん。つかまりやすいし、中学生がかつぐ程度やとたかが知れとるし、もうけはたいした事ない」

私は友人にさそわれて、山陰の山奥まで、リュックをしょって、肉の買い出しに出かけた。資金は友人が親父の金をくすねてきた。——当時の列車は、空襲で車輌《しゃりょう》がやられて本数がすくないうえに、復員兵、疎開先からかえる連中行く連中、いなかへの食料買い出しの連中でごったがえし、入口や窓から人間が鈴なりになり、連結機はもちろん、屋根の上にまで人がのっている有様だった。もちろん、窓から出入りするので、窓ガラスは一枚もない。窓に板をうちつけた列車や電車は、終戦後、だいぶ長い間走っていた。そんな中に、リュックいっぱいの肉をせおってはいりこむのだから、たいていの事ではない。現在でいうなら、東京の中央線の朝のラッシュ以上のラッシュの中でギュッと押しつけられたまま、三時間、四時間がまんしなくてはならない。何しろ生肉なので、もまれているうちに、リュックの中から血がにじんでくるし、におってくる。

「くさいぞ、兄ちゃん。なにをもちこんだんや？」

眼つきの悪い、何でもとりあげそうなおっさんににらまれてふるえあがり、友人は次の駅にとまったとき私にいった。

「おい機関車の一番前にのろやないか」

「のせてくれるか？」

「かまうかい、のってしまうんや。――あの機関車のカマの前の所に、手すりがあるやろ？ あれにつかまっとくんや」

「大丈夫やろか？」

私は前に走って、線路にとびおり、運転士や駅員の眼をかすめて、機関車の一番前によじのぼった。二十数キロの肉をつめたリュックをほうり上げ、汽罐《きかん》の前の、段になった所へはいあがったとたんに、汽車は動きだした。一歩おくれたらひかれる所だった。動きだしたときは、まったく快適だった。おそろしい人いきれも、押しつぶされそうな圧力もない。第一風通しがいい事無類だった。

「こらラクチンや」と友人も喜んで叫んだ。「これにかぎるな」

だが、スピードがあがってくるにつれて、ラクチンなどといっていられなくなった。――第一、機関車の一番前という所は、一番横ゆれのはげしい所である。ときおり誘導輪がうきあがるようにふわっと持ちあがる。おまけに、前にさえぎるものは何もない列車の先端部である。時速六十キロ、七十キロとあがってくるにつれ、風はもろにふきつけ、線路はとびかかってくるようであり、動揺はますますはげしく、カーブの所でふりおとされないように、手すりにしがみついているのがやっとだった。そのうち列車はトンネルにつっこみ、まっくらやみの中で猛烈な轟音《ごうおん》と風圧にあたりがつつまれ、あまつさえ、むこう側から対向列車がせまってきたときなどは、生きた心地がしなかった。最大のピンチは、次の停車駅で急ブレーキがかかったときで、私の友人はあやうく前へほうり出されかけ、それをあわててつかまえた私のほうのリュックはレールの上を五、六メートルも先にとび出していった。もしふりおとされていれば、無事にはすまなかったろう。

百匁《もんめ》（三七五グラム）十二円で買ってきた肉は、闇市で十八円で売れたが、もう買い出しはこりごりだった。私は三百円という当時の大金をふところにし、さらに親孝行、兄弟孝行と思って、五百匁ほどの肉をもってかえり、戦中戦後はじめてのスキ焼きをやったが、牛肉と思った肉は実は馬の肉だった。

肉のほかに、ずいぶんいろんな「闇商売」にちょこちょこ手を出した。一升びんに、いっぱいはいったライターの石の売り先を見つけて、詐欺《さぎ》にひっかかり、売り主からおどしあげられて、それまで闇でためた金を全部まきあげられたり、アメリカのGIから、タバコ、チョコレートなどを買いとり、そいつを三倍ぐらいの値段で売ったりした。しかし、米軍物資の横流しを見つかったら、MPに情容赦《ようしゃ》なくとっつかまり、沖縄へ送られて重労働させられる。――なにしろ、相手は「占領軍」である。もういいかげん、やめようと思ったのは、モンサントという外国の会社のサッカリンだといって友人といっしょにはこんでいた品物が、実は三回に一度は麻薬だったという事がわかったときで、そのときの仲間二人（他校のやはり中学生だった）は、取引元といっしょに一網打尽であげられてしまったからである。運のいいことに、そのとき私は、たまたま闇市で食った揚饅頭の油にあたって、ひどい下痢《げり》で「運び」を休んでおり、逮捕だけはまぬがれたが、仲間が私の名前をいって、警察がつかまえにくるんじゃないかと思って、知らずにやった事とはいえ、一月あまり生きた気はなかった。

運がいいといえば、この時期の私は、ほかにも紙一重で助かった事が何度かある。

——前にも書いたが、あの教師のインボウで予科練にやられた級友が、学校へかえってきて、数人の仲間と、「戦後初の中学生のピストル強盗」をやらかしたときも、その二、三日前に、何をやるともいわず、「よかったらこやへんか？　ボロクチがあるで」とさそわれており、私としては、別の仕事がかたづいていたら行くつもりだった。しかし、当日はたまたま京都のほうでちょっとまずい事があったので、そちらへ出かけていて参加できず、参加していたら、私もきっと前科一犯がついていたろう。

焼け跡と闇市の中では、今から思えば、考えられないような事がいくらも起こった。

——当時、戦災孤児たちは、いわゆる浮浪児となってうろついていたが、この連中が、ほんの四つから七つ八つぐらいまでの子供のくせに、何とも恐ろしい連中だった。おとなが闇市で売物をのぞいていると、その連中が四、五人チョコチョコとやってくる。ブカブカのアメリカ兵の帽子をかぶり、靴みがき台をぶらさげ、垢まみれで、白い眼を光らせ――いわゆる靴磨き小僧《シューシャイン・ボーイ》たちである。この連中のボス格のやつが、どう見てもせいぜい八つぐらいのチビで、こいつがタバコをスパスパ吸っているのだ。

そのうち、そいつが闇市をのぞいているおとなの後ろに近づいて、煙草《たばこ》の火をおとなの手にちょいとおっつける。

「アツイ！」とおとなが思わずさけぶと、「おう、オッサン、文句あるのか。ちょっとこいや」と、おとなの手をひっぱる。――おとなはあっけにとられていると、五つぐらいのチビが後ろから脚をけっとばし、四つぐらいのチビが手にかみつくというわけだ。呆然としたまま、すぐそばの焼け跡にひきこまれると、いきなりレンガで頭をなぐられ、鉄棒でつきたおされ、身ぐるみはがれてしまうのだ。ほかのおとなたちは、おそろしそうに遠まきに見ている。私も舌の根が乾くような思いで見ていた。考えても見るがいい。今でいうなら幼稚園から小学校低学年ぐらいのチビどもだ。ハリとばせばいっぺんだろうが、あまりの異常さに気味が悪いのと、背後に誰かがいるのかと思って手が出せないのである。

私にした所が、一度はこういう連中に、背後から後頭部に石をぶつけられ、もう一度は六つぐらいの男の子と四つぐらいの女の子にピストルでうたれた。この二人は路地裏で、電柱に犬をしばりつけ、小型ピストルでうっていたのである。

そのほか、ずいぶんいろいろな事が起こった。私の戦後初めて片想《かたおも》いの恋をした同学年の女学生は、四年生のとき浮浪者に強姦殺人の目にあった。私の小学校時代の同学年の女の子は私がまだ中学にいるころにパン助になってしまっていた。

こんな事はいくら書いてもしかたがあるまい。あんな悪夢のような時代は、とても説明しきれないだろうし、もう二度とこないだろう。心から——本当に心から、あんな時代が二度とこない事を、五つ六つの子供が、悪魔か野獣のようになってしまい、君たちのういういしいガールフレンドが、死ぬよりもおそろしい目にあうような時代が、二度とこない事を祈りたい。

## 民主化の波

年があけ、終戦後の二年目がやってきて、私たちは中学四年生になった。今でいえば、高校一年生である。——そして、この年、私たちの学校に、ちょっとした異変が起こったのである。

終戦になって、今までの超軍国主義の教師が、急に「私は民主主義者で」といい出し、教練の教官が英語の教師に化け、教科書のあちこちは墨にぬりつぶされても、教師が生徒をなぐり、どなりつけ、上級生にあえば敬礼しなくてはならない状態はつづいていた。——ただ、軍国主義的なスタイルだけは排除される事になり、柔剣道部は解散させられ、もう登下校にはゲートルをまかなくてもいいようになった。身の毛のよだつ服装検査もなくなり、毛のシャツがゆるされ、寒い冬に、スフの制服の下にランニングシャツ一枚でガチガチ歯をふるわせなくてもよくなった。弁当の、運動場での立ち食いも、このごろやんだように思う。

しかし、学校の「束縛」はまだそのままで、教師が「私用」で生徒をつかったり、県や市が、「作業」で生徒をつかったりする事は相変わらずつづいていた。

しかし、そのころから「軟派」とよばれる連中が進出しはじめた。戦時中、私同様、「ニヤケている」といって半殺しの目にあわされつづけた連中である。服装検査がなくなった事は、連中の「お洒落《しゃれ》」のハネをのばさせる事になった。もっとも「お洒落」といっても知れたもので、ズボンにアイロンをあててピンと筋をたてたり、万年筆をたくさん胸にさしたりといった程度の事だったが……。

しかし、私たちより下の学年の連中は、もっと大胆だった。一年下の「軟派」連中は、すでに女学校の「軟派」連中とダンスパーティをやったり、ジャズの演奏をはじめたりしていた。——そして、この連中が、髪をのばしはじめた事から、問題がややこしくなった。

「長髪問題」はいまだにあちこちの中・高等学校で問題になり、その時代錯誤ぶりにおどろかされるが、この当時、敗戦になったとはいえ、勝手に髪をのばしはじめるのは、大変なことだった。まだ権力を持っていた教師は、連中をよびつけて、なぐったりおどかしたりしたが、連中は頑として頭を刈ろうとはしなかった。——もう教師に、そんな事を「強制」する権利も実力もない事を、連中はよく知っていたのである。

ところが、私たちより一年上、つまり最高学年の五年生が、これを問題にしはじめた。戦争でアメリカに敗けても「精神」までアメリカ化されるのは許せない。「民主化」だの「自由」だのといって「若いやつら」がアメリカかぶれになってゆくのは、愚民化されて行く事だ。連中に、不敗の「日本精神」を思い出させるために、「学生大会」をひらいてヤキを入れよう、というわけである。そして、あの泣く子もだまる「学生大会」が近ぢかひらかれる、という知らせがあり、そこでは、「長髪族」がものすごいヤキをいれられるという噂がとびはじめた。

さすが、「お洒落」については頑強な、軟派連中も、この学生大会にはふるえあがったらしい。そして、この長髪族の一人の家に、米軍の将校が下宿しており、その将校を通じて、この生徒会の「軍国主義的暴力制裁」の催しが、神戸のＣＩＥ（民間情報教育局）に密告され、ある日突然、私たちの中学校に、女性の通訳をつれた若いアメリカ軍の将校が、ジープでのりつけ、全校生徒が講堂にあつめられたのだった。

「占領状態」というものについて、今の若い人たちは、ほとんど理解できないだろう。――そしてまた「本土決戦」つまり地上戦闘がなかったためもあって、その占領は、史上まれなほど「ゆるやかな」占領状態だったことはたしかなことらしい。

一つは、占領した主力がアメリカ軍であり、そのアメリカ軍の一部は、「日本軍国主義からの日本人の解放と、日本の民主化」というきわめてナイーブな理想をもっており、また最初にはいってきた軍隊は、きわめてお行儀のいい優秀な兵士ばかりの隊がえらばれたという。

そしてまた、その占領軍をうけいれた日本という国もまた、まことにもって奇妙な国だった。――きのうまでの、鬼畜米英一億玉砕、焦土抗戦が、あの八月十五日の詔《しょう》勅《ちょく》一つで、たちまちぴたりと抵抗をやめ、「整然と米軍をむかえよう」

ということになったのである。

ある人にいわせると、あの「元寇《げんこう》」のときのように、アメリカ機動部隊を海上で全滅させるような「神風」は吹かなかったが、それでも終戦のとき、ちゃんと「神風」は吹いたのだという。――終戦のとき、台風がきたため、アメリカ軍の本土上陸が予定より二週間おくれた。そのおかげで、日本の国内では「自主的な」武装解除や、占領軍の「お迎え態勢」が充分にととのえられたという。もし、終戦と同時に、米軍が上陸してきたら、「徹底抗戦派」もいたことだし、かならず混乱と部分的戦闘はさけられず、そしてそうなっていたら、かならず不幸な事態が、あちこちに起こっていたにちがいない。

アメリカは、それまで歴史的に日本と直接接触したり領土をあらそったこともなく、したがってあまり、兵士が日本人に対して「復讐《ふくしゅう》的」でなかったこともあろう。それでも、「歩兵」というものの性格を考えれば、もし一発でも、彼らにむかって発砲されていれば、どんなことになっていたかわからない。

それにくわえて、日本の行政組織も、あきれるほど末端まで、ゆきとどいていた。戦それから、市町村単位にいたるまで、人目にはつかないが、有能な人たちがいた。戦時中は、軍人や、時を得顔にいばっていた「いやな野郎」がのさばっていたが、戦争が終わって、そういった連中があわててひっこむと、それまでめだたなかったそういう人たちが、混乱を最小限にとどめるように、黙々と適切な処置をとった、という例がたくさんある（原爆をうけた広島で、戦後初の市長となったのも、そういった人のひとりだった）。そういう人たちの、全然歴史にものこらない陰の働きがまた、無用の摩擦《まさつ》混乱を回避し、不幸な事故を最小にとどめるのに役だったようである。

　それやこれやの好条件がかさなったためか、太平洋戦争後の日本の占領は、世界史上「奇蹟《きせき》」といっていいほど、おだやかなものになった（外地ではこうはゆかなかった）。――終戦までは、日本は悲惨だったが、終戦後は、きわめてラッキーな条件がつづいた。あなたたちも、いつかご自分で、世界史上の数々の戦争の具体的事実をしらべ、「占領」状態の比較をおやりになるといい。そうしたら、そのときの日本の「占領状態」の稀有《けう》な平静さがわかるだろう。受験のための暗記項目や、声高に、景気よく、政治的ないろどりをそえて叫ばれる「歴史」ではなくて、そういった「事実」をみつけるのは、いまのところ自分の力でやるしかない。――あまりおだやかすぎて、ふつうの日本人の大部分は、純然たる戦争行為である「占領」の具体的な意味が、よくわからなかった面もあるが、とにかくそれは一つの「例外的な」性質のものだったのである。

とはいえ、やはり「占領」は占領だった。何かにつけて、私たちはその壁にぶつかった。――一地方中学校の伝統行事「学生大会」に、アメリカ軍将校が「待った」をかけにのりこんできたのも、そのあらわれだった。その後、私が高校から大学へかけて、何度かぶつかった、ぶきみな「日本の法律の背後にあるもの・日本の政治の上にあるもの」との最初のであいだったような気がする。

その日、私たちは、突然三時限目の授業を中止させられ、全校生徒が講堂に集められた。――だれが情報をながすのか、もう私たちは、米軍将校の到着を知っており、何のために講堂に集められるかも知っていた。「学生大会」の中止命令だ！――なぐられることになっていた「軟派」連中が、米軍に密告したんだ！

あとでわかったことだが、私たちの中学校は、県下のリーダー的な立場にある中学だったし、名うての軍国主義的中学として、米軍のほうにもマークされていた。――そして、この中学校を「民主化」すれば、ほかの学校も、それにならうだろうというので、かねがねきっかけをねらっていたらしい。「密告」はまさにそのチャンスだった。

のりこんできたのは、ＣＩＥ（民間情報教育局《シヴィル・インフォーメーション・アンド・エジュケイション》）の、若い、金髪碧《へき》眼《がん》の将校だった。背は高かったが、そのピンクの頰は、何だかまだ子供こどもしていた。――あとできくと、その少尉殿は、まだ十九歳だった。そして、彼と対決する恰好《かっこう》になった、私たちの中学の全校生徒隊長――彼はまた「学生大会」の最高責任者だった。――は、「開校以来の秀才」とよばれたIという生徒で、そのとき五年生だったから十七歳だった。十九歳対十七歳――日米ハイティーンの「生徒自治」をめぐっての問答と対決は、ちょっと印象にのこるものがあった。

まず、アメリカ将校が、ゆっくりと、わかりやすい言葉で、そしていかにも子供こどもした、しかし理想と信念にみちた調子で演説をぶった。年配の、しっかりした感じの日本女性が通訳にたった。

「日本は軍閥にだまされて馬鹿《ばか》な戦争をした。しかし、もうこれからは、みんなが平等に権利を主張できる、民主主義の社会をつくりあげるのだ」と、将校はだいたいそういった意味のことをいった。「暴力はいけない。上のものが、下のものを、暴力でもってしたがえるのはいけない。――生徒会自治というものは、上級生が下級生を〝指導する〟といった形で、おさえつけてゆくのではよくない。全校生徒は、自治会に関するかぎりみんな平等なのだ。学校がつくった、古い、軍国主義的ないまの生徒会は、すぐ解散しなさい。君たちのリーダーも、教師があまくだりに指名するのではだめで、クラスごとに、めいめいが投票してえらびなさい。そうして選出されたリーダーたちは、一年から五年まで、みんな平等の権利をもって自治委員会をつくるべきだ。その自治委員会は、全校生徒の意志を代表して、いろんなことを決定するものであって、決して生徒を指導したり、生徒の自由にえらぶ服装に干渉したり、学校や先生の〝命令〟を実行する機関ではない」

これに対して、Iのほうは、年下であるのにかかわらず、ひどく老成した感じの、おちつきはらった態度で反論した。

「一年生から五年生までが、みんな平等の権利をもつ、ということは疑問である。なぜなら、五年生からみれば、一年生はまだほんの子供であり、彼らが五年生と同じ能力、同じ判断力をもつとは思えないからだ。――上級生は〝兄〟として、未熟な〝弟〟たちのめんどうを見てやらなければならない。私はいま、最上級生であるが、かつては小さな〝弟〟として、〝兄〟である上級生に、いろいろと指導してもらった。このことを今でもありがたく、たのもしいものと思っている。――学生大会は、何も〝暴力〟をもって、下級生をおさえつけようとするものではない。それはとんでもない誤解である。最上級生である五年生は、いよいよこの学校を去って行くときをむかえ、下級生各学年の〝弟〟たちを、集団的にはげまし、この学校の伝統をしっかりと彼らに植えつける義務がある。これは私たちのはるか先輩からうけわたされてきた伝統をまもり、さらに後からくるものにおくりつたえるために必要な行事である。——その〝伝統〟とは、生徒たちの徹底的な〝自律〟であり、〝自治〟である。私たちの生徒会は、完全に生徒の〝自治〟にゆだねられているのであって、この点に関するかぎり、学校当局も、私たちに何の干渉もくわえないことになっている。私たちから見て、当校生徒にふさわしくないもの、ルールをまもらないものに、若干の制裁をくわえるのも、それは私たち生徒の〝自治〟から由来する行為の一つであって、教師もこれには、絶対干渉できない。——いま、あなたは強制的に私たちの伝統的な生徒会を解散させ、あなたたちのルールによる生徒会をつくらせようとしている。これこそ〝自治〟に対する干渉ではないか？」

Iは、おおむねこういったことをいって反論した。むずかしい漢語をまじえての、整然たる雄弁が、通訳を通じてどのくらい正確に米軍将校につたわったか知らないが、彼は若々しい頰を紅潮させて再度反論した。

「君たちのいう、〝自治〟は、しかし、古い〝伝統〟によってしばられたそれであって、今、ここにいる全校生徒の総意によってつくられたものではない。日本の古い伝統は、軍国主義的なものだった。日本人はこれから、平和な国民として生きてゆかねばならないのだから、悪い伝統はすてるべきだ。上級生が下級生に〝圧制〟をくわえるような自治はよくない。いますぐ生徒会を解散し、クラスごとの選挙による、新しい、〝民主的な自治会〟をつくるべきだ」

「〝伝統〟はあながち悪いとはいえない。〝民主主義〟もまたアメリカという国の〝伝統〟だろう。しかし、日本には日本の伝統があり、私たちはそれで今までやってきた。――全然ちがった国の〝伝統〟をいきなり採用して、それでうまくゆくとは思えない。幼い一年生たちに、自分たちの中から、りっぱな指導者をえらぶ能力があるとも思えない」

「うまくゆくかゆかないか、とにかくまずやってみたまえ。議論よりもまず、実行してみることが大切だ。――それが民主主義のゆき方なのだ。うまくゆかなければ変えたらいい。まちがったリーダーをえらんでしまっても、つぎの選挙のときにえらびなおせばいいではないか？　そうやってだんだん〝民主主義〟というものに、習熟してゆくのだ」

　ここからあとは、もう平行線であり、すれちがいだった。――若い将校は、あくまで説得調、勧誘調で、一度も「私は要求する《アイ・ディマンド・ユー》」とか、「私は命令する《アイ・オーダー・ユー》」とかいった高圧的な表現はつかわなかった。しかし、それが婉曲《えんきょく》な〝指令〟であることは、私たちみんなにわかっていた。むろん、生徒隊長のIにだって、はじめからわかっていたろう。勝負がわかっているのに、あえて堂々たる反論を展開したIのカンロクには、私たちも感動しないわけにはいかなかった。

年下のIのほうが、アメリカ将校より、はるかに「かしこい」ことは、私たちにもはっきりわかった。そして、すでに四年生になっていた私たちの級友の大部分は、理屈の上でも、また感覚の上でも、Iの論旨のほうにより共感をおぼえた。にもかかわらず——。

にもかかわらず、私たちは、とりわけ私は、その若い、幼な顔ののこる将校の言葉に、なにか強い共感をおぼえ、その彼方にみずみずしいバラ色の希望がほの見える感じがした。——理屈ではいいまかされていながら、その将校の若々しく素朴《そぼく》な調子が、私たちにある種の感動をあたえた。そのナイーヴすぎるほど単純で明るい「信念」が、何か、今までと全然別な「未来」をかいま見させてくれるような気がした。

一時間たらずの「説得」のあと、私は変にうきうきした気分で講堂を出たことをはっきりおぼえている。

もう、規則や「義務」によってなぐられたり、なぐったりしなくてもすむようになるぞ！　と私は心の底で考えていた（なぐられるより、上級生の「義務」としてなぐらなければならないほうが、はるかにいやなものである）。破目をはずしてさわいだり、おっちょこちょいの行きすぎで失敗をやったりしても、だれもなぐれなくなるんだ……。

## 〝不良〟クラス委員

生徒会は即日解散させられ、それからしばらくして、全校でクラスごとに委員、副委員の選挙が行われた。

あいにくと選挙をはさんだ二、三日の間、私は闇市で町のあンちゃんに因縁をつけられ、バットでなぐられたのをよけようとして、右腕の骨を折ってしまい、学校を休んでいた。そして、繃帯《ほうたい》で腕を吊《つ》って登校してみると、ひょんなことになっていた。

——教室へはいって行くと、みんながこっちを見て、

「ウォーイ!」

といって笑うのである。

私の休んでいる間に、選挙で私がクラス委員に当選したという。

「そんなアホな!」と、私はあっけにとられて叫んだ。「そらムチャやがな」

「民主主義や。しゃアないやないか」

と、悪友は、ニヤニヤ笑いながらいった——。きけば、なんと私の仲間の悪童たちが、休んでいる間にものすごい選挙運動をやり、半分おどかしみたいにして、私を当選させたのだという。

「担任がよんどるぞ」

と、いままでのクラス委員が、これまたニヤニヤ笑いながらいった。——職員室へ行ってみると例の、戦前ムチャクチャで、戦後突如「民主主義」になった担任が、軽《けい》蔑《べつ》したように私をジロジロねめまわした。

「おまえ、選挙で委員になったぞ」と担任はいった。「おまえみたいな札つきのやつに、委員がつとまるとは思えんが——これも民主主義じゃ。しょうない」

私はだまっていた。——もう、この教師はちっともこわくなっていた。

「そやけど、えらばれた以上は、しっかりやれ。——おまえなんかにやれるか？　ええ？　どうじゃ。しっかりやれるか？」

「わかりません」と、私はこたえた。

「わかりません？　——はい、やりますといえんのか？　ええ？」

「やってみないとなんともいえません」

教師の額に、青筋がピクピクと動いた——ついこの間までなら、すかさず拳骨《げんこつ》がとんでくるところだったが、あの「アメリカ将校」と「民主主義」が、それをおさえていた。

「よし、かえれ」

と、教師はプイと横をむいていった。

こうして、「民主主義」は、きのうまでの「札つきの不良」のひとりを、一日にして、これまでなら学術優等品行方正の生徒がなるべき「クラス委員」にした――なったところで別にこれという変化があるわけではない。すわる場所が、教室の一番後端の席にかわったのと、教師がはいってくると「起立、礼」と声をかけるのと、学校側の伝達をつたえるのと、あとは学年ごとの、あるいは全校の「自治委員会」に出て、たいしてきめることもないことをしゃべるぐらいである。

しかし、私を選出した悪童仲間には、あとからたいそう利用価値が出てきたようだ。

当時、私たち悪童仲間は、たいていタバコを吸っていた。

現在私は、一日百二十本というヘヴィ・スモーカーである。そして――決して諸君をそそのかすわけではない。むしろタバコの害について、声を大にして力説したいのであるが――吸いはじめたのは、終戦の年、十五歳のときからである（ついでにいうと、当時の中学生はオクテなので、オナニーをおぼえたのもこのときである）。

法律によって、未成年者の喫煙は禁じられている。だから、諸君が煙草を吸えば、法律を犯すことになる。私たちのころは、もし見つかれば、むろん、停学、退学、ひどいときには放校、それに親がさんざん恥をかかされ、教師に足腰たたないほどぶんなぐられるという結構なおまけがついたが——にもかかわらず、私のような気の弱いものが、その禁を犯すにいたったのは——あえて弁明させていただくならば——一つは終戦直後の、あのおそろしい甘味欠乏のせいだったと思う。砂糖はヤミでおそろしく高値をよび菓子らしい菓子は、キャラメル、駄菓子類もなく「白米をドンブリ一杯食べる」ことと、「サッカリンやズルチンでない白砂糖でつくった汁粉を、ナベ一杯食べる」ことが、気の遠くなるようなのぞみだった。闇市のズルチンや、「殺人甘味料」とよばれた紫蘇糖（ついでに、この主成分は、ペリラ・アルデヒドのアルファ・アンティ・アルドキシンというやたらに長い名まえである）入りのぜんざいなど、到底この欲望をみたしてくれなかった。

そんなとき、米軍の糧食《レイション》が闇に流れはじめ、私の口にも、偶然そのうちのチョコレートがはいったのである。

忘れもしない、「ハーシー」という銘柄の、温熱地方にも携行されるために、おそろしくかたくかためられた、鋳塊《インゴット》を小さくしたようなやつだった。だが、一口食べたとき、私はズーン！　と気の遠くなるようなショックが、舌先から全身に走るのを感じた。カカオ豆が輸入されなくなって、チョコレートがなくなったのは、小学校四、五年のときだった。そのとき以来、戦争中ずっと、ほんの時たま手にはいるゼリー菓子のようなものや、舌にザラつくキャラメル以外、菓子らしい菓子をろくに食っていないところへ、その濃密な甘味、舌にとけるバターとミルクの味とカカオの芳香は、強烈なパンチだった（この「ハーシー」というチョコレートは、いま食ってみると、ちっともうまくない）。

終戦後、頭がガーンとするほどの強烈な衝撃をうけたことが三度ある。――一度はこのチョコレートをはじめてくったときであり、もう一度は、今まで軍歌ばかり流していたラジオが、突如明るく濃密な、きらめくようなテンポのスウィング・ジャズを流しはじめたときであり、もう一度は――闇市で、実際に棍棒《こんぼう》で後頭部をどやされ、身ぐるみはがれたときである。

たちまち私はうかされたように、チョコレートのことばかり考えるようになった。勉強していても、道を歩いていても、その味を思い出すと、まるで熱にうかされたようになって、何も考えられない。まるで麻薬の禁断症状である。といって米軍のチョコレートは、なかなかおいそれと手にはいらず、値段は高く、しかも米軍物資の闇は、つかまったら米軍のMPにひきたてられ、ひどいときは、沖縄におくられて重労働させられる、ということだった。

——なにしろ、米軍は、つかまるほうも、つかまえるほうもおそろしくでかい。そしてつかまえるほうは、ちっちゃな日本人でも、ごっつい米兵なみに手荒くあつかうから、つかまるとおっかない。したがって自分で直接GIから買うのはヤバくて、しかるべきルートをもっているバイニンの手をへるよりしかたがないのでイライラはつのる。

そんなある日、運動倉庫の陰で、友人のからだから、あのかぐわしいチョコレートのにおいがプン、とするのを嗅《か》ぎとって、私は胸ぐらをつかまんばかりにしてたのんだ。

「おい、チョコレートをもってるやろ。——少しわけてくれや」

「チョコレート？　そんなもンあらへんで」と友人は首をふった。

「そやけど、ええにおいさせてるやないか」

「ああ、これか？」といって、友人はちょっとあたりを見まわして、胸のポケットからカーキ色の箱をとり出した。

「このにおいや。——どや、ええにおいやろ？　一本吸うてみるか？」

私はアメリカ製の煙草「フィリップ・モリス」を、しばらく信じられないようにためつすがめつながめまわした。——日本の煙草なら、「光」の配給をとりにいったり、「のぞみ」という手巻きの葉を、家で巻かされたりして、そのにおいなど知っているつもりだった。しかし、こんなにも甘い、馥郁《ふくいく》とした、上等のチョコレート菓子のような香りのする煙草が、この世に存在するとは、このときまで想像もしなかった。

一本とり出して、ふかぶかとにおいをかいでみた。——甘い、とろけるような「味」の誘惑が、私の胸をしびれさせた。友人は器用に袋をふって、一本くわえた。

「うまいか？」と私はきいた。

「うまいで。——やっぱりあちらもんは全然ちがう」

私もおそるおそる口にくわえた。——友人は、硫黄《いおう》マッチ（当時は、マッチの頭につける二酸化マンガンが不足していたので、硫黄のまわりに、発火薬をうすくまぶしていたのである）を器用にすって、火をつけてくれた。

たちまち私はむせかえり、冷汗をかき、脳貧血に似た症状をおこしてへたりこみ、つづいて、大あわてで大便所にむかって走った。——だいたんにも、火のついた煙草をもったまま、白昼の校庭をよこぎったのである。

しかし、そのあと私はたちまちへヴィ・スモーカーになってしまう。最初はあの甘味な芳香にみちたアメリカ煙草を追いかけていたのだが——どういうわけか、チョコレートより手にはいりやすく、一箱手にはいると二十本たのしめた——じきに和製煙草も吸うようになり、悪童連の秘密の「喫煙所」に休み時間ごとにいりびたるようになり、短い吸いがらを、眼の色かえてさがすようになってしまった。ほとんど並行して、これは先輩から教えられてオナニーをおぼえ、ああ、俺はダメだ、ダラクした、ニコチン中毒で廃人になり、オナニーで馬鹿になる、と絶望し、罪の意識にさいなまれながら煙草を吸い、オナニーにふけった。青年の毒にそまること、何ぞその速やかなる、である。

しかし、禁を犯すことはまた親にも誰にもいえない罪の意識を自分ひとりでしょいこむことになり、それはまた、自分が急におとなになったような意識をもたせた。——それに煙草は空腹をおさえるという利得があったのである。

だがおとなたちでさえ、煙草不足に悩まされていた時代に、中学生がかくれて煙草を入手するのはいっそう困難だった。親父の配給に手をつけるのも限度があった。道におちている、一センチぐらいの吸い殻《がら》をひろって、針につきさして吸い、ありとあらゆる代用品を吸った。

戦時中から、おとなたちは煙草の代用品をいろいろ工夫していたが、私たちはその範囲をさらに拡大した。紅茶、ヨモギの葉、イタドリ、トウモロコシのヒゲなどはいわずもがな、松葉、タタミのヒゴ、アオノリ、ワラ、木綿糸、メリケン粉、ついには何もなしの新聞紙さえ吸ってみたのだから、今から考えると、ニコチンぬきの肺ガンのもとだけを吸ったことになる。

中で意外にうまかったのが、乾いた馬糞《ばふん》で、じかに吸うのはさすがに汚なかったから、両端にだけ手まき用の煙草の葉をつめ、中に乾いた馬糞をつめて吸うと、ワラや草が、馬の腸内でいったん発酵《はっこう》しているので、非常にやわらかい味がした。すこしくさくはあったが――(その馬も、今はすっかり自動車におきかわってしまい、今度戦争になったら、排気ガスしか吸うものがない。悪いご時勢になったものである)。

短い短い吸いがらを吸うために、みんなたいていパイプをもっていた。真鍮《しんちゅう》製の「敗戦パイプ」というやつである。それでも吸えないやつは、ハサミではさんで吸い、針でつきさして吸い、唇《くちびる》がジリジリとやけるのもかまわずに吸った。焦《こ》げた紙と、火のついた葉が、唇にくっついてアッチッチ――ぐらいならまだよかったが、あまり短くなったのを吸っていると、小さな紙の輪をのこして、火のついた葉っぱがスポンとのどにとびこむことがあり、そうなると、のどに火がはいって、七転八倒の苦しみである。

一度、一センチ半ほどの吸いガラを手にいれ、マッチがなかったので、火を起こしたばかりの七輪で火をつけようとしたことがある。――短いやつをくわえ、青い一酸化炭素の焔《ほのお》がチロチロする、おこった炭火の上に、あついのを我慢して顔を伏せていると、突然眼の前にボワッと黄色い火が吹き出した。ウワーッと思わず顔をあげようとしたが、そのときおそく、うつむいていた私の眼のところから、眼鏡のレンズが二つ、ポタ、ポタと炭火の中におちてピンピンわれてしまった。かけていたロイド眼鏡の、ふちのセルロイドに火がついてしまったのである。鼻の頭に火ぶくれをこさえ、眉毛《まゆげ》がちりちりにやけ、両眼のまわりに、まるく、赤いやけどの輪ができて、いや見られたザマではなかった。

私の友人にゴーケツがいた。学校へドクロの紋のはいったツンツルテンの紋付き袴《はかま》できたり、半長靴にハンチングなどという闇屋スタイルできた最初の人物だが、彼は家で親父、兄貴と大ゲンカした。彼は中学生だから煙草の配給がないのに、親父と兄貴の分に手をつける、といって文句をいわれたのである。そんなケチをぬかすなら、みんな吸うてしもうたる！　というので、そのゴーケツは、親父兄貴の二か月分の「のぞみ」の手巻き葉全部と、紙巻き「光」の全部をほぐして、一本の煙草にまきあげてしまった。そいつをドクロの紋付きのはだけたフトコロにぶちこんで、

「ウォーイ！　小松……」と、喫煙所にやってきた。

「でや、こいつ吸わしたろうか？」

新聞紙で巻きあげた、直径三センチ、長さ三十センチあまりの特大タバコを見て、私はおったまげた。——吸うのに両手でもって吸わねばならず、二、三服吸うと頭がクラクラした。

ジュラルミン製の手巻き用の機械や、紙を鉛筆にはりつけた手づくりの手巻き用スダレ、手巻きの中に、硫黄マッチの頭や、花火をいれたイタズラなど、煙草にまつわる思い出は山ほどあるが、とにかく喫煙は、「悪童文化」の大きなシンボルになっていた。——そして、私の「クラス委員」としての最初の仕事は、実にこのタバコに関係したものだったのである。

私は悪童仲間でありながら、大っぴらに職員室に出入りできる立場になった。そこでまず私には、教師の灰皿から、こっそり吸いガラをかすめてくる役目がまわってきた。——一度など、ちょっと吸っただけの洋モクの吸いがらを見つけ、シメコの兎《うさぎ》とかっさらってポケットにかくすと、あとからその席にかえってきた教師が、

「あれ、ここにおいといた吸いさし知らんか？」

と、一心不乱にさがし出したのには、冷や汗をかいた。

つぎに「もらいさげ」である。——これは煙草にかぎらなかったが、何かにひっかかって職員室にひっぱられた悪童連の、釈放交渉である。教師によっては、かえってヤブヘビになったが、たいていは私が行くと、ゆるしてくれた。

「先生、すンまへん。もうカンニンしたってください」と、私は口をきく。「われわれのほうで、よういいきかせまっさかい。——コラ、あかんで」

と、私は説教されている（タコをつられる、といった）悪友の横ッ腹をつっつくと、やつも神妙げに頭《こうべ》をたれる。——しかしふたりとも、一歩職員室を出るや、キャッキャッと大声でさけび、

「コンガキ！　ええかっこさらしやがって！」と悪友は私の頭をこづき、私たちは秘密の「喫煙所」に、釈放祝いの一服を吸いにかけつけるのだった。

それから、授業中にタバコを吸いたくなったやつのために、教室の後ろのドアをそっとあけてやるのも、私の役目だった。——クラス委員は、後ろのドアのすぐそばにすわっていたからである。トロい教師の授業時間中、前のほうからサインがまわってくる。私は教師のすきを見はからって、ドアを少しあけておく。やがて机と机の間をゴソゴソはって、悪童のひとりが、後ろのドアからこっそり煙草を吸いに消える。——中にはハデなやつがいて、クラス全員がクスクス笑っている中で、弁当箱を風呂

敷につつんで斜めに肩からせおい、下駄《げた》をバンドにはさみ、あまつさえ手拭《てぬぐい》でほっかむりして、黒板をむいた教師にハイチャイしてみぶりよろしく、ヌキ足サシ足でずらかっていった。みんなはこらえきれずにキュウキュウ笑ったが、教師のほうは、自分の話が面白かったのだろう、と思って、いっしょになって笑っていたのだからおめでたい話である。――教師の中にも、栄養失調で、授業も息たえだえといった人たちがいた。

あとになると、「喫煙検査」の情報をこっそり流してくれる教師がいた。その教師は、まだ若かったが、職員室でも一風かわっていて、どこか超然としていた。生徒に人望はあったが、決して人気とりをやったわけではない。ただ、彼にはどこか大人《たいじん》の風格があった。――中学生の喫煙は、たしかに法律で禁じられているし、からだのためにもよくない。かといって、たかがタバコや酒ぐらいのことで少年を罪人あつかいにするようなことはできるだけさけたほうがいい、というのが彼の考えだった。私は彼が好きだったし、彼も変に私を信頼してくれた。決して直接に知らせるわけではないが、彼がそれとなくにおわせてくれることによって、私は悪童たちに警告を出し、「表だって」摘発されたやつはだれもいなかった。――「表だって」罪人となれば、学校当局も罰せざるを得ない。こういう「表向き」の罪人を出さないようにする、ということが、いいことなのか悪いことなのか、いまだによくわからない。

そして、五年になると、今度は、暴れン坊どもの、「とりしずめ役」がまわってきた。――私たちの一年下の連中はおとなしかったが、二年下、つまり当時の三年生はムチャクチャな、今でいう「ゲバルト」をふるいはじめた。終戦のとき一年生で、上級生に「いじめられる」といっても、四月に入学して八月終戦で期間はわずか四か月、しかも三年以上は工場動員で学校にいかなかったのだから、彼らはほとんどといっていいくらい、暴力をふるわれた経験がないはずだった。その連中が、一番猛烈に暴力をふるいはじめたのだから、われわれとしてはあっけにとられた。上級生をはじめてぶんなぐったのも、彼らの学年であり、はじめて教師を闇討したのも、刃物による傷害事件をおこしたのも、その連中だった。

暴力を我が身にうけた経験のないやつのほうが、ひどい暴力をふるう――これは、あとあと何回も経験したことだった。連中にいわせると、「五年生は、戦時中、教師や上級生になぐられて、骨ぬきにされてるから根性がない」ということになるが、そんなことはない。私たちは、手も足も出ない状態下で、さんざん集団的暴力をふるわれて、暴力をふるわれるということのいやさが骨身にしみてわかっていた。だからこそ、他人にむかって、暴力をふるうにも、他人の身になって、そのいやさ加減がよくわかった。

戦後のもっとも大きなよろこびは、とにかく暴力をふるったり、ふるわれたりする必要がなくなった、ということだった。

だが、その連中は、ただ面白がって手かげんもわからぬ暴力をふるった。焼け跡の浮浪児と同じである。こちらにすれば、もう、下級生をなぐる気分にはなれない。むこうは「年上のやつを、暴力でおさえる」快感に酔いしれてやってくる。まったく勝負にならないのは当然であろう。

しかし、こういった連中にも、ちゃんとボスがあり、暴力リーダーがおり、さらにそのリーダーも、「いうことをきく」上級生がいた。そして、私はまた、その「筋目」の連中と話ができる、という寸法だった。

そこでその連中が暴れていると、不良「クラス委員」の、私をよびにくる、ということになった。

## 入学試験

別に、そういった暴力団のボスみたいなことばかりをやっていたわけではなかった。

——いわゆる「軟派」の連中のさまざまな要求を、学校側と自治会に通すこともやった。

「文化祭」にはじめて「演劇」をかけるのもやった。——それまでの文化祭は、一名「弁論大会」ともいって、上級生が例によって、

「ああ、諸君よ、覚醒《かくせい》せよ！　バイロン、ハイネはかくいった、云々《うんぬん》」

とか、

「かの泰西のソクラテスは……アリストテレスは……プラトンは……」

とかいった、わけのわからないことをぶつだけ、——おそらく本人もわかっていないだろう。——という大時代なものだった。

おそらくこれも、明治時代の高等学校の「弁論大会」「雄弁大会」の名ごりだったろう。みんな神妙にきかされるのだが、いくら伝統といったって、きくほうもチンプンカンプンならしゃべるほうもよくわからない、というのはあんまりだ、と思ったので「弁論」のほかにコーラスや演劇をまぜようとした。

ところが、これが、意外な抵抗にあって、四年のときは土壇場《どたんば》までもちこみ、こちらは手製の脚本を用意し、出演交渉までしていたのに、まぎわで学校側から中止を勧告された。——芝居などという河原乞食《こじき》のまねは、「質素剛健」の伝統に反するとい

うのである。そのかわり、五年になったときは、こちらもかしこくなっていて、まず「演劇部」をつくり、つぎに各学年のクラスの要望決議をとって、まんまと学校はじまって以来の「演劇上演」にこぎつけた。

それまで「弁論」同様、こむずかしい論文や、紋切り型の感傷にみちた「作文」ばかりだった校内誌に、はじめて「小説」をのっけることもやった。「文芸部」を創立して、「伝統」のうるさい校内誌以外に文芸雑誌をつくり、これによりぬきの軟派が、恋愛小説や「あわや」小説を書いて問題になりかけた。――学校側が一番神経をとがらせたのは、「新聞部」の設立である。悪童仲間のうちでも、よりぬきのひねくれ男が編集長をかって出て、自治会の立場で学校批判をやる、とうそぶいたので、設立に一枚かんでいた私は何度も教頭によばれ、発行を思いとどめさせろ、とか、自治会のものではなく、学校の監督、検閲をうけさせろ、とか要求された。しかし、こればかりは首をタテにふるわけにゆかなかったので、のらりくらりと逃げて、発行までの時間をかせぎ、その間になるべく若手の教師の間に「味方」をつくった。考えてみると、このときが一番やっかいだった。――「優等生」連中はまるでたよりにならず、肝心の編集長は、おっそろしくひねくれていて、最初から教師側と喧嘩《けんか》するつもりで、こちらの「かけ引き」に歩調をあわせてくれず、私はクラス委員の辞表をふところにいれ、場合によっては学校側と一合戦も考えたが、まるきり孤立無援だった。

ようやく発刊にこぎつけた新聞は、まずまず穏当な紙面だったが、その匿名《とくめい》コラムのあてこすりが問題になり、OBが新聞部になぐりこむなどという噂《うわさ》がながれ、私は書いたやつの名まえをいえ、と再三学校側から要求された。——しかし、戦時中から「仲間の名はいわない」ことは信条だったので、戦後の強要ぐらい、黙秘するのはわけのないことだった。だが、あとからわかったことだが、私たちの打ち合わせを、教師に密告していたやつがいた。それを知ったとき、つくづく人間なんてあてにならないと思った。優等生の中にも、悪童の中にも、密告者はいた。

「軽音楽部」をつくって、学校でジャズを演奏したのも、私たちのときがはじめてだった。のち新東宝にはいった高島忠夫がバンドリーダーでギターをひき、甘ったるい声でうたい、私はタンゴのときのヴァイオリンなどをひいた。「ダンス部」の要望も出たが、こればかりはどうにもならなかった。

「校外自治会」といって、地域別の各校生徒の連絡会をつくったり、運動会にはじめて仮装行列やクラス・デコレーションをもちこんだり、柔道部廃止後はいったラグビー部の練習をやったり定期戦をやったり、他校との「決闘」に参加したり、五年生は予想もしなかった忙しさの中にすぎていった。その間、豪雨の中の定期戦のあと、ぬれて肺炎をおこして、一か月ねこんだりした。また私が戦後はじめて口をきいた女子学生は、強盗に強姦されて死に、親父の会社が税金でつぶれ、友人三人がピストル強盗でつかまり、もと配属将校が同じくピストル強盗でつかまった。

そのうち受験の季節がちかづいてきた。——親父は京都の第三高等学校をうけろ、といい、私もその気になった。

ところが、例の担任教師が、

「おまえみたいなやつが、三高をうけたってはいるものか」

といって、内申書を書いてくれない。——親父はカンカンにおこり、私はもう一度強引にたのみこんだ。

「とにかく、親父はうけろっていってますし、うけるだけうけてみます」

と私はいった。

「うけるのはぼくの勝手でしょう」

「はいるものか」とそのにくたらしい教師は口をまげていった。「おまえみたいなのがはいったら、わが校の恥じゃ」

信じられないだろうが、終戦後二年たっても、まだこんな調子だったのである。

——しかし、三高志望の優等生連中といっしょに私は願書を出しに行き、受験勉強を開始した。

受験勉強といったって、学校でならったことを徹底的にやるよりしかたがなかった。——参考書は兄貴のつかったのがあったが、それは庭先の防空壕《ぼうくうごう》にはいったままだった。大きな酒樽《さかだる》をうめた防空壕の底から、参考書類をとり出すと、三年の間にすっかり水につかり、かびがびっしりはえていた。私はそれを破れないように、天日にかわかし、そっと一枚一枚はがしていった。——それが私の受験勉強のはじまりだった。代数、幾何（解析Ⅰ、Ⅱといっていた）の練習問題集、歴史年表、国文法、物理、化学、——そしてこのとき私が一番世話になったのは、旺文社の「赤尾の単語集」だった。二千だか三千だかあるそれを、私はAから順番に書き出してはそれに訳を書いて行き、Zまでいって、またAへむかってひきかえした。

受験勉強は、学校からかえってひと眠りしてから、家の連中のねしずまった夜中にやった。まだ停電になることが多かったので、横にバッテリー付きのランプをおいていた。炭もなく、ガスストーブもなく、食い物もろくにない。そんな中で厳寒一月、二月のま夜中、ひざに軍隊毛布をかけたまま、勉強をつづけていると、明け方がちかづくにつれ、しんしんとした寒気が膝《ひざ》をかみ、やがて膝と指先の感覚がなくなってくる。それをつづけているうちに、パスするしないはどうでもいいような気分になってきて、たったひとりの寒稽古《かんげいこ》のように、自分で自分をためしているような、何か痛快な気持ちになってきた。

そのうち試験の日がきた。最初の日だけ親父がついてきたが、二日目からはひとりだった。

うける仲間に悪童たちがいなくて、おとなしい優等生ばかりだったので、私は何となく孤独で、どうせだめだという気になってきた。しかし、試験は意外にやさしく、時間があまって困った。ひかえにとった二期校の試験は、あまり力がはいらなかった。

——「学制改革」「新制高校」「男女共学」といったうわさが流れていた。

そして、ある日、発表予定日より一日早く、いっしょにうけた友人のTから電話がかかってきた。——友人は、四年生の弟といっしょに三高をうけたが、突然奇怪なことに、差出人不明の電報で「キョウダイフタリトモスベッタ」という知らせがきた。Tはよほど自信があったのか、そんなはずがあるか、と烈火のごとく怒って自分で見に行き、弟はすべったが自分がはいっているのを知った。

「おまえもパスしとったぞ」と、彼は叫ぶようにいった。「十三人うけて、七人とおった」

「へえーほんまか」と、私はぼんやりした声でいった。

「そらよかった……」

私が電話を切ると、台所の母が、心配そうに、さっと顔を出した。

「どうしたの？」と母はきいた。

「発表？」

「うん……」と私はいった。

「とおった」

おとうさんに知らせろ、とかなんとか母が叫んでいたが、私はきかずに、下駄をつっかけて外へ出た。

萌黄色《もえぎいろ》に晴れわたった、すばらしい春の空だった。——心がからっぽになるような明るさを吸いこみながら、私はあてどなく、ただやみくもに一丁か二丁歩きつづけた。それからやっと、爆発するようにうれしさと解放感がふくれあがってきた。

ざまあみろ！——と、私は空にむかって、心の中で絶叫した。——くそったれ中学め！　担任め！　もうおさらばだ！　もうおれを説教することも、罵倒《ばとう》することもできないぞ！——ヤバンな、軍国主義的な中学、十二歳のときからの屈辱にまみれた五年間、それもこれももうおしまいだ。

おれは胸をはって出て行くぞ！

もう一度、腰に手をあて、胸をはって私はしめったみずみずしい空にむかって、もう一度胸いっぱいに叫んだ。

ざまァみろ！

わが人生「最高の日」

今でも眼をつぶると、ありありと思い出すことができる。――旧制三高にはいった日、三高正門をはいった芝生《しばふ》の上では、桜の古木が満開で、まだかすかに肌寒い春風が吹くたびに、白線帽にマント姿の頭上から、ほんのわずかに紅をおびた純白の花びらが、はらはらとちりかかるのだった。

奇妙なことだが、それまで桜の花というものは、それほど好きな花ではなかった。そして、その時以後も、あまり感激したことはない。ただ、その日だけ――三高入学式の日の桜の花吹雪だけは、今でも、胸のとどろくような感動とともに思い出す。

誰でも、一生に一度ぐらいは、人生の中の感激の時、あるいは「最高の日」をもっている。――いってみれば、その日がそれだった。諸君よ、笑いたければ笑いたまえ。昔の青年は、何て素朴で甘いんだ、と。うす汚れた頰にかかる長髪の下で、シニカルな笑いをうかべるのも自由だ。だが――私自身も、たとえば「巨人の星」の感動の押し売りの連続には、いささかヘキエキするものの――人間の中には、一生のうちの何度か、「無垢《むく》の感動」を体験する時があって、その感動は、文明や文化のシニシズムが、いくらうす汚い冷笑でもって否定し、おとしめようとしても、本人にとっては絶対に消し去ることのできないものであり、その時人間は、三十四億の他人が、いかに冷笑しようとも、この感動は「俺のもの」だという、絶対的な自己存在の中に立っているのである。

「いくらでも歴史的・論理的にそれは政治や理論や、その他もろもろの、相対化できるもの」にささえられているものではない。もっと無垢の、もっと自然な、もっとすなおな、感動である。――そういう感動にめぐりあった時、君たちは、すなおに、「感動している自分」をうけいれるのがいい。かりに（たとえば〝太宰かぶれ〟の人などがやりそうなことで私が〝太宰ぎらい〟なのもこんな理由があるのだが）、その場で、そんなことに感激している自分を、はずかしく思い、シニックに自分で否定しても、その感動が、前にいったように、無垢の、ほんものの感動であれば、それは君たちがいくつになっても、――いや、むしろおとなになればなるほど、消しがたいものとして、その輝きを増して行くだろう。そういった感動を体験するたびに、君の中に、ただ馬齢をかさねることではない「成長」の感覚が、生きて行くことのたしかなしるしが生まれ、それ自体が生きて行くことの肯定になって行くだろう。

たかが、旧制ナンバースクールにはいったぐらいで、うれしがって演説をブツなんて——と、冷笑するむきがあるかもしれない。しかし、その日の、その時の私は、三高にはいった、ということについては、まるきり無感動だった。そして「三高」という権威づけられたシンボルに対する感動は、その後ついに持つことができず、むしろ何かにつけて、そのシンボルには反撥《はんぱつ》するばかりだった。

私は当時の旧制高校のシンボルである「白線帽にマント」のスタイルは、入学式の時たった一日だけ身につけただけで、あとは無帽にオーバー、あるいはベレー帽ですごした。仏文学者で、当時三高の先生だった伊吹武彦さんとともに、私は戦後の三高で、もっとも早いベレー帽の着用者だった。寮歌、逍遥歌《しょうようか》の演習にも、ついに一回も出ず、新学制になって、三高がなくなってから、毎年おこなわれるOBたちの「寮歌祭」にも、ついに一度も出たことがない。——私は、三高寮歌として有名な、「紅萌ゆる」を、三番までしか歌えない。そして、三高の伝統やシンボルに対しておそろしく無知である。

にもかかわらず、私は、三高時代を、自分の人生で一番すばらしかった一年であると、はっきりいうことができる。ただの一年であったが、青春の中であんなにすばらしい時期をもてたということが、その後の陰惨といっていいほどメチャクチャな人生において、どんなにささえになったろう！——

三高入学式の日、私はそういう感動の中に立っていた。——事務官が、次に上級生が桜の木の下で、何か注意事項をしゃべっていたが、そんなものはまるできいていなかった。私は、あの陰惨な「少年時代」が、今背後に汚ないぼろくずのようになってうちすてられ、自分が何か新しい「別のもの」にうまれかわったことを感じていた。それは、十七歳の私が自分一人でやった、「成人式」だった。

夜来の暖雨が、桜の花をいっせいにひらかせ、ぬれた芝生、ぬれた砂利、そして雨にあらわれた萌黄色の空に、におうばかりの、うす紅をまぜた花の雲が一面にひろがり、みずみずしい花びらは、風にまい降りては、兄貴のお古のマントと白線帽に点々ととまるのだった。

今でも高校は白線のはいった丸型の帽子がふつうだが、旧制高校といえば、「金色《こんじき》夜叉《やしゃ》」の間貫一《はざまかんいち》以来「白線帽に釣り鐘マント」それに、太い鼻緒に朴歯《ほおば》の下駄《げた》がシンボルだった。

その白線帽にしても、新しい、白線がまっ白で、ひさしがピカピカというのはいかにも新入生くさくはばがきかない。先輩や兄貴のいる連中は、クタクタになった古い帽子をおさがりにもらった。三代、四代にわたって、次々にうけわたされた帽子など、特に珍重され、それが伝統的な大秀才のものであったとか、何回も落第《ドッペリ》して高校三年を往復六年もやったというゴーケツのものだった、とかいう場合は特に珍重された。大秀才と大鈍才が、ともに大尊敬されるのがおかしい。勇士の持ち物をあがめる、土人みたいなものである。若者の心理というのは、いろんな意味で未開人のそれにちかい。

うれしいことに、私には四つ年上の兄貴がいて、松江高時代のおさがりの帽子があった。――兄貴は長男だったから新品を買ったのだが、その新品の帽子を、まず家の前のドブに半日つけ、それからテニスコートへもっていって、ローラーで何回もひきつぶし、てっぺんの布をこまかく安全カミソリの刃で切りさいてミシンをかけ、それからポマードをぬったから、あわれピカピカの新品の帽子は、たちまちにしてひさしはくたくた、白線は灰褐色になり、てっぺんはオームの羽冠のごとくそそけたち、見るかげもなく「貫禄《かんろく》」がついてしまった。――私も兄貴のおせつけで、ローラーでひきつぶすのを手つだったのだから、少しは権利がある。

マントも兄貴のおさがりで、裾《すそ》は、山上憶良《やまのうえのおくら》の「貧窮問答歌」ではないが、「みるのごとわけさがれる」といったありさまであり、肩の所はヨウカン色にやけ、右側に三十センチにおよぶ大きなカギ裂きがあり、タバコの焼け焦げが無数にあって、これまた歴戦のカンロク充分だった。

弊衣《へいい》破帽もまた旧制高校のシンボルだが、兄貴の高校時代は、戦争中のこととて物資不足がそれに輪をかけ、夏の霜降りの制服など、背中の所が襟《えり》もとから下のおりかえしまでスッパリさけ、それが風にヒラヒラしているのを見ると、弟としてもおかしな感じがしたものである。下シャツを着ないから破れ目から裸の背中がむき出しになり、ズボンの臀《しり》の所に、わざと幅ひろく、だらりとたらした煮しめたような日本手拭が風にひるがえると、その下からズボンの大きな裂け目があらわれ、越中フンドシにつつまれた臀の肉がむき出しになる、という始末である。

そこへもってきて、散髪へゆかないやつが多いから、よれよれにもつれた髪はふさふさと肩にかかり、ひげボウボウで今のヒッピー、フーテンよりもはるかに汚なく、はるかに乞食にちかかった。これで朴歯の下駄をはいていればまだいいが、中には便所の藁草履《わらぞうり》みたいのをつっかけているのもあり、帽子をかぶっていなければ、乞食にしか見えない。ただ一つちがう所は、その眼光、どこか鋭くすみ、手にするのがむずかしげな哲学書であり、原書であり、横文字のぎっしりつまったレクラム文庫本である、という点だけだった。

今思うと、現在のヒッピー・フーテン風俗は、ちゃんと昔もあった。旧制高校の「バンカラ」がそれであり、彼らもまたむずかしげで、わけのわかったようなわからないことを深刻に語りあい、「思索《デンケン》」と称して、授業にも出ず何日も野原でゴロゴロ雲をながめくらし、時折りその乞食スタイルのまま、汚いリュック一つ持って、ふらりと無銭旅行へ出かけていった。――これを思うと、青春の一時期に反俗、反良識、反体制を衒《てら》い、「栄華の巷低《ちまた》く見て」なりふりかまわず真理を探求するフリをするのは、今も昔もかわらぬ、若者の風俗だといえる。

私も、入学式の日一日だけ、弊衣破帽に釣り鐘マント、歯がなくなるほどちびた上にひとにぎりもある汚れた鼻緒をすげた、これも兄貴のおさがりのゴンゴロ下駄という恰好《かっこう》をして登校した。――なぜ一日だけにしたかというと、そのころすでに、そういった旧制高校フーテンスタイルは、長い伝統のもとにすっかりマンネリ化しており、そういう「硬化し、定型化した」風俗に反抗するほうが、「かっこいい」と思ったからである。つまり、今日流行の言葉でいえば、「反体制的体制に反対」したのであって――まあ、手っとり早くいえば、「伝統」の裏がえしであった。

それに、入学当初は、寮が焼けてしまって下宿も見つからず、家から二時間電車にのってかよっていたから、朝のラッシュの殺人電車の中では、「下駄にマント」では危険であり、私は入学式以前にその恰好でうれしそうに出あるいていて、のりこんでこようと殺到する乗客にさからっておりようとして、マントをひっぱられ、首のところの留め布で首がしめられたことも再三あった。ズタズタに切れたマントの裾は、そのたびに少しずつちぎられてゆき、おまけに一度はマントを自動ドアにはさまれたままひきずられ、あやうく十七歳の、戦時中を生きのびた「蕾《つぼみ》の命」をちらす所だった。——そこでいよいよ学校がはじまると、私はアメリカ援助物資を仕たてなおしたオーバーにマフラー、ベレー帽に短靴といったスタイルで、得意になって通学した。

もっとも、マントというものはなかなかべんりなもので下宿でしめ出しをくった時や、無銭旅行で野宿しなければならない時など、これにすっぽりくるまって眠れば意外にあたたかい。——この大きなマントの中に、美しい「女性《メッチェン》」をくるんで歩くというのが一つの理想だったが、残念ながら、小学校以来の憧《あこが》れの女性はせっかく私が高校にはいった年に結婚してしまった。——同い年であったが、当時の女学生は、女学校の卒業式場から結婚式場へ、といった例がすくなくなかった。

だから、女性《メッチェン》は包みこめなかったが、そのかわり学校の食堂で、薬罐《やかん》や丼《どんぶり》などを包みこんでかすめてくるのには便利だった。——このマントでかくして食器類を「かすめる」点においては、神技に近い腕前をもつ怪人「黒マント」という人物がいて（私たちの子どものころ、怪人「赤マント」という人さらいが出る、という噂がたったことがあり、そこからその綽名《あだな》を思いついたのだろう）、彼が食堂で、悠々とまずい南京米の飯を食いおわり、馬のションベンの如《ごと》き渋茶をのみおわって、やおら立ちあがるや、その黒マントがさっと食卓の上にひるがえり、そのあとたちまち薬罐、湯呑み、丼、皿、箸《はし》立て、醤油《しょうゆ》入れのたぐいが、三つ四つと消えうせているのだった。――私なぞ、何度やっても、一回に一つしか持ち出せないのに、この怪人「黒マント」は、いかなる技術をもちいるのか、一度そのマントひるがえるや、必ず丼、皿小鉢のたぐいを三つから、多い時は六つぐらいもさらえこむことができたのだから、まるで手品であった。

あまり何度も、アルマイトの薬罐を生徒にかすめられるので、業《ごう》を煮やした食堂のおっさんは、今度は、ちょっとやそっとでは持ち出せない、おっそろしくでかい薬罐にとりかえた。大ぶりのスイカを、もうひとまわり大きくしたぐらいあって、いっぱいお茶をいれると、両手でウンと持ち上げないと動かないというしろものだった。

こうなっては、いかな「怪人」でもかすめられまい、と、私たちはそのバカでかい薬罐をながめて笑っていた。――そこへ当の「怪人」が、例によって悠々とはいってきて、例によってまずくとぼしい飯を悠々と食い、でっかいヤカンからやっとのことで茶をついで、悠々とのんでいた。私たちは彼がその巨大な獲物に挑戦するかどうか、片唾《かたず》をのんで見ていたが、いつまでたっても「怪人」が腰をあげないので、とうとうしびれを切らして立ちあがった。

私たち一行が、どやどやと「怪人」の傍をとおりぬけ、食堂から出て行こうとすると、私たちのあとを追うように、長身の「怪人」がマントをひるがえしてすっと立ちあがった。——私たちは、そのまましゃべりながら食堂の建物から、裏門のほうへ歩いていった。

「あつい……」

という「怪人」のうめきを後ろにきいたのは、建物から十メートルほどはなれた時だった。

「あつい、あつい！……」

私たちはふりかえった。顔をしかめてよろよろ歩いていた「怪人」は、その時「アッチッチイ！」

とさけんで、ガバッと湯気のもうもうと立つ小便をもらしてひっくりかえった。

——と思ったとたん、マントの下からゴロンと大一番の大ヤカンがころげ出し、ガバガバとあたり一面にお茶をまきちらした。何たる神技！——「怪人」はあの巨大なヤカンを、あついお茶をいっぱい入れたまま、マントの下にさらいこみ、股《また》ぐらに両手でぶらさげたまま、何くわぬ顔で食堂を出てきたのである。ところが、熱いお茶いっぱいのヤカンが「怪人」のズボンの内股のほころびから、裸の皮膚にあたり、あまりの熱さにひっくりかえったのであった。

## すばらしき〝青春〟の休暇

白線帽とマントでだいぶ脱線したが、ナンバースクールにはいったうれしさよりも、とにかく、今までのみじめな、屈辱だらけの、うす汚い中学生活と全然別の次元の「新しい生活」がはじまったことのうれしさで、胸がふくらむ思いだった。

それは、突然別の世界に足をふみいれたようなものだった。——もう、そこには「暴力」など影もなかった。教師は私たちを「君《くん》づけ」でよんでくれ、戦争でおくれたり、何回もドッペって、もうおっさんといっていいほどの上級生がいたにもかかわらず、彼らもまた、私たちをまったく対等にあつかってくれた。担任のO先生は、夜中に私たち、なまいきな一年生が酔っぱらってたずねても、いやな顔もせず、私たちのなまいきな議論をいくらでもきいてくれた。むろん、私たちも、節度は心得ていたが……。

そして、何よりも私にとってすばらしかったのは、いくらサボッても、何もいわれなかったことだった。——授業の鐘がなると、私をはじめ、常習のサボリは、はいってくるやつと反対に教室を出て行く。廊下で先生とすれちがって、あいさつしても何もいわない。ひどい時になると、休み時間中、玄関前の芝生で、次の時間の授業をやる先生と話しこんでいて、鐘が鳴り、先生のほうが、

「じゃ授業に行きます」

と立ちあがると、私たちは手をふって「いってらっしゃい。お元気で……」と反対のほうへサボリに出かける、といった有様だった。——一度、そうやってわかれてから、妙な顔してひきかえしてきて、

「あの——今度の授業は君たちのクラスじゃなかったかね」

ときいた先生もいた。

「そうです。まちがいありません」

と大声でどなると、「ああ、そうですか——」といって、空をまぶしそうに見上げ、

「君、〝哲学者の小径《こみち》〟歩いて見ましたか？　——今ごろは、いいですよ」

などと、サボって「逍遥」する場所をわざわざ教えてくれたりした。

決して、サボリ生徒におべっか使ったり、ごきげんをとったりするのではないことは、私たちによくわかった。——若者はいつでも、そういうことにはひどく敏感である。そうではなくて、高等学校における「勉強」は、中学時代のように「強制」ではなく、あくまで「自分のほうでその気になってやるものである」ということを、教えてくれているのだった。そのかわり、試験をうけて通るか通らないかは、その人間の責任である。よしんばドッぺった所で、裏表「六年間」の余裕がある。あるいは、途中でいやになったら学業を放棄すればよい。あくまで自分の責任において……。

もう君たちは、手とり足とり、あるいは鞭《むち》でひっぱたいて、教えこまなければならない「子ども」ではない。これから先の勉強は「自分で」やるんだぞ——そのかわり、自ら進んで学ぶ気になった時、門扉《もんぴ》はいつでも、真夜中でもあけておく。

そういった「一人前」のおとなとしてあつかってくれることによって生じてくる、あの何ともいえない「寛容」であった。そこには何一つ「強制」はなかった。そして、私たちの前には、まだあと三年間、場合によっては六年間のゆとりがあった（実際は、たった一年で、このすばらしい時期は終わってしまったが、はいった時は、そうなるとは思わなかった）。

「一年の時は何もがつがつ勉強せんでもいいよ」と、堂々と断言してくれる先生もいた。「とにかくあそんで、若さを満喫しろ。友だちや先輩や先生と議論しろ。仲間と旅行しろ。そのうち〝学問〟ちうもんが、君たちの中学時代にやっていた〝勉強〟や〝受験勉強〟なんかと、まるでちがうのがわかる。その上で、やりたいと思うことがあったら、三年間のうちに、ぼつぼつ準備にかかればいい。――六年間いられるし、いいか、この学校に裏表六年いて、その間に、自分の将来をかけて進むべき方向を、自分で見つけられんようなやつは、さっさとどこかへ行っちまったらいい」

一年生はいりたての時は、この先生の言葉も、はっきりわからなかった。わかったのは、大学へはいって、二、三年たってからである。とにかく一学期は、サボリ、遊び、京都の街や近郊を、ぶらつくのにほとんどを費やした。

私のサボリ方が、あまりにものすごかったので、さすがに担任のO先生が、心配して、芝生でねころがって、日なたぼっこしている私を見つけて、わざわざやってきて、注意してくれた。

「小松くん……ああ……ちょっと、その……ああ、授業に出てくれんと、困りますな。うむ……出席日数が、ああ、あまりたらんと、後半……ええ……苦しくなりますよ」

なるほど、と私は思った。――出席日数が問題になることもあるのか。

しかし、その問題はすぐ解決がついた。クラスの連中が、たのみもしないのに「代返」をしてくれるようになったからである。もっとも、できればちゃんとたのんでおかないと、出席をとられる時、私の名まえに二人も三人も返事してしまう。――一度、珍しいことに、私が出席している時にそういうことが起こった。すると、教師はニヤリと笑って、

「代返は一人でよろしい」

といった。それからもう一度そいつの名をよんだ。――今度は誰も返事しなかった。

すると、

「ああ、誰それくんは、欠席ですね」

と線をいれた。

もっとも代返がバレると、烈火の如く怒る先生もいた。

しかし、何が気持ちがいいといって、自分の代返をしてくれるのを、遠くからきいているほどケッコウなことはない。――体操の時間など、クラスの連中が、小松のやつ、またサボってる、こら、出席しろ、などと笑いながら声をかけるのを、こちらは芝生にのうのうとねっころがって、陽の光をさんさんとあびながらニタニタしている。そのうち、体操の教師がやってきて、出席をとりはじめる。こっちは肘枕《ひじまくら》しながら、

十メートルほどはなれた所でそれをながめている。

　そのうち、

「小松くん」とよばれると、誰かが、

「はい」

　と代返してくれる。こちらは、あいつの代返はわざとらしいとか、なかなか演技力がある、などとねっころがって腹の中で批評しているのだから、まったくキーモチイイ、キーモチイイである。

　サボりたおしたかいあって、前期の試験は相当な成績だった。それでも、たいていスレスレの六〇点台で、欠点は人文地理一つだった。好きな授業には、それでもちょくちょく出ていた。私は「文甲」といって、英語が第一外国語のクラスだったが、「トワイス・トールド・テイルス」や「ガリバー旅行記」、「トム・ブラウンの学校生活」、「ラム随筆集」などふしぎになつかしくおぼえている。

　しかし、授業よりも私をつよくとらえたのは、外国文学だった。――戦時中、外国文学は、一部をのぞいてほとんど禁止されていた。戦後はクラス活動と受験勉強に追われた。この間読破したのは漱石と鏡花ぐらいだったろうか。それが、三高をパスして、授業がはじまるまでの間、偶然ドストエフスキイの「カラマーゾフの兄弟」を読み出した。読み出したらやめられなくなり、ドストエフスキイ全集を二か月たらずで読破した。――外国文学は、一般に、日本文学より、ストーリイが変化に富み、構成がガッチリしている。さあそれから、まるでミステリイに耽溺《たんでき》するように、外国文学の翻訳ものをかたっぱしから読んでいった。友人が授業に出て、エスケープの相手がいない時、図書館にこもってとにかく手あたり次第に読んだ。ゾラ、フローベル、モーパッサンあたりから、スタンダール、バルザックとフランスをあさり、ゴーゴリ、ツルゲーネフ、トルストイ（岩波文庫の「戦争と平和」全十二巻読破三日間というのは、私の最高記録である）ゲーテ、マン、ヘッセ、リルケと、何しろあるものは片しからである。――系統も何もなかったが、とにかくこの時の乱読が、あとから問題になった現代西欧作家の作品を、判断するのに、何ということはない基礎になったことはたしかである。――プルースト、ジョイス、サルトル、カミュ、カロッサ、カフカ、フォークナーなど、中には「難解」といわれるものもあったが、私はほとんどそう感じなかった。

ドストエフスキイには、ひどくいかれていたが、しかし、この当時、そのほかに、私が自分で「好き」だと思っていたのは、あまりふつうの連中が読まないようなものだった。一つはダンテの「神曲」であり（戦後出た、竹友藻風《たけともそうふう》氏訳のものではなく、戦前の平凡社世界文学集にはいっている、生田長江《いくたちょうこう》氏がロングフェローの英訳から重訳したものである）もう一つは、ブラジル出身でフランスで有名になった、シュペルヴィエルという詩人の、ユーモラスで、すばらしく幻想的な短篇集だった。――思えば、この二つの作品に対する愛着が、私を後年SFに夢中にさせた種《たね》になっている。

はいるとすぐ、気のあう友人のグループができた。――それは必ずしも、いっしょにはいった、中学時代の友人ではなかった。私のように、屈辱の記憶だの、スネにキズだのを持っている人間は、新しい環境の中で、過去を知っている連中がいると、何となくけむったい。――私の仲間は、みんなユーモアのセンスに富み、そろってサボリであり、クラスの連中の中でまじめな論議がもちあがると、茶化してばかりいたから、「低徊派《ていかいは》」の名を頂戴《ちょうだい》した。

少し話が前後するが、旧制三高の寮は――そして「寮生活」こそ、旧制高校のエッセンスである、といわれていたが――私たちがはいる直前、昭和二十三年の早春に、内部から失火がでて全焼してしまった。この時逃げおくれて、一人の犠牲者が出た。終戦直後のこととて、早急にかわりも見つからず、再建もできず、私たち「最後の三高生」は、大変な宿舎難に見まわれた。私も当座、下宿が見つからず、家からかよっていたのは、前にのべた通りである。

ところで、寮の幹部――つまり上級生の一部が、寮生活の再建をとなえて、三高のすぐ東隣りの下宿屋をかりきり、「生活研究所寮」というのをこしらえた。私同様、下宿に困っていた友人といっしょに、入寮させてくれるようにたのみにいったが、私はひと目見ただけで、その建物のあまりのすさまじさにオッたまげ、入寮を辞退した。何しろ、中庭をコの字にかこむ二階建ての建物は、庭にむかってすべてかたむき、見わたした所、障子《しょうじ》の紙のまともにある部屋は一つもなく、中庭の植込みは、「寮雨」――つまり二階からやるションベンのために、ことごとく赤く枯れ、日本家屋の廊下から二階へあがるのに、下駄穿き土足のまま、というものすごさである。

そのうえ、「寮の伝統」をつぐという先輩が、一応「入寮試験」というものをやる。不精鬚《ぶしょうひげ》をはやした大きなオッサン達が、顎《あご》ひげをまさぐりながら、「寮生活の精神は何だと思うか」とか、「実存とは何か」とか、禅問答みたいなことをきく。

中には、部屋の白壁に、じかに奇々怪々な色をぬりたくった絵を描いて、「これは何だと思うか」ときくのもいた。

「わかりません」というと、

「わからんか？　エスプリないぞ。これはな、ヴァレリイの〝海辺の墓〟だ」
などとおごそかにいわれるので、何しろ教科書以外は、漱石ぐらいしか読んだことのない新入生は、度肝をぬかれる、という寸法である。

いまから思うと、この「寮生活の伝統を守る」と称するモノゴッツイ寮は、まさに「寮生活」の利点である、「他人のものは自分のもの」のユーズー無碍《むげ》な、原始高等学校的共産生活を維持するために、なるべく田舎から食い物をもってきそうな、またなるべくいうことをよくききそうな新入生——いわばカモを物色していたのではないか、と思われるフシがある。これは、大学にはいってから、私自身がさんざんその利益にあずかったのだが、学生生活——特に寮生活というのは一種の生活共同体で、食物、酒、タバコ、質草、金、なんでもこの中で融通がきく。いってみれば、一文もなくともくらせるのだ。腹がへれば、誰かの所に主食《エッセン》がないかとたずねて歩けばいい。煙草《ラーヘン》も誰かがもっている。夕方になれば、誰かをつかまえてくり出せば、そのうち誰かがショーチューをのむくらいの金をもっているものだ。——そのうち、寮の主みたいなのがでてきて、寮がないと暮らせないようになってくる。その連中が、寮を焼け出されると困り、新たに旧制高校的原始共産制的ユーズームゲ的共同体をつくろうと、網をはっていたのではないかと、カングれないこともないような気がする。「生活研究所」とはよくつけたものだ。

実際、中にはいった質朴な二年生の一人は、厳寒の夜、ふるえながらかえってきて、自分の部屋にはいると、夜具蒲団がなくなっているのを見てたまげていた。——同寮の上級生が留守の間に質にほうりこんでしまっていたのだ。——最初はいった友人は、さすがにおどろいて三か月ほどで下宿を見つけてうつり、そのあとへ、やはり同じグループの仲間がはいった。もうそのころは、こちらもだいたい要領をのみこみ、あまりカモにはされなくなっていた。そして、その部屋が、私たちグループのたまり場になった。学校が眼と鼻の先なので、部屋の中で鐘をきいてから歩いていっても間にあう。

しかし、私たちは授業はほとんど出ず、そいつの部屋で、徹夜でノートトラやナポレオン、ツーテンジャックなど、カードをし、また朝からつづけたりした。——私は家から学校へくると、教室には行かず、まずその部屋へ「出席」した。いま思っても、すさまじい部屋で、二階だったから、中庭のほうへグッとかたむき、障子はボロボロ、掃除をしないから、かたむいたほうの隅に綿ぼこりが一面にたまり、友人はほこりの波打際——というのはおかしいかな——にセンベイ蒲団をしきっぱなしにして寝ていた。大きさは六畳あったのだから、もっとはしに敷けばいいのだが、前にいったように、日本家屋なのに木の廊下、階段を土足であがってくる。入口の畳は、その土ぼこりでザラザラである。つまり彼は、土ぼこりと綿ぼこりの間を、幅一畳半ほどに細長くはき、そこで寝起きしていたわけである。それでも眠っている所へ容赦《ようしゃ》なくあがりこみ、枕もとをゴンゴロ下駄やドタ靴でドスドス歩きまわり、一度など、足をもつらせた男に、寝ている枕をけっとばされたうえ、あやうくゲタで顔をふみつぶされそうになったので、たまりかねて彼は、入口側の畳にチョークで線を一本ひき、

「玄関なり、はき物をぬげ」

と畳に書いていた。——その横にさらにただし書きがあり、

「靴下はぬぐべからず。雑巾《ぞうきん》がけのかわりなり」とも書いてあった。

昔はけっこうだったろう床の間に、七輪をおき、床の間の壁の、丁度腰の辺にまるい穴をあけ、チョークでかこって「便所」と書いてあるデタラメさである。もっともそっち側へむけて小便するのは、しにくいうえ、壁のはしにひっかけたり、また壁奥の割り竹でトゲをたてそうになったり、壁のすぐむこうの隣家の部屋の窓の前にとんで、その部屋の下宿人である大学生がカンカンに怒ったりするので、寮雨はもっぱら中庭へむけた。

私たちは、そんな部屋に、四人、五人、とあがりこみ、マント、オーバーを着たま

ますトランプをやったり、バカ話に興じたりした。――何しろ昭和二十三年といえば、悪性インフレがすすみ、食糧事情は最悪の状態におちこんでいた時である。集まっても食うものといえば芋《いも》ぐらいしかなく、飲むものといえば、ギラリと七色の膜の浮いた、バクダン焼酎《しょうちゅう》しかない。学校の食堂の配給は、月のうち十日が、あの猛烈にくさい、ボロボロでしかも一粒一粒がすぐくずれてベタベタになる外米であり、あと十日は、くさった部分の多い芋、それから椰子粉《やしこ》（これは知らないだろう。南方原住民が食べるサゴ椰子の澱粉《でんぷん》であり、湯をくわえると、カタクリか葛餅《くずもち》みたいで、もっとはるかにドス黒い、ふしぎなものになる）それに、肝臓につくというダニがまじっていて、熱湯でといてでないと食べられないキューバ糖、そして不思議なことに、主食のかわりに時々乾しアンズが配給になった。米飯券を月はじめに使い果たした連中が、何ともいえない顔をして、その乾しアンズの袋をもって教室でモソモソ食い、午後の授業の時、教室でその種をぶっつけあった。それを見つけた教官は烈火のごとく怒って「わたしは三高奉職二十年になるが、教室の中でアンズの種をぶつけあったクラスは、君たちがはじめてだッー」とどなった。

今は高級喫茶になっている、河原町三条附近の喫茶店でむし芋を出していた時代である。――しかし、そんな最悪の食糧事情の中でも、新しい友人たちとの、毎日腹をかかえて笑いころげるような、遊びたおす生活のたのしさは、何一つ傷つけられなかった。私たちは――すくなくとも私は、高校生活と、仲間との生活のたのしさに、毎日夢のようだった。

だが、押しかける私たちはたのしかったが、押しかけられるほうにしたらたまったものではない。しかも私たちがかえってホッとしていると、今度は寮の上級生が、「何かないけ。エッセンないけ。ラーヘンないけ。金《ゲル》もっとったらカンパせんか」とのぞきにくる。――話しこまれる。中に乱暴なのがいて、私が夜中、入口の障子にもたれて室《へや》の主と話していると、酔っぱらってドタドタと近づいてきて、私のもたれている障子の、ちょうど頬すれすれぐらいの所に、ブスリとペニスをつきたてるやつがいる。私はひょいと横をむいた拍子に、紙からとび出した赤黒いやつにあやうく鼻をぶつけかけておったまげた。そうかと思うと、せっかく一枚の蒲団に、二、三人くるまって寝て、あったまりかけた所をやはり酔った上級生にたたき起こされ、眠い眼をして起きあがると、おごそかに繃帯《ほうたい》をぐるぐるまいたペニスを見せられて、「どうじゃ、これが淋病《りんびょう》ちうもんじゃ。拝観料一人十円ずつよこせ」などとやられるのである。

とうとうたまりかねた彼は、寮を出ることにした。そしてちょうどそのころ、私も知人の仲介で下宿が見つかった。――それじゃいっしょに住もう、というので、二人はそこにはいった。私は家から蒲団をもってくるのがめんどうくさかったので、そいつの蒲団に二人で寝ることにした。そのかわり、下宿代の三分の二を私がもち、食費は同額ということにした。

今度は三条富小路あがった所の経師屋の二階だった。京都のどまン中、きちんとした、古い京都風の生活をしている家で悪いことに京都一の盛り場、京極がすぐ眼と鼻の先である。

私たちの部屋は、通りに面した表二階で、八畳間だった。となりに六畳があったが、そこは経机やすだれがおいてある。――そして、厄介《やっかい》なことに、職人の家で早寝のうえ、古い京の町家の造りは、表は三間ほどだが、奥は隣りの道までつづいている、というウナギの寝床である。階段は、表の間を通り、次の間を通った茶の間の横にあり、トイレは富小路の次の五劫町にある、という寸法だ。夜おそくかえってくると、寝巻き姿の老夫婦のどちらかにあけてもらい、じいさん夫婦の寝ている枕もとを通り、若夫婦のねている枕もとをぬけて、やっと階段にたどりつく。夜中にトイレに行く時は、足音をしのばせて階段をおり、若夫婦の寝ている横をとおって土間におり、下駄をしのばせてカッコンカッコン五劫町まで行き、またかえってきて五劫町と富小路の中間へんで、水音をしのばせて手を洗い、また息を殺して若夫婦の横をとおりぬけ、階段をあがり——わたり継ぎ廊下を通って、やっと部屋に帰りつくという具合だった。

そしてまた、京極へんの安飲み屋で、おそくまで飲んでよっぱらったやつが、夜中に「オーイ、小松う！」と次から次へとたずねてくる。——こんなやつをいちいち、階段をおり、若夫婦、老夫婦……の寝床のそばを通り、あけてやり、また老夫婦、若夫婦……なんてことをやってては気づまりでこちらもたまらない。そして——まことに幸か不幸か私たちの部屋のすぐ横に一本の電柱があり、夜半くる友人は、その電柱をのぼって、二階の窓から御入来、というのが常識になってしまった。そして、夜中のトイレも、また窓から富小路へ、である。

こんなことをして、一晩で、なんと六人もの友人が、電柱経由で部屋へはいりこんだことがあった。——前のオンボロ寮ではトランプだったが、どういうわけかその下宿では、花札ばかりやっていた。それはいいが、私たち二人プラス六人、合計八人の人間が、かけ蒲団一枚、敷蒲団一枚でどうやってねるかが大問題になった。京都の十一月、そろそろ寒さが身にしみ出すころである。

しょうことなしに、私たちはまず酔っぱらって眠がっているやつ二人を蒲団にほうりこみ、あと六人で花札をはじめた。そのうちまた二人ほどがコックリコックリはじめると、先に寝ているやつをそうっと蒲団からひきずり出し、次の二人をねかせる。そういう風に順番にやっていってようやく部屋の主二人は、夜のしらじら明けた蒲団にもぐりこめた。そのかわり六人の客のうち、四人が風邪をひいた。

街中に下宿したことは、私たちにとっても便利なことが多かった。——私たちは、毎日、有名な錦小路《にしきこうじ》の市場まで、コロッケや鯨《くじら》ベーコンを買いにいった。あげたてのコロッケにソースをぶっかけてくうと、こんなうまいものは世の中にないような気がした。電気コンロにアルミ鍋《なべ》をかけ、一合半の米を炊《た》き、コロッケをおかずにして食べる。時々は、バイトをして、京極でラーメンを食う。京極の中の「富貴亭」という寄席《よせ》へ行くことをおぼえると、私のバイト料はほとんど寄席の入場料に化けた。いれかえなしの三時間半、わりと大看板が来て、特に神田伯龍《はくりゅう》の、すごいばかりの色っぽさに、私は夢中になり、とうとう東京まで、普通列車で出かけて聞きにいった。三笑亭可楽《からく》、松葉家奴《まつばやっこ》、声色の悠玄亭玉介《ゆうげんていたますけ》、松旭斎天一《しょうきょくさいてんいち》、今でも元気な、そして当時はもっと元気だった、桂南天老も、たしか見たように思う。

外ではインフレの嵐《あらし》がふきすさび、月はじめ千五百円でくらせたのが、月末には二千三百円かかる、というすさまじさだった。しかし、食糧事情が悪化しようと、インフレが進もうと、集団強盗がはやろうと、連合国軍極東理事会が荒れ、米ソの冷戦がはじまろうと、私は幸福だった。友人と、散策と、寄席と、焼酎と、それに図書館にぎっしりある翻訳文学と……その間に、立山に下駄《げた》でのぼったり、海べの友人の家へ行って、十日間、ひたすら泳いだり、京都の鹿ケ谷《ししたに》や、北白川へんを散歩したり、――その間に、私のはいっていたラグビー部の合宿があり、文化祭があり、私はまたもやデコレーションをひきうけ、模擬店のあがりでクラス全員が小豆島へ船旅をし、琵琶湖《びわこ》でヨットにのりこみながら、沖へ出てから誰も操船を知らないことがわかって遭難しかけたり――ああ！　それは何と豪華な毎日だったことか！　父の会社が税金でつぶれ、私は毎月文なしにちかい状態で、いつも腹をすかしていたにもかかわらず、あれほど絢爛《けんらん》と充実した「青春」の一年をおくれたことはうそみたいだった。

寄席にこった私は、その頃、「落語全集」全巻を読みかけていた。ある日、西宮の自宅から下宿へかえってくると、同宿の友人の置き手紙があった。

――君は文学部志望らしいから遊んでいてもいいだろうが、おれは家の事情で法学部へ進まねばならぬ。君の遊びぶりは、実にたのしげで屈託がないが、君といっしょに住んでいては、とても勉強ができない。といって、面とむかってそれをいうのはつらいから、悪いけど留守の間に出て行く。床の間に、郷里の名物をおいておく……。

私は、あれほど気のあった友人に、そんなに迷惑をかけていたのか、と思って呆然《ぼうぜん》となった。――床の間には、友人の郷里滋賀の名物、小鮎《こあゆ》を、うす口醬油と木の芽だけでじっくり煮た、おそらくは彼のおふくろさんの手料理らしいものを大きな折りいっぱいつめたものがおかれてあった。ぼんやりと、その一つをつまむと、木の芽の香りと、うす口醬油だけでからくからく煮た小鮎のはらわたのほろ苦さが、絶品といっていいうまさだった。私は小鮎をつまみ、うそ寒く暮れゆく京の家並みをながめ、友人が「勉強」とか「学部」と書いていたことを、不思議に思いながら、ぼんやりしていた。

――とにかく、それは一大事だった。友人が出ていってしまうと、たった一組みの蒲団がない。家へかえろうにも、翌日学校へいって共済会からバイト料をうけとるまでは一文もない。夜半までボソッと一人でいて、夜半、一計を案じて、隣りの部屋からすだれをたくさんもち出した。うすっぺらい座蒲団をしき、リュックを枕にし、オーバーを上からかけ、その上にすだれを何枚もかけ、裾に経机をつんで重しをかけた。ガサゴソして、何だかノリ巻きとサバ鮨《ずし》の合いの子になったような気がしたが、いくぶんもましなようだった。しかも、友の去った、冷えきった部屋でただ一人、すだれにくるまり、経机の下になって闇《やみ》の中で眼を見ひらいていると、ついこの間まで、うつつにくらしていた、このすばらしく幸福な時期が、ひょっとしたらそろそろ終わるのではないか、と、すきま風の吹きこむような感じにおそわれた。

## 青春の終わり

翌日――それはもう、十二月にはいって、冬休みが近づきつつある日だったが――学校へ行って、仲間の一人に会い彼が下宿を出たことをなんとなく話した。

「やつも、すごいモーベンだな。まだ高校一年だのに、もう法学部志望でがんばりはじめてる」と私はいった。「まだ二年もあるんだ、一年の時ぐらいのんびりやればいいのに」「えっ？」とむこうはびっくりしたように眼をむいた。

「あと二年あるって？――ほんきか？　大学入試は来年だぞ？」

「ええ？」今度はこっちが眼をむく番だった。「来年だって？――そりゃどういうわけだ？」

「おい、君はほんとに何も知らんのか？　旧制高校は、おれたちで終わりだ。二年以上は、もう一年行って、旧制大学をうけるが、おれたちは新制高校三年の連中といっしょに、来年、新制大学・教養部をうけさせられるんだぞ」

私はあまりのショックに、呆然と口をあけたままだった。——図書館と、寄席と、飲み屋と、彷徨《ほうこう》と——そのたのしみに溺《おぼ》れて学校にほとんど顔を出さず、新聞もほとんど読まなかった私は、そんなことになっていようとは、その時まで知らなかったのだ。私たちと同級で、旧制高校、高専へすすまなかった連中で、旧制中学五年から、新制高校三年にすすんだことは知っていた。男女共学になったときいて若干うらやましかったが、それでも「新制大学」は、彼らが進むものだとばかり思っていた。

三年間——場合によっては六年間あると思っていた、豪華な「青春の休暇」はたった一年で終わり、またもや翌年、私たちは大学入試に直面することになった。しかし、私は相かわらずほとんど勉強しなかった。翌昭和二十四年の新制大学第一回の入試は、変則入試で、三月、旧制高校一年修了後、三か月たった七月にあることになった。そして新制大学第一期の学年は、九月から翌二十五年三月までの半年しかなかった。

三月、四十数名中三十何番の、さんざんの成績で、一応一年を修了したあと、七月までの三月間、相かわらず私はあそびほうけていた。そのころマージャンをおぼえ、毎日マージャンばかりしていた。入学試験の前夜、私は友人をむりやりさそって徹夜マージャンをうち、翌朝、友人の鉛筆を一本かりて試験場へはいる、という無茶をやった。――家は、完全に破産状態で、差し押さえを食ったり、売り食いしたり、母親が質屋がよいをしたりのありさまだったが、私はあいかわらず、最低のバイト以外はやらず、うろつきまわっていた。三高をうける時も、理科へ行けとすすめた親父《おやじ》は、私が大学の文学部をうけることに猛反対で、法学部かせめて経済学部へ行く以外は、学費を出さんといい、ついに折れて、学費だけは出すが、あとは自分でやれ、といった。「文学部なんか出ても、ろくなもんにならん」と、親父はいった。

「卒業しても絶対に面倒を見んぞ。何をやるつもりだ?」

「いいです」と私はいった。「乞食《こじき》をやります」

バカッー!　と怒声がとび、ひさしぶりに拳固《げんこ》がとんできた。しかし、昔とちがってかわすのは簡単だった。――親父は事業の失敗でいらいらしていた。

発表の前日、全然自信のなかった私は不安を押しかくすために、また友人をさそってマージャンをやった。徹夜あけの暑い日ざしの中を、友人は両側から肩をくんで、発表のある大学構内までつれていってくれた。

「あったあった!」と友人たちは歓声をあげた。「何や、全員パスしとるぞ」

私の名まえもあった。――ホッとはしたが、もう、三高合格の時のような、すばらしい感激はなかった。発表から始業までの、一か月以上の「休暇」の生活が、特に金の面でおもくるしくのしかかっていた。そのうえ、どっち道、あのすばらしくも豪華だった、青春の「休暇」が終わってしまったことを、私は感じていた。大学生活は、「休暇」ではない。それはすでに「おとな」の生活のはじまりだ、ということを。――友人たちは、大学パスの安堵感《あんどかん》から、あと一か月の夏を、アルプスへのぼろうとか、旅行しようとか、海へ行こうとか、はしゃいだ声ではなしあっていたが、肩をくまれ、押されるように歩きながら、私の心は変に重く沈んでいった。寝不足の顔に、強い夏の陽ざしがじりじりと照りつけ、気持ちの悪い汗が、じっとりとにじんできた。

私の「青春記」は、ここで終わる。――私自身の「青春」は、ここでふっつりと切れるのである。編集者は、大学へはいってからのことも書かせたかったらしいが、私自身にとって、大学の生活はもはや「青春」ではない。中学の時よりも、もっと陰惨で、しかも、自分のことを「子ども」といいわけのできない、おとなとしての精神的、肉体的、生活的苦痛の日々がはじまるのである。それだけに、たった一年というあまりにも短い間で終わってしまった高校生活が、今でもすばらしく甘美な輝きを持って回想されてくる。そして、そのたった一年の「すばらしく豪奢《ごうしゃ》な生活」が、ずっとのちまでも、私の人生の中で、「美しいもの」や「すばらしいもの」に対する無条件の肯定を――自分の心はたとえ、どんなに陰惨でねじくれまがっても、この世の中には、本当に「美しいもの」「すばらしいもの」がありそれは自分の心の中に長年たまったどす黒い「毒」でもって汚したり、否定したりすることはできないのだ、ということを教えてくれたのである。青春の最後の年の、あのわずか一年の生活を体験していなければ、私の人生の内容は、どんなものになっていたかわからない。そして、あの一種豪奢な生活が、せめてもう一年つづいてくれたら、――私自身のその後の生活も、もう少しかわっていたかもしれない。しかし、そんなことをいってもはじまらない。たった一年であっても、おれは、あの時、すばらしい光にみちた「本ものの青春」を生きた、という感動の記憶をもてる幸福は、私自身の人生に、ゆるぎない、絶対的な地位をしめつづけてきた。そのかがやかしい記憶によって私自身は、自らの「毒」をのりこしてもきた。それからのちの惨憺《さんたん》たる生活も、そしてこれから押しよせてくる老醜の晩年も、私の中からその絶対の輝きを消すことはできず、生きるということは、そしてとりわけ青春は、すばらしくもまた、美しいものであり得るという、幸福な信念を私が一生かけて抱いてしまったということを、否定し去ることはできないであろう。

# 「青春記」に書かれなかったこと

## ――漫画家としての小松左京

小　松　実　盛

父、小松左京が亡《な》くなって三年後の二〇一四年、とあるニュースが配信されました。小松左京の幻の漫画デビュー作がアメリカで見つかったというものです。

戦後間もない米国占領下の一九四八年九月に大阪の出版社から出されたもので、GHQが、日本の出版物をチェックするために収集した中の一つです。

後に、それらは米国のメリーランド大学に寄贈され、プランゲ文庫として長年保存、活用されていました。そのデータベースが、二〇一四年に日本の国立国会図書館で検索できるようになり、小松左京のファンの方が発見して全国的なニュースとなったのです。

タイトルは「怪人スケレトン博士」。小松左京の本名である小松實《みのる》の名が記され、なんと〝日本列島を沈ませる〟アイデアが既に使用されていました。ベストセラーと

ヤイッ
セルをはなせ
よくとびつく奴《やつ》だ
蛙《かえる》みたいだ
グーゥ
おのれ
いよく
最後《さいご》の
手段《しゅだん》
60

「怪人スケレトン博士」（プランゲ文庫所蔵）

なった『日本沈没』が一九七三年発表なので、遡《さかのぼ》ること四半世紀にもなります。一九四八年は、小松左京が旧制三高に入学した年で、本書に収録されている「やぶれかぶれ青春記」の最終章にして、小松左京が人生で最も輝かしいと熱く語っていた、バンカラ学生時代にあたります。

私は、三高時代を、自分の人生で一番すばらしかった一年であると、はっきりいうことができる。ただの一年であったが、青春の中であんなにすばらしい時期をもてたということが、その後の陰惨といっていいほどメチャクチャな人生において、どんなにささえになったろう！――

（「やぶれかぶれ青春記」）

小松左京は、この三高時代の一七歳でプロの漫画家としてデビューしていたわけです。

戦後すぐ、手塚治虫先生の登場による漫画の歴史の大転換期、まさしくビッグバンにより、漫画市場は一気に拡大しました。

当時の大阪は、戦前からの東京の漫画出版とは異なる、赤本と呼ばれる廉価《れんか》本や貸本を中心とした独特のビジネスを展開しつつありました。そこでデビューした手塚先生に続く形で様々な漫画家が生まれ、その流れにのって、小松左京も高校生デビューを果たせたのです。

小松左京の実家が経営していた町工場は、戦後大きく傾き、また急激に進むインフレの中、大変お金に苦労したことが、本書にも書かれています。けれど、三高時代の小松左京は、金欠といいながら下宿をして、自由なバンカラ生活を満喫していました。

京都の鹿ケ谷《ししたに》や、北白川へんを散歩したり、——その間に、私のはいっていたラグビー部の合宿があり、文化祭があり、私はまたもやデコレーションをひきうけ、模擬店のあがりでクラス全員が小豆島へ船旅をし、琵琶湖《びわこ》でヨットにのりこみながら、沖へ出てから誰も操船を知らないことがわかって遭難しかけたり——ああ！それは何と豪華な毎日だったことか！父の会社が税金でつぶれ、私は毎月文なしにちかい状態で、いつも腹をすかしていたにもかかわらず、あれほど絢爛《けんらん》と充実した「青春」の一年をおくれたことはうそみたいだった。

（「やぶれかぶれ青春記」）

文なしにちかい状態と、ここに描写された充実した生活に若干違和感があります（父親の文章を、あたかも探偵のようにあれこれ詮索《せんさく》するのは、息子として少々申し訳ない気がしますが——続けます）。「やぶれかぶれ青春記」には旧制中学時代の闇《やみ》商売のエピソードが出てきます。しかし三高に入ると、下宿代だけでも大変なのに、それに対し〝たまにバイトをする〟といった描写しかありません。

実は、三高のバンカラ学生時代のバラ色の生活を支えたのは、漫画家、小松實（当時は本名で描いていました）だったのです。何故、一切、その点を本書で言及しなかったのでしょうか？

二〇〇六年、自身の半生を振り返る「私の履歴書」（日本経済新聞）の連載の際に、三高時代のことをこのように話しています。

金に困ったときの救いの神が漫画だった。中学生のころ、手塚治虫さんの作品にいたく感激して、漫画熱が高まり、習作を描きまくっていた。ひどい金欠に陥った三高時代に、一冊のストーリー漫画を描き上げ、ダメで元々と期待せずに大阪・ミナミの不二書房に持ち込んだら、現金買い取りで何と三千数百円で売れて狂喜乱舞

（『小松左京自伝』日本経済新聞出版社）

した。

「私の履歴書」では語りながら、「やぶれかぶれ青春記」では一切触れなかった、漫画家時代の想《おも》い出《で》。

子供の頃の我が家には、二つのタブーがありました。

一つは、当時完成していなかった「日本沈没　第二部」について聞くこと。この話題は、様々な人に聞かれ、嫌気がさしていたようで、「日本沈没の第二部に関して聞くやつがいれば、たとえアメリカ合衆国大統領といえども殴る」といった、半ば本気の冗談までいっていました（その後、「日本沈没　第二部」は、二〇〇六年に谷甲州先生との共著で出版されました）。

もう一つは、漫画家時代のことを聞くことです。小松左京は、自身の漫画家時代を封印し、家族間でも話題になることは、けっしてありませんでした。

本人は、自身の漫画原稿を全《すべ》て処分した気でいたようですが、祖母がこっそり保存し、母が嫁入りした際に密《ひそ》かにそれを託しました。母は引っ越しするたびに、本人の目に触れないように家の判《わか》りにくい場所に隠していたのです。

母は、一部の漫画原稿の隠し場所が見つかった際、眼の前で破り捨てられたエピソードを、随分後になってから教えてくれました（まるで、秦《しん》の始皇帝の焚書《ふんしょ》や、全ての本の所有が禁止される、レイ・ブラッドベリの『華氏451度』、あるいは、有川浩先生の『図書館戦争』のような雰囲気です）。

なぜ、こんな事態になったのでしょうか？

小松左京は、三高一年修了後、京大入学の後も漫画家活動を続け、その活動は、一九五〇年一月二五日の朝日新聞で紹介されました。

科学の面白さを子供に知って欲しいという思いから描いた「ぼくらの地球」という漫画で、実は、作品の中で『日本沈没』とも密接にかかわるウェゲナーの大陸移動説について説明しています。

当時、過去のものとして忘れられつつあった、この大陸移動説を、壮大な物語の重要な仕掛けとして取り上げた、もう一つの漫画がありました。手塚治虫先生の「ジャングル大帝」です。

二人はまだ面識がありませんでした。けれど、忘れさられていた大陸移動説が正しいことに、どちらも直感的に気づいていたようです。

# 科学漫画「ボクらの地球」

## 赤本に抗して

### 京大生の傑作が世へ

俗悪な赤本に童心をむしばまれてゆく子供たちに、明るい夢と知性を与えたいという一京大生の願いが、一冊の科学漫画本として実を結び、近く大阪の書店から出版されるが、この漫画は〝ボクらの地球〟と題され、京大文科（新制）一回生小松実君（二）がH・G・ウェルズの「生命の科学」「世界文化史大系」をもとに三ヶ月間苦心を続けて絵をとった苦心の作品で、地球の生成から動植物の発展、人間の生長に至るまでを二人の子供が〝夢の機械〟でみてゆくという筋書＝写真はその一部

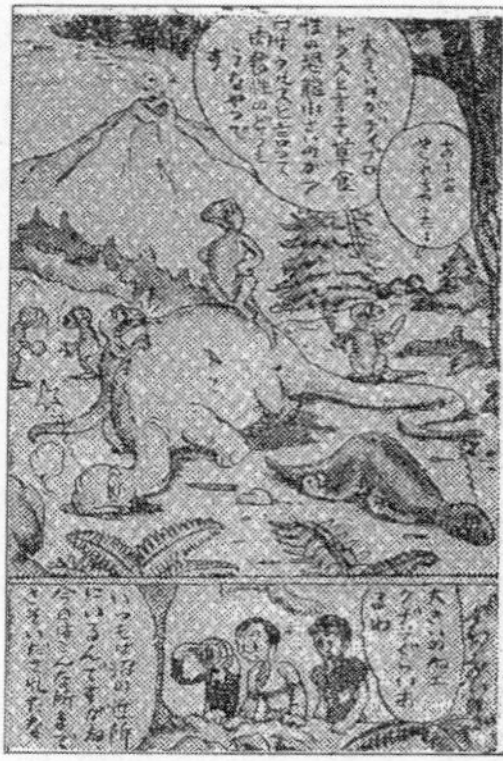

小松君は小学校の時に水彩画を習い、中学時代から各国の漫画の研究、漫画とは違った性格を出すため、中一貫して〝科学性〟に努力が払われている 世代の八虫類と人間との身長比例 史、理論を研究、今までの児童漫画に厳密な科学的メスを加えるなど また面白味をもたせるため、各場面に〝サイエンス〟という小人の説明役がスリルに富んだストーリーを展開してゆくほか、映画製作上のトリック説明も付記、解説めいた絵物語に終らないよう苦心した四六版百三十六ページの厚いもの

中井京都市教育委員談 人類の進化、宇宙生成の生きた歴史を環境の生活に直結させ、新しい社会の形成に役立たせる点、漫画として新味を出した試みで、性教育への正しい示唆も随所の配慮しないように光っている 社会科の教材としても他の教育委員にはかった上で広く学校への推薦図書にしたい

小松君談 大人も喜んで読める長編漫画を書くことが私の念願で、今トルストイの〝イワンの馬鹿〟の漫画に取りかかっています

1950年1月25日付「朝日新聞」夕刊（大阪版）。下は小松左京の遺品にあったスクラップブックより。当該記事を赤線で囲ってあった

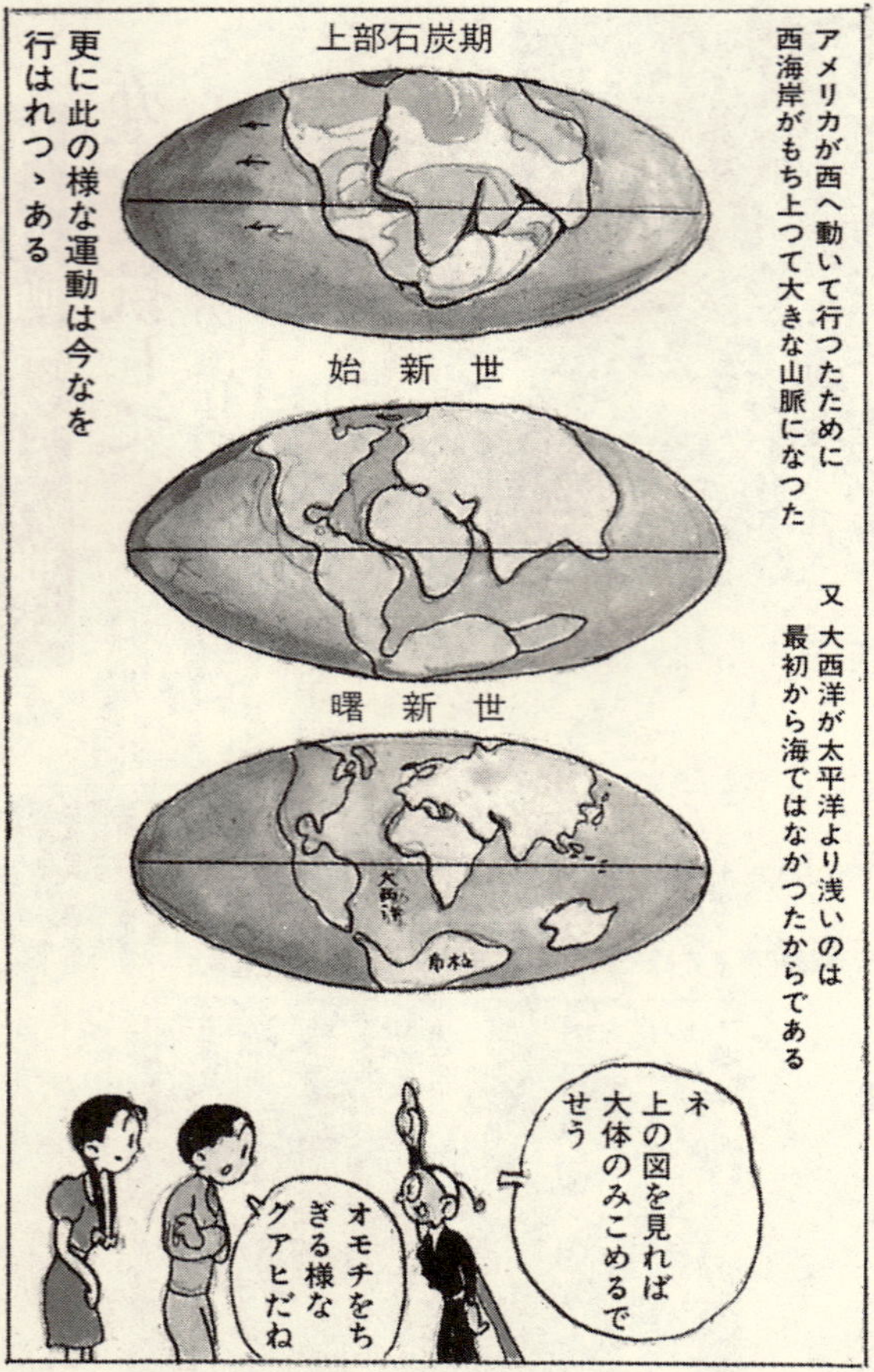


「ぼくらの地球」(「幻の小松左京＝モリ・ミノル漫画全集」)より

ウェゲナーが亡くなってから、ちょうど二〇年目のことでした。
小松左京は、後にSF作家になって、初めて手塚先生に挨拶《あいさつ》をします。大ファンである手塚先生との会合に緊張する小松左京に対し、手塚先生の反応は意外なものでした。

はじめてナマの手塚さんに会って、会合のあと、少しはにかみながら、手塚さん、あの、ボク……と自己紹介しかけると、彼はいきなり指をつきつけて、「じゃ、君があの、モリ・ミノルなの？」とわめいた。とたんにこちらは頭に血が上り、顔と脇《わき》の下に汗がふき出し、いや、だけど、ぼくは、「新宝島」を……とか、シドロモドロに応対したが……

（『豪華愛蔵版　鉄腕アトム（一三）』講談社　解説）

テレビもなくネットも普及していない時代に、非常に権威のある大新聞で好意的に紹介され、手塚治虫先生も、モリ・ミノルの存在を意識するほどの作品を世に出した漫画家時代でしたが、実は、この新聞記事が出るまで、家族に漫画を描いていることは秘密にしていました。漫画家への評価が、今では考えられないぐらい低い時代だったからです。

大好きな漫画を描いたら、いきなり商業デビューを果たし、読者である子供たちの支持も集まり、貴重な収入源を得られ、その上、朝日新聞に大々的に紹介されたのです。これなら、両親も認めてくれるだろうと、記事を見せる際には鼻高々な気分だったのでしょう。ところが、「我が家の恥を天下にさらした」と大変な叱責《しっせき》を受け、以後、本名をやめ、ペンネームであるモリ・ミノルでこっそり作品を描くことになります。

この新聞掲載から三日後の一月二八日は小松左京の十九歳の誕生日でした。天国から地獄へと突き落とされたような気持で十代最後の誕生日を迎えたかと思うと、息子としても心が痛みます。

京大の文学部に入学した小松左京は、後に『悲の器』『邪宗門』などの作品を世に出す高橋和巳先生と知り合い、文学に傾倒し、同人誌を出すことになりました（コミケで売られるような同人誌ではなく、あくまで文学の同人誌です――念のため）。そして、三高のバンカラ学生時代と同様に、京大の文学青年時代も、漫画が支えることになります。

とりわけ、高橋の意気込みがすごかった。どこでもそうだったと思うが、そのころ、文学同人誌といえば、ガリ版刷りと相場が決まっていた。だが、彼は「創刊号は活版印刷で製本して出すんや」と主張して譲らなかった。何部刷ったかは忘れてしまったが、目の玉が飛び出るほど金がかかり、確か二万円だった。

金のあるやつなんかいないので、みんな必死の思いでアルバイトに精を出したが、私には強力な武器があった。得意の漫画である。大げさに言うと、私は赤本漫画のヒットメーカーだった。三高時代に大阪の版元、不二書房で高額で買い取ってもらったのに味をしめて、京大に入ってからも何度か持ち込んで現金収入を得て、酒代や遊興費にしていた。

（前掲『小松左京自伝』）

朝日新聞の一件があるまでは、漫画家の道も夢に描いていたようです。しかし、次第に漫画を描くことが恥ずかしいと思いはじめ、あくまで同人誌や生活を支える手段と自ら納得させていたようです。

大学卒業から暫《しばら》くの間、小松左京は、暗いトンネルのような時代に再び突入します。

漫画家への想いはすっかり冷め、仕事をしながら文学の道を進めようとしますが、思い通りの就職が出来ず、さらに、父親の工場も倒産し大きな負債を背負うことになったからです。

けれど、大学時代に交わった漫画と文学という二つの因子は、この期間に静かに成長し、一九六二年、新たな形で孵化《ふか》します。その前年の第一回空想科学小説コンテストへの応募をきっかけとした、SF作家小松左京の誕生です。

SF小説は、時間、空間をはじめ、あらゆる制約のない自由な世界を舞台に、漫画や映画にも引けを取らないくらいビジュアルイメージがあふれ出る描写で迫ることができます。

日本SF草創期のメンバーには、小松左京だけでなく、この傾向が強い作品を書く方が数多くいました。

それもそのはずで、筒井康隆先生も眉村卓先生も平井和正先生も、皆さん、漫画コンテストで入賞したり、実際に漫画作品も世に出されています。豊田有恒先生は「実は漫画家になりたかったけど、絵が描けないのでSF作家になった」とお話しされていました。

SF小説はコミック化されたり、映画やアニメ、ゲームになったりと、ビジュアル的な世界との相性が良いですが、多くのＳＦ作家の意識の土台にビジュアル的な精神がやどっているのが、その理由ではないかと思います。

小松左京は、ＳＦ作家になった理由を次のように述べています。

その時に思ったのは、「自分の戦争」というやつに落とし前をつけておこうということね。ほんの一足ちがいで実際の戦争には行かなかったけど、次は自分たちだと身構えていた。つい上の世代はどんどん特攻隊で行っちゃうし。次の特攻を待っている連中が最後にどうなるかというのは、僕にとっては非常に切実なものがあったんだな。

（『ＳＦへの遺言』光文社）

ＳＦ作家になる動機にもなった〝戦争への想い〟。

これは、漫画家モリ・ミノル時代には既に抱いていたものです。

残された漫画作品の中で、最もテーマ性が強く、かつ完成度が高い「大地底海」で、この想いが確認できます。

「大地底海」は、兄弟がＢ29の空襲から逃げ惑うシーンから始まります。

空襲警報
突如いまわしい戦争が起った
ゴウン
ゴウン
全世界は嵐の中に巻き込まれた
アッ僕達の町がやられる!!
あぶないこっちへもくるぞ

「大地底海」（「幻の小松左京＝モリ・ミノル漫画全集」）より

暴力
侮辱《ぶじょく》
飢《う》ゑ
寒さ

「大地底海」(「幻の小松左京=モリ・ミノル漫画全集」)より

戦争は終わっても、兄弟の苦労は続き、兄は、自分たちを追い詰めた世界を憎むという言葉を残し姿を消します。

戦争と、それが終わってもまだ続く悲惨な経験で心に大きな傷を負い、この世に恨みをもった青年が天才科学者となり、人類を滅ぼそうとする存在に手を貸してしまう。悪の博士の心情は、小松左京の戦争に対する怒りに通ずるものだったのです。

戦争は悲劇を生み、それを糧《かて》に育つ憎しみ恨みの感情は、あらたな災禍の引き金となってゆく——終わることのない愚行の螺旋《らせん》階段的な世界観が物語の背景にあります。冒頭に描かれる戦争とその後の混乱は、「やぶれかぶれ青春記」をそのままスケッチしているかのようです。

悲劇の再生産を断ち切り、知性をもった生命として、愚行によって滅び去らず、より高みに進むにはどうすれば良いのか？

漫画、そしてＳＦの手法で取り組んだテーマを、より社会にコミットした形で問うチャンスがやってきました——本書で紹介された、一九七〇年大阪万博の理念を創《つく》り上げることとなる「万国博を考える会」の活動です。

そこで創り上げられたテーマ〝人類の進歩と調和〟には、漫画やＳＦに込めたように、危機的な状況を強く意識したうえで、本当により良い世界を築きたいという切なる願いが込められています。

小松左京は、テーマ展示の〝太陽の塔〟に取り組む岡本太郎先生を支えるべく、サブプロデューサーの任に就き、地下部分の展示を担当しました。その作品と人物に強く惹《ひ》かれていた岡本太郎先生と一緒に仕事をすることは、喜びとともに大変な重圧だったと思います。けれど、担当した地下世界から太陽の塔の内部を貫き天に上る生命の樹を見た時、大感激したことは間違いありません。

そこには、モリ・ミノル時代に漫画「ぼくらの地球」で描いた〝地球生命の進化〟が、動く立体物として、圧倒的な迫力で存在していたのですから。

> 太陽の塔、つまりテーマ館の中の展示を岡本さんと考えた。DNAの一兆倍ぐらいの模型をつくり、生物の進化の過程を見せることにした。映画の特撮も駆使してゴジラや恐竜なども現れ、最後に人間が登場する。高さ四十五メートル。「生命の樹」と名づけた。
>
> （前掲『小松左京自伝』）

＊引用して気付きました……太陽の塔にゴジラはいません……。

「ぼくらの地球」裏表紙原画（カラー画はカバー袖を参照）

最後に、完全に封印されていた漫画家時代が、どのように解放されたかお話しします。

対談やエッセーで語られることもなく、自らの原稿を見つけたら躊躇《ちゅうちょ》なく破り捨て、家族といえども触れることが出来なかった小松左京最大の禁忌《きんき》。決して解かれることがなかったゴルディアスの結び目のような封印を、少年時代からの熱い想いを武器に、おどろくほどの時間と労力をかけて、ついに解いてくれた方がいたのです。

中学時代、九州で読んだ「大地底海」に魅せられ、それ以来、ずっとモリ・ミノルの大ファンだった松本零士《れいじ》先生です。

松本零士先生は、数少ないモリ・ミノル作品を収集し、「作品集を出すべき」と小松左京を説得し続けてくださいました。そして、漫画家モリ・ミノルが消えてから、半世紀後の二〇〇二年、ついに、松本零士先生がコレクションした当時の書籍と、母が密かに保存していた原画により、「幻の小松左京=モリ・ミノル漫画全集」（小学館）が出版されたのです。

この本に収められた対談で、松本零士先生、そして同時代に大阪で漫画家としてのスタートを切り、後に、劇画版『日本沈没』を描かれた、さいとう・たかを先生と一

皆さん、
わたしは影《かげ》の声
――作者です。
この物語はこれで
おしまいです。
みなさんは何故キシベ
イチロウがこんなにおそろ
しいことをする様になったか
おわかりでしょうか。
それは彼の罪《つみ》でしょうか?
又彼の性質《せいしつ》でしょうか?

いゝや、
そうでは
ありません。
彼を悪魔の手に
わたしたのは、
けっきょくあの
頃のみじめな社会
だったのです。
彼はしひたげ
られた気の毒な
人です。
人をすくうのは
神ではありません。
人間とその愛《あい》
なのです。
人間が人間らしい
生活をするため
には、人間らし
くすめる様な
世の中を作って
行かなければな
りません……

『大地底海』―完―

「大地底海」(「幻の小松左京＝モリ・ミノル漫画全集」) より

緒に、本当に楽しそうに漫画談議に花を咲かせています。

封印は完全に解けたのです。

若き漫画家モリ・ミノルのメッセージに共感し、その才能を高く評価し、小松左京が生きている間に、〝葬《ほうむ》り去りたい過去としていた呪縛《じゅばく》〟を解いていただいた松本零士先生には感謝の言葉もありません。

本人も、最晩年には、モリ・ミノル時代のことを楽しく語れるようになり、新たな落書きやイラストも残しています。

SF作家、そして幻の漫画家としても、本当に良いエピローグを迎えることができたと思います。

松本零士先生は、モリ・ミノルの「大地底海」、特にラストシーンに魅了されたと語っています。

そこには、戦争に翻弄《ほんろう》された小松左京の青春時代――苦悩の末にたどり着いた、創作と様々な活動の原点となった想いが、亡くなった博士の墓石に刻まれた文字として記されています。

悪《あ》しき世は悪しき人を生めり、良き世は又良き人をつくらん。
〝人は悪魔ならず神ならず　人以外の何ものにもあらず〟
（二〇一八年八月、小松左京次男・小松左京ライブラリ）

# 第二部　大阪万博奮闘記

# ニッポン・七〇年代前夜

## 「万国博を考える会」

一九六四年の七月はじめのある午後、私は、京都祇園《ぎおん》花見小路の、とある旅館をたずねた。

祇園祭りにはまだだいぶ間《ま》があり、その年の、長めの梅雨があがったばかりで、カッと照りつける陽ざしの強さが、ようやく夏の到来をつげているようだった。

間口の小ぢんまりした旅館の二階へ上がって行くと、窓をあけはなし、すだれをおろした二階に、すでに数人の人たちが待っていた。

——顔ぶれは、当時大阪市立大学の助教授だった梅棹忠夫《うめさおただお》氏、京都大学人文研の加藤秀俊《かとうひでとし》氏、それに当時、大阪朝日放送の出版課長で「放送朝日」の編集長だったN氏、同じく当時、朝日放送の営業にいたY氏だった。

汗っかきの私は、先にきていた人たちにあいさつすると、さっそく扇風機の前にすわりこんだ。——昭和三十九年の夏は、まだルームクーラーがそれほど普及していなかった。

軒の風鈴が、かすかに音をたてるのをききながら、私は前月半ばにあった新潟大地震の、その後の話などをすこしやりかけた。——例の公団アパートの二棟を、土台からすてんとひっくりかえしてしまった「クイック・サンド」という現象について、二、三また新しい情報をききこんだので、それについて、何となく披露《ひろう》したのである。

話がちょっととぎれると、Nさんが、「さて……」と、座を見まわした。

「それでは一つ、小松さんから今回の集まりの趣旨を御説明ねがえませんか？」

え？——と、私はすこし狼狽《ろうばい》した。

「そうですな」梅棹氏が、笑いながら、私の方をむいた。「どういうことでしょう？」

これは、N氏に一ぱい食ったな、と私は苦笑した。

その日の会合のオーガナイザーは、Nさんのはずだった。先生方への連絡も、会合場所の設営も、すべて「放送朝日」編集部がやってくれたから、当然会合の趣旨説明も司会も、N氏がやってくれるものと思っていた。それがいつの間にか、私が会合の招集者で、趣旨提案者のような恰好《かっこう》になっている。旧制三高で、三年先輩のN氏は、後輩の私に、よくそういったいたずらをやった。表に立つことがきらいな人で、後輩の私をたててくれたのかも知れない。しかし、昭和三十九年のその時点において、私はようやくいくつかの単行本も出て、すこし生業が安定しかけたばかりの、いわばまだかけ出しの物書きであり、すでに多くの学問上の実績をあげておられる錚々《そうそう》たる学者両先生に、「招集」をかけたり、会合の趣旨説明をやったりするのは気がひけた。だが、その日の会合の趣旨については、もうだいぶ前から、Nさん、それに私自身からも、いわゆる根まわしをしてあったので、一応「言い出しっぺ」の役目をひきうけることにして、汗をふきふき、「万国博を考える会」についての趣旨説明にとりかかった。

## ユニークなPR雑誌「放送朝日」

思えば、これが「万国博」とひっかかりを持ちはじめる発端《ほったん》だった。——「万国博の研究をやりませんか?」といい出したのは、たしかに私だったかも知れない。それもいい出したのは、三十九年の四、五月のころだったと記憶する。「放送朝日」編集部で、N氏との雑談中、ひょいとその話がとび出し、その次はたしか、川喜田二郎氏に話し、京大人文研の、多田道太郎氏にも同じような話をした。そもそものきっかけは、その年の春、新聞の片隅にのった、「東京オリンピックの次は、大阪で国際博?」という見出しの、小さなベタ記事だったが、そんな記事に興味を持ったというのも、実はそれまでに私が、当時の「放送朝日」を中心とする、関西の、新しい「文化研究」の潮流にまきこまれていたからにほかならない。

今にして思えば、当時の「放送朝日」は実にユニークな雑誌であり、編集長のN氏は、異色の名プロデューサーだった。——私が万国博に首をつっこむきっかけを説明するには、この雑誌のことに、少しばかり触れざるを得ない。ちょっとバックナンバーにあたって見ただけで、この関西の一民間放送会社のささやかなPR雑誌から、実にいろいろなものがうまれている。

——今でこそ、「情報社会」や「情報産業」といった言葉はめずらしくないが、この言葉が日本で最初にあらわれたのは、この雑誌の一九六三年一月号の梅棹氏の論文

「情報産業論」である。それ以後、この雑誌は、「情報産業論の展開のために」という連続特集を十回以上つづけ、その間に実にさまざまな人々が参加した。今その特集を読みかえしてみると、若干の振幅があるものの、昨今ようやく問題になってきた「情報社会」問題の、すくなくともその文化論的な側面に関しては、ほとんどあますことなく触れられている。「脱工業化社会」という言葉も、ダニエル・ベルの「ポスト・インダストリアル・ソサイエティ」が発表される三年も前、一九六四年の十一月号の座談会の中で出現し、その概念は——私自身もその座談会に参加しているので、自画自賛みたいになるが——D・ベルのそれより、はるかにつっこんだ点にふれていると思う。

「放送朝日」とN氏の業績をくわしく書けば、それだけでかなりな紙数を費やさなければならないが、N氏がつくりあげたこの小雑誌のカラーを大まかにいうと、そこに大きな二つの潮流があったといえる。一つは、当時、桑原武夫先生を所長とする京大人文科学研究所でおこなわれていた「比較文化研究」の流れ、もう一つが、梅棹忠夫氏の、これはのちに未来学へもつながって行くことになる「情報産業・社会編」の流れである。

すでに一九五六年に、ベストセラー「モゴール族探検記」を書かれた梅棹氏は、翌五七年、諸方に論議をまきおこした「文明の生態史観序説」で、比較文明研究にも、とてつもなく大きなフレームとなるような仮説を提出されていたから、梅棹氏はこの両方の流れに関係があったといっていい。そして、この「比較文化研究」の中から、その視点をふまえた上での、「日本文化の再評価、再位置づけの試み」が、一つの支流として派生してきていた。

京大人文研西洋部の、比較文化研究は、かなり古くからはじまっている。あいにくと、私は正確なことを知らないが、桑原先生の御尊父隲蔵《じつぞう》先生は、東洋史学にはじめてヨーロッパ近代史学の科学的方法をもちこまれた方であり、先生御自身は、中国文学の泰斗《たいと》吉川幸次郎先生の御親友でもあって、フランス文学が御専門でありながら、すでに私の在学中から、比較文学的な視点の講義を度々拝聴していたから、それは桑原所長時代の人文研の「体質」のようなものだったろう。それに桑原先生は、京大山岳部のOBとして、ユニークな霊長類学者、人類学者今西錦司《きんじ》先生と古くから親友であり、先生の「比較文学論」は、文学部文学科出身の文学プロパーの研究者には、生半可なことでは追随しきれないような、「比較文化論」的な幅があり、私の在学時代、文学部の講義に、化石人類の大脳容積の変化などがとび出すことさえあった。

## 実感としての独立

なぜこんなことを、長々と書いたかというと、実は、京都大学人文研を一つのコアとする「比較文化研究をふまえた上での日本文化の再位置づけ」の潮流が、一九六〇年代、例の安保さわぎのあと、「所得倍増政策」にシンボライズされる高度経済成長の展開とともにおこってきた「日本大国論」や、「日本再評価」の風潮とは別の起源、別の視点をもつものであることをはっきりさせておきたかったからである。

前者の研究は、そういった社会風潮よりもっと古くからあった。そして、その目標とするところは、世界各地域の文化の「個別性、具体性」の把握《はあく》を通じての、「世界文化」の再認識ということであった、と、門外漢の私でも推察できる。国際航空路のジェット化もできておらず、外貨問題や渡航制限で、海外旅行も意にまかせない当時において、比較文化研究の一方の軸に、もっとも手近な「日本文化」がおかれ、それがくりかえし検討をうけるのは当然であったろうが、それはあくまでも、「比較を通じての世界の具体的把握」のためであって、六〇年代以降の「ナショナリズムの復活」や、いわゆる「復古調」の傾向とは無縁であった。

しかしながら、いずれにしても、「もはや戦後ではない」という名文句ではじまる昭和三十年代は、イノベーション、オートメーション、高い設備投資率と、それにともなう「神武《じんむ》景気」「岩戸景気」といわれた高い経済成長率を通じて、国民の間に生活の安定、向上がおこるとともに、みじめで屈辱的な生活意識の「修正」が行われるべき時期であったかも知れない。

昭和三十年代にはいってから、国民生活の「物質的なみじめさ」は急速に改善されはじめた。物質生活における屈辱感からの解放で、今度は終戦以来、「聖戦」「鬼畜米英」のたかぶった意識から一転して日本人の意識をみじめな状態にたたきこんだ「敗戦国民」「戦争犯罪国民」の卑屈な姿勢の修正が、一種の国民感情として起こってくるのは当然であろう。——島国日本の国民は、そういった点、よくも悪《あ》しくも、対外感覚において幼児のごとくナイーヴである。

そしてまた、その卑屈な姿勢の修正は、必ずしも「敗戦国」「戦争犯罪国」の意識の喪失とは、ストレートにはつながらない。ただ、それにつながって行く恐れ
は充分にある——というのも、日本の国民は、「戦争」というものの処理の仕方について、つまりは、「外国」とどうつきあっていったらいいか、ということについて、充分な経験もインフォメーションももっていないからである。「争い」が、人間社会の「他

との関係」の中の一つの相であるごとく、「戦争」もまた――かぎりない悲惨さをともなうとはいえ――集団同士の関係の中にあらわれてくる、一つの極端な相である。人間同士の争いの場合でも、「やり方」があり、「これだけはやってはいけない」ということは、場数をふめばおのずとわかり、実力行使のさまざまな段階や、妥協の仕方、処理の仕方もいろいろ存在することがわかってくるのだが、「国同士」の場合、日本の国民はどう判断していいか、ほとんどわからなかったといっていい。

だから、「敗《ま》けた」とたんに、戦争の一切の道徳的罪について「無限責任」を感じてしまい――そのナイーヴさは、私自身日本人であるから決してきらいではないが――今度、その「しょいきれない道徳的罪悪感」に対する修正がはじまると、逆方向に極論に走ってしまう恐れがないでもない。

といって、さすがに戦時中の記憶の消えきらない昭和三十年代には、まだ日本のやった「対外侵略」に対する感情的ひけ目はそれほど急には消えず、ただ、終戦直後の、とにかく日本は何でも彼《か》でもダメで、欧米は何でも彼でも正しく、すばらしい、といった考え方に対する、迂回《うかい》した反発が起こった。終戦直後よりこの方、日本国民の前に直接に、巨大な心理的抑圧者として立ちつづけたのはアメリカだったから、その反発はアメリカにむけられた。

——六〇年の安保改定反対に際してまき起こった「国民感情」の中に、私はこういった、終戦以来の心理的鬱積《うっせき》の勃発《ぼっぱつ》が、一因として働いていたと思っている。むろんそれは、それまでの政府の「対米従属姿勢」に対する反発という形をとってではあるが、アイク訪日阻止にまでいたったあのさわぎで、日本の国民は、終戦以来の一つの「心理的抑圧」をふりおとしたといえるだろう。——それが、「政治劇」よりも一種の「心理劇」の性格がつよいと見ないかぎり、あの昂揚《こうよう》のすぐあと、岸退陣のあとをついだ池田内閣の「寛容と忍耐」や「所得倍増」を、けろりとしてうけいれたことの説明がつきにくいような気がする。

とにかくそれ以後、アメリカを、マッカーサーに象徴される「正義と力をもつ日本の保護者」と見る感情がなくなったことはたしかである。——昭和二十六年のサンフランシスコ講和条約以来、九年を経て、ようやく日本の国民は、「実感としての独立」をかち得たといっていいだろう。

### 第三の日本評価の仕方「土着主義」

いささか本筋からそれすぎたようだが、こういった「背景」は、私たちの万国博へのコミットの仕方と関係があるので、もう少しこの点を説明させていただきたい。

——昭和三十年代前半から中葉へかけての、日本の「経済成長・経済大国化」と「心情的独立感」は、当然そこにナショナリスティックな感情もよび起こした。大勢は、「敗戦国民・戦争犯罪国民」といった屈折した劣等意識から、「自信の恢復《かいふく》」といった、日本の一般民衆のごく自然な感情にもとづいていたが、同時にその中には、戦前型のナショナリズムの部分的復活もふくまれていたこともたしかである。三十年代における論壇の進歩派の攻撃は、その点を敏感にとらえていたが、しかしその論法では、極右型ナショナリズムの復活傾向への攻撃が、日本の国民の「自信・主体性恢復」の自然な感情まで「危険な傾向」にひっくるめてしまいがちなところに無理があったといえよう。

しかしながら、先にあげた、京大人文研を中心とする「比較文化・比較文明研究」の流れの中における「日本再評価」の営みは——私は一九六〇年当時まで、京大人文研とほとんど関係がなかったから、身びいきでなくいえると思うのだが——一応そういった「社会情勢の推移」とは別個に、独立した、ごくドライで客観的な、「学問的レベル」のものとして行われていたといっていいだろう。

たまたまそれが、前にものべたような社会の動向とぶつかって、ジャーナリスティックな増幅をこうむる事態が出現した。梅棹氏の有名な「文明の生態史観」は、一九五七年に「中央公論」に発表されるや、当時の論壇の左右両陣営に、さまざまな論議をまきおこした。今になって、梅棹氏のこの論文と、当時の左右両陣営からくわえられた論評を読みかえしてみると、唖然《あぜん》とさせられないでもない。

梅棹氏の説は、自然科学者の立場から同一種生物の集団である人類が、その歴史的営みを通じてつくり上げてきた「文明」というもののバリエーションの発生を、「生態学」という生物学の考え方をあてはめることによって何とか説明できないだろうか、という、まことに壮大にして茫々漠々《ぼうぼうばくばく》とした、多分に「自然科学的」な仮説にすぎないのに、それに対する当時の左右両陣営の反応は、それを称揚する立場にせよ、危険、反動呼ばわりするにせよ、ひどく「社会情勢論」的であり、「政治的」でさえあった。梅棹氏もさすがにおどろいて、のちに「日本の知識人は、学問知識文化を、ただちに〝政治的実践〟的意味にむすびつけなければ気がすまない、という、いちじるしく〝実践主義的傾向〟をもっているのではないか」と発言されているが、たしかにこの傾向は、今でも存在する。「天皇機関説」を槍玉《やりだま》にあげた戦前の傾向や、「相対性理論」さえ排撃した「学問の党派性」といった論議はさすがにそれほどはげしくはなくなったが、「客観的・学問的研究」という態度が、その対象によっては、ただちに

「ブルジョア的」な態度につながり、したがって「体制擁護的態度」になる、という強引な実践第一主義的評価の傾向は、いまだにのこっている。

そういった傾向にまきこまれないように、慎重な警戒をしながらも、「比較研究」による「日本という国と文化の客観的再評価」は、論壇ジャーナリズムの波を直接にかぶることのすくない関西で、着実に進められていた。――ある意味で、右寄りの立場にも左寄りの立場にもまきこまれない、「客観的評価の立場」を、そういった政治主義的な「ナショナリスティックな立場の復活」や、それに対する同じく政治主義的な「反発」の情勢に抗して、押し出したい、という意向も働いていたかも知れない。

幕末の攘夷《じょうい》・開国論以来、明治欧化時代の「東洋野蛮国」、戦時中の「神国・東亜の救済者」、そしてまた戦後の「すくいがたい劣等国民」といった、極端にゆれる日本および日本人の「自己評価の仕方」に、そろそろ決着をつける方向をうち出したい。とりわけ戦時中圧迫をうけたしかえしのように、戦後、「日本人は何でもダメで、欧米は何でもりっぱ」という形で、対内的にはサディスティックに、対外的にはマゾヒスティック、あるいは自虐《じぎゃく》的にふるまった、「欧米主義」的知識人の日本評価のしかたに、なんとかそれの裏がえしのような「国粋主義的」なやり方でない、「客観的・常識的」な修正をくわえたい、という、ある意味では「情勢」に一歩コミットした心情も動いていたかも知れない。

　そういった「比較文化研究」の立場に立って、欧米一辺倒の「近代主義」でも、国粋思想にもとづく「伝統主義」でもない、新しい日本文化の評価の最初の結実は、梅棹氏、加藤氏に、日本史の林屋辰三郎氏、フランス文学の多田道太郎氏、さらに英国の学者ドーア氏や小田実《おだまこと》氏の部分参加をくわえて、討論によるエッセイとしてでき上がった「日本人の知恵」であったと思う。そのあとがき「日本人の知恵・総論」には、今いった「欧米一辺倒視点でも国粋的視点でもない、第三の日本評価の仕方」――文中では「土着主義」という、ややアイロニカルなひびきの言葉がつかわれているが、これが比較文化研究の一応の成果をふまえた、公平で客観的な再評価の方向であるという自信が見てとれる――が、はっきりとうち出されている。

「考え方の流れ」にはいり込んで

　私自身は、少し別な立場から、この「比較文化研究」の立場に接近していった。

――私自身、戦中戦後の青春期に、「神国日本」から「戦争犯罪国」への、評価の顚《てん》倒《とう》の波をもろにかぶっていたし、特に後者の場合、それにアイデオロジカルなものがからみ、何が何だかわからないほど、精神的にももみくちゃになっていた。文学部文学科出身の私がSFなどというものにおもむいたのも、何とかこの混乱した立場をぬけ出して、自分自身と、その属している社会を、よくも悪しくも客観的に評価し得る立場に立って、ながめなおしてみたいと思ったからにほかならない。それには、私たちの社会の歴史が、科学的――いいかえれば「自然史の一部」としてのスケールでとりあつかえる程度に、視線を後退させなければならない。人類が歴史的経過を経てつくり上げてきた今日の「世界」は、その「発生」から「現代」にいたる過程が、一望のもとにおさまる地点に立ってながめてみて、はじめてその具体的な変化と発展、興亡の経過を、正確なプロポーションで把握できるだろうと思ったのである。その上に立って、はじめて客観的に、各国民のやったことに対する善悪の評価や、社会におこってくる現象に対する判断ができるのではないか、と。

SFを書く立場に身をおくことによって、私は一種の「職業的強制」をつくり出し、「自然史」や「人類史」を、ぽつりぽつりと独学で勉強しはじめていた。――そして、学校時代、ほんの片隅をかじった「人類学」や「生物学」が、戦前と戦後では、眼をみはるようなちがいと発展があること、「社会人類学」や「文化人類学」の分野でも、私たちが戦後かじった、十九世紀のモルガン、エンゲルスのそれは、すでに大変古くなってしまっていること、この学問は、戦後なおダイナミックに発展しつつある分野であり、その中でも京大霊長類グループの、サルから人間への「社会の進化」を精力的にトレースする仕事が、その発展に大きな貢献をしつつあることを知った時、私は「地もと」の、自分の出身大学の「学問」に、もう一度興味を抱きはじめていた。――そして、そちらの方に何となく気をひかれて関心をむけた時、視野にはいってきたのが、前にのべた「比較文化研究」の流れと、梅棹氏の「生態史観」だったのである。

梅棹、加藤両氏と知りあったのは、私が一九六三年の春から「放送朝日」の地域ルポの仕事をひきうけるようになり、編集部に出入りするようになってからであり、ひきあわせてくれたのはN氏だった。我流ではじめていた私の「勉強」が、この両氏によって啓発されたことは、まことにはかり知れない。

加藤氏の方は、私と同年輩でありながら、リースマンはじめ、現代アメリカの錚々たる社会学者と交流があり、すでに戦後の社会学に、戦前のあの重苦しく固苦しいイメージとちがった、みずみずしい新風をふきこんだ実績があった。――両氏と古今東西にわたり、進化問題から社会風俗におよぶ、考えようによってはとりとめない話をする面白さに、たちまち私は夢中になり、しまいにはそれが一種の道楽のようにさえなってしまっていた。そしてまた、両氏と、「放送朝日」を通じて、私はいろいろな人たちと知りあうようになり、京大人文研——京大霊長類学——放送朝日を通じて流れる、当時の一つの「考え方の流れ」の中に、いつしか私自身もはいりこんでいた。「万国博」の問題は、そういった流れの中にたまたまうかんできた問題の一つだったのである。

オリンピック・ブーム

一九六四年は「東京オリンピック」の年だった。——すでに一年前から、巷《ちまた》には「協賛ムード」があふれ、例の「オリンピックの顔と顔」という、「五輪音頭」が、どこへ行っても流れていた。

オリンピックの勝敗そのものには、アマチュアスポーツぎらいの私は、さしたる関心はもっていなかったが、その「ムード」のもり上がり方には、例の安保騒擾《そうじょう》のあとだっただけに、ちょっと異様なものが感じられた。——それが、日本国民の「国際社会における自信の恢復」の欲求とつながっていることは明らかだった。開催前から、「テレビオリンピック」のよび声の高かったこの国際行事に対して、各テレビ局は、その「とりくみ方」にそれぞれ秘策をこらしていた。

朝日放送の出版課では、オリンピックの英文オフィシャル・ガイドの編集をひきうけていた。それまでに「放送朝日」の編集部では、「日本人の知恵」グループの、新しい日本評価の方向を、海外むけ日本紹介にもりこみ、外国航空会社とタイアップして、〝Here is Japan〟というユニークなガイドブックをつくっていた実績があったからである。

――そして、これにともなって、当然「オリンピックとは、そもそも日本の社会にとってどんな意味をもつか」ということが、N氏や私たちの間で、話題になりはじめた。しかしながら、私たちが関心を持ちはじめた一九六三年の後半の時期は、ある意味でおそすぎた。――オリンピックの実行体制はすでにまったくととのい、巨大なプロジェクト特有の「不透明性」があらわれてしまっていた。

それにしても、「放送朝日」の一九六四年三月号のオリンピック特集にのった「政治的シンボルとしてのオリンピック」という論文――神島二郎、京極純一、萩原延壽《のぶとし》三氏の討論を編集部でまとめたもの――は、短いながら、私の知る範囲で、もっともすぐれた、要領のいい「オリンピック論」だった。

第十八回国際オリンピック東京大会の予算は関連投資をふくめて一兆七百四十数億

円、その前回のローマ大会の、国際空港建設費をふくめた予算の五倍もの大投資であり、本来国際オリンピック憲章により、その開催権は「都市」にあって「国」にはないにもかかわらず、総予算のうちの一割にすぎない一千億円だけが東京都民の税金でまかなわれ、あと一千億が国税から、残りが郵便貯金や各種年金からまかなわれた。「都」の行事でありながら、内閣でオリンピック担当大臣がきめられ、それには当時すでに次期総裁候補としての呼び声の高い実力者、佐藤栄作氏が就任した。

東京都の再開発はもちろん、オリンピックを目標に、東海道新幹線、高速道路網、宇宙中継通信設備、NHK代々木放送センターなどの設備が急ピッチにすすめられた。——古代アテネの都市国家時代の祭典にちなみ、アマチュアスポーツという、本来「質実剛健」な、それ故《ゆえ》に、「人間存在の中の素朴な肉体の意味」をよみがえらせるはずの催しに、この挙国的なお祭りさわぎは、本来異常事態であろう。オリンピックを「挙国体制」でやるといえば、すぐ昭和十一年、ナチス・ドイツが「民族の祭典」のイメージをうち出し、オリンピックをナチズムの大宣伝につかったベルリン大会を思い出すはずである。

にもかかわらず、日本の論壇と知識人は、この「東京オリンピックの異様なもり上がり」に対して、奇妙なまでに冷淡で無関心であった。——当時のアンケートから二、三ひろってみても、「こんな無理なことを、東京でやる必要がどこにあるのかと思います。もっとやらなければならない大切なことがほかにあるでしょう」、「オリンピック期間中は東京を逃げ出したい」、「関心なし」と、きわめて冷淡であり、「たのしい」、「大いに結構です」、「日本でおこなわれることは名誉なことだと思います」といった、大衆的な人たちの反応ときわめて対照的である。――日本の知識人は、「スポーツ」などという通俗的大衆的な問題に関心をもつことは――たとえそれが国際行事であっても、それを通じて日本の社会の様相がかわってしまうような大投資が行われようとも――沽券《こけん》にかかわると思っているようだった。

したがって、この異様なまでの「オリンピック・ブーム」は、日本の政府が、高度経済成長下にあって、ようやくめだちはじめた社会資本の不足を急速にカバーするため、オリンピックという国際行事を、強引な社会公共投資の「錦《にしき》の御旗《みはた》」につかい、シンボル操作を行ったのだ、と分析する前記の論文は当時、短いながら異彩をはなっていた。――すでに「国体道路」や「行幸道路」の社会的先例もあり、そのことについて論じたものもあったのだが、そのシンボル操作は、ナチスのそれのように、強力な独裁者が、大衆を強引にひきずりまわすのに使われているのではなく、大衆の方もまた暗黙に、そういった「錦の御旗」の意義を了解しており、理詰め、功利的にやれば、細かい利害の網の目の中でおそろしく紛糾してしまうような大きな社会的事業を、「大義名分」のもとに、操作実現させて行く、という、大衆の側も操作する側と一種の「なれあい」で操作される日本社会の不思議な「まつり」と「まつりごと」の暗合のメカニズム、「無責任の体系」が「超合理の体系」とかさなりあう奇妙なロジックについて指摘している点が異色だった。

しかし、私たちが「オリンピック問題」に注意をむけ出した時期は、何といってもおそすぎた。——その上、東京という巨大な「怪物」をめぐっておこっていることは、関西から観察しても、わからないことが多すぎた。——一九六三年から六四年前半、東京・大阪間の情報交流密度は、現在とはくらべものにならないほど低かった。一つには、まだ新幹線が開通していなかったし、エアラインの国内線はようやく三十八年半ばから、全日空がジェット化したところだった。そういったわけで、「東京オリンピックの研究」には、興味をもったものの、隔靴掻痒《かっかそうよう》の感があった。

新聞社会面の片隅に、「今度は大阪で国際博?」の記事を見つけたのは、そういった時期だったのである。——ははあ、と私は何となく思った——なるほど、東京の次は、関西か……。

通産省、それにジェトロもからんでいるらしい

「万国博」についての研究をやりませんか、という話が持ち上がったのは、前にいったように一九六四年の春であり、N氏とY氏に事務連絡関係をあずかってもらって一応研究会が発足したのが七月だった。名称も、当時新聞関係は「国際博」をつかっていたが、私たちは「万国博を考える会」にした。「万国博」という言葉は、何だか明治的で、語感として古めかしいのではないか、という意見も出たが、「国際」という単語こそ近代主義的――特に「戦後近代主義」的ニュアンスがつきまとっている、という梅棹氏の意見に、結局みんな賛成した。

「国際関係ちゅうと、特にインテリやエリートは、じきに欧米のことを思いうかべよるねン」と梅棹氏はいった。「中国との関係や、ネパールやザンビアとの関係を、国際問題と思いよれへん」

とりわけ日本でおこなわれるとするならば、AA諸国の参加を重視しなければならないだろう、ということが、京都の発起人会の席上で、みんなの頭にすぐうかんだ。その前年アフリカのタンザニアに探検に行かれ、戦前のモンゴル調査、戦後のアフガ

ニスタン、ヒマラヤ、東南アジアの調査と、世界の未開発地域を踏破された梅棹氏の頭の中には、近代化以前の社会に住む、素朴な、しかし人間として堂々と生きている「大衆」のイメージがあったろうし、そのことは、私たちにもすぐつたわってきた。

川喜田二郎氏、多田道太郎氏、それに、今は故人となった鎌倉昇氏にも発起人のメンバーにくわわっていただいて、私たちの研究会は、七人というささやかなメンバーで一応発足した。「考える会」への参加をよびかけたい人たちのリストを作成し、N氏にオーガナイズを依頼して、私たちはとにかく万国博についての研究資料と、国内の進展状況に関する情報をあつめにかかった。

――いったい、関西で万国博を、という話がどこから出ているのかしらべると、どうやら通産省の輸出振興関係、それにジェトロもからんでいるらしい、ということがわかった。話の持ち上がったのも、ここ一年以内の話で、何しろまだオリンピックの方さえ開かれていないし、その成功か失敗かもわからない状態なので、万国博が果して本当に開かれるかどうかもまだわからない。

しめた、これなら今からトレースすれば、ある程度間にあうかも知れない、と私は思った。――その時は、まだ、自分たちが万国博を「つくる」側にまきこまれることになろうとは夢にも思わなかった。よくいえば純粋な好奇心、悪くいえばヤジ馬根性で、日本の社会の中で、この壮大なイヴェントがつくられ、利用されて行く過程を、傍《そば》でじっくりながめられると思ったのである。

私たちは、最初三つの筋立てで、万国博というものを改めてみようと思った。

一つは、万国博などという奇妙なイヴェントが、文明史の中で、なぜうまれてきたか、それがこれまで、人類社会にどういう役割をはたしてきたか、このイヴェントは、一八五一年の第一回ロンドン博以前の長い人類文明史の中の、どういう伝統とつながっているか、もしそれが、将来にかけてなお、文明に対して何かの役割を果たし得るとしたら、どんな役割りを果たすだろうか、という、いわば本質論である。

もう一つは、戦後のブリュッセル博、シアトル博、そしてその年四月、ニューヨークで開催されて、評判の高いニューヨーク博、さらに一九六七年開催が決定し、基礎準備が進みはじめたとつたえられるモントリオール博の、それぞれできるだけ綿密な、ケース・スタディをやることである。

三番目は、日本という国の中で、こういった巨大な国際的行事がつくられて行く過程を一種の「社会現象」としてとらえ、地域開発、政財界、官界、学界、文化人、その他各界の反応と、対応のしかた、総合的な政治演出など、あらゆる側面から観察し、検討してみることである。

いったいそれはどんな未来か？

一応筋道はたてたものの、内容と作業量が膨大《ぼうだい》すぎて、どこから手をつけていいかわからなかった。――早耳のマスコミ関係の、N氏とY氏に、一応国内の動きを見ておいてもらって、私たちはまず最初に、類推のきく「本質論」をつめることにした。こういうことになると、「テレビ世代」の特質をいちはやく指摘し、名著「見世物からテレビへ」、「都市と娯楽」をあらわして、「非・活字メディア」について、きわめて明敏な感覚をもっている加藤氏の素材収集力は、抜群だった。彼が「整理学」を応用して、あっという間に集めてくるさまざまな材料をもとに、梅棹氏が、鋭い洞察をおこなう。そんなことを、二、三回おこなっているうちに、これはなかなか大変なものだ、ということが次第にわかってきた。バザールやマーケットといった、前博覧会段階をふくめて、「博覧会史」と、「メディアとしてのイヴェント論」をたどるだけで、大変な研究になる。

――加藤秀俊氏は、いちはやく「博覧会学」を公《おおやけ》に提唱した。梅棹氏は、眼光紙背に徹する、といった調子で、戦後の万国博の「理念」の流れをにらんでいた。川喜田二郎氏は、大規模プロジェクトと、「国際協力」の側面から、鎌倉昇氏は経済効果の側面から、多田氏は大衆文化の側面から、それぞれ勝手に博覧会について「考え」、月一回というとりきめだったが、それより随時にばらばらに顔をあわせては、意見の交換をやった。

私自身は、相かわらず国内ルポをつづけていた関係上、博覧会を横目ににらみながら、次第に全貌《ぜんぼう》をあらわしてくる「オリンピックと社会開発」に気をとられていた。六、七月ごろの、正気の人間がよく住んでいられると思うほどの、東京のすさまじい工事の混乱ぶりが、九月になると、信じられないぐらい急速に収まって行き、その下から、おどろくほど変貌した東京の姿があらわれてきた。巨大なスタジアム群、代々木から青山通りへかけての道路整備、羽田から都心へかけての高速道路とモノレール、日本最初の超高層ビル、そして、NHKはじめ、各テレビ、ラジオ局、新聞関係の「新兵器」を駆使した取材体制、オリンピックに伝統のあるオメガを蹴《け》おとして、国産時計メーカー、電子工業関係が、電子計測器やコンピューターまで導入してつくり上げた計測システム、——前年十一月、太平洋をこえる最初の日米間テレビ同時中継に、ケネディ暗殺の悲劇の第一報をおくりこんできた「宇宙衛星中継」は、今度は中継可能時間の短いリレー衛星にかわって、静止衛星シンコム三号をうち上げて世界同時中継がおこなわれるという。——テレビ・オリンピックというより、エレクトロニクス・オリンピックだな、と私は思った。名神高速道路は、三十八年の七月に栗東《りっとう》＝尼崎間が開通したが、この道路をはじめて走った時のショックは忘れられない。三十九年の夏になると、東海道新幹線が試運転をはじめ、時速は二百キロを突破し、オリンピック開催十日前の十月一日には、ぴたりと営業運転を開始した。

なるほど——と、この眼をむくような変化をながめながら、私は思った。——それもこれも、一兆円余りの「オリンピック関連投資」のもたらした国土と社会の変貌か、とすると、次の万国博では、おそらく関連一兆をはるかにうわまわる「社会投資」が、関西を中心におこなわれるだろう。

——いったい、次の「シンボル投資」によって、西日本は、私たちの社会は、どんな変貌をとげるだろう？　そして、おそらくすでに、日本の中枢《ちゅうすう》部の誰彼の間では、次の五年間乃至《ないし》十年間の「日本の未来社会」の設計図が、戦略的に検討されながらひそかにひかれ、それをどういうシンボル操作でもって実現の過程にのせていくか、というタクティックが検討されつつあるにちがいない。

いったいそれはどんな「未来」なのだろう？　——オリンピックを契機に、日本の社会の中にあらわれつつあった瞠目《どうもく》すべき変化は、すでに何年も前に、どこかで準備されていたものにちがいないのだ。——とすると、「次の十年間」の社会・国土の未来も、すでに誰かの手によって検討され、決定されつつあるのだろうが、われわれの社会の「未来」は、いったい誰が、どんな具合にきめているのだろう？　十年先に、その変貌の結果をひきうけさせられるのは、われわれだが、その未来が、われわれにとって「いいもの」だということを、いったい誰がきめてくれるのだろう？　——オリンピックの準備がほとんどととのい、ロード・スィーパーも出現して最後の仕上げに忙しい東京の青山へんを歩きながら、私はその変貌ぶりを、数年後の万国博開催時の関西のイメージとだぶらせながら、ぼんやりそんなことを考えていた。

## 万国博好きの日本人

私たちの、まったく自発的、ヤジ馬的な、ささやかな研究会が発足した七月、自民党総裁選が行われ、当時の池田首相が、対立候補の佐藤栄作氏を破って、ふたたび総裁になった。——次期総裁をねらう佐藤、河野両実力者の対立は、ますます熾烈《しれつ》になったように見え、与党内派閥の動向は、行方がわからないようなところがあったが、一応、池田体制は安定しているように見えた。

そして、総裁選後、三カ月後にせまったオリンピックのもり上がりムードの陰で、万国博の問題は、政治の舞台裏で急速に進展しはじめる気配を見せはじめた。関西の、それも知的好奇心だけでより集まって、政界、官界、財界のどこにも何のコネクションもない私たちのグループにも、関心をもっているだけで、かすかな情報がはいりはじめた。――池田首相が、当時、オリンピック知事東龍太郎氏の下で副知事をつとめ、都庁にあって東京オリンピックを「実際に」実現させた人、という噂《うわさ》の高い鈴木俊一氏に、万国博の東京開催を打診した、という噂もはいってきた。

「東京とすれば、月島――晴海《はるみ》あたりでしょうかね」と、私たちは話し合った。「戦前に流れた、二千六百年記念万国博のノスタルジイがあって、勝鬨《かちどき》橋を使いたいだろうから」「いや、やはりヒンターランド開発で、内陸副都心へもってくるのとちがうやろか?」「丹下《たんげ》健三さんのグループの、東京湾海上都市プランがあるでしょう?――オリンピックで都心部から新宿方面の整備をすませ、万国博では、海上都市を一挙に実現しようとするんじゃないかな」

戦前、昭和十五年の「皇紀」二千六百年記念に計画され、昭和十二年からはじまる日本の大陸侵寇《しんこう》によって欧米からそっぽをむかれて、昭和十三年に、同じ年に開催が正式決定していたオリンピックもろとも御破算にせざるを得なかった「幻の東京万国博」の関係者が、まだ政界に健在で、万国博誘致を熱心に国会に働きかけている、という情報は、ちょっと私たちをおどろかせた。――当時参議院議員だった豊田雅孝氏で、豊田氏は昭和十二年、前年の閣議での開催決定を経て、商工省万国博管理委員会の、博覧会管理課長をつとめ、パビリオンの設計公募や前売券の発売などに関係している。会場は月島埋立地、つまり現在見本市会場にあてられている晴海で、博覧会のための交通体系整備の一環として、ここへ勝鬨橋がかけられた。博覧会の計画は昭和五年からはじめられ、テーマは「東西文化の融合」と、なにやら西田哲学の影響でもありそうな気もする。

しらべて行くうちに、日本人が、かなり博覧会好きな国民だ、ということもわかってきた。本邦における博覧会の創始者は平賀源内で、宝暦七年（一七五七）、湯島に催した物産会をその嚆矢《こうし》とするというが、なにしろかなり物見高い、ヤジ馬精神、好奇心の旺盛《おうせい》な国民で、維新前、はるばるパリからロンドンにわたった幕府派遣の「文久使節」――この中に、福沢諭吉、福地源一郎という若手のうるさ型も加わっていた――一行が、たまたまロンドンの二回めの万国博にでくわして、先方で勝手に、「日本《ジャパン》」のコーナー展示をしているのを見て、そのみすぼらしさに憤慨し、五年後の二回めのパリ博には、慶応三年という多事多難の年にもかかわらず「最後の将軍」徳川慶喜の末弟を使節に派遣して、ナポレオン三世に謁見《えっけん》して国書を呈し、ウキヨエ、ゲイシャ、はては松井源水のこままわしまで出品するという力のいれようだった。

——もっともこの時は、のちの近代商都大阪の育ての親である、薩摩藩士五代友厚の画策で、日本に「大君政府」と「薩摩政府」の二つの政府が併存したようにうけとられ、幕府はきりきり舞いさせられている。「万博市長」中馬馨《ちゅうまかおる》氏が、日本初の「万博男」五代と同郷の鹿児島人であるのも、妙な縁である（原文ママ。中馬馨氏は宮崎県出身である。——編集部）。

そして、このあと、明治政府ができてからも、ほとんど一回も欠かさず、日本は万国博のたびに、こまめに出展参加をつづけている。明治四十五年にも計画されたが、明治帝の崩御《ほうぎょ》で果たされなかった。——一方、福沢、五代らの持ちかえった「博覧会」に関する新知識は、明治初期の「内国勧業博」以来、たちまち全国を風靡《ふうび》し、以後、新世界、新開地、楽天地、ルナパークと、もっぱら歓楽地開発に利用され、ランカイ屋なる職業をうむにいたるまで普及もし、若干堕落もするのだが——これだけ博覧会好きの国であり国民でありながら、「万国博」というものを見た経験のあるものは、実に寥々《りょうりょう》たるものでしかない。

それというのも、海外行きといえば船舶にたよるのみだった戦前の世界において、極東辺境の島国という地理的事情が大きく働き、一方戦前の「万国博」は、当時の「世界の中心」ヨーロッパと大西洋岸アメリカでほとんどおこなわれていたからだった。——戦後とてこの事情はあまりかわっていない。

すぐお隣の大陸中国への一般渡航がほとんどとだえてしまった戦後において、所得上昇と国際線ジェット化が進んで海外旅行ブームがおこったといっても年間海外渡航客の数はせいぜい数十万から、ようやく七〇年代に百万人の大台にのせる程度で、そのうちの半分以上はビジネス、そして旅行先も手軽なグアムかハワイ、台湾、香港《ホンコン》といった所が多くて、九十パーセント以上の日本人は、「万国」にふれずに一生を終えてしまうのである。

こういったことを考えてみると、とにかく「出店」でもいいから、「万国」顔をそろえてつどいくる「万国博」を、極東の日本でやる意義がありそうだ、というのが、私たちの共通の感想だった。

## 輸出振興と万国博

日本万国博開催のアイデアが、一番最初、通産省の輸出振興課から起こり、国会での説明が、貿易対策委員会で、一種の輸出振興策として提案された、という情報は、しごく当然のようながら、私たちには何となくひっかかるものがあった。

「万国博イコール国際産業博、ということになりますかね」と、私は何回目かの「考える会」の会合の席上で首をひねりながらいった。「博覧会、すなわち物産展――ですか、というよりも、あるいは……そうですね、万国博は、十九世紀中葉、欧米の〝産業社会〟が産業革命以後、一応の確立を見た地点ではじまっているでしょう。それと、動力交通の普及と産業主義にもとづく貿易の拡大で、当時のヨーロッパでは、はじめて〝全世界〟のイメージが成立した。だから、産業の成果、技術の成果、産業時代の中にまきこまれた全世界を、一堂に集め、一望のうちに眺めたい、という衝動が、産業革命と近代世界貿易の本場、イギリスでおこった」

「それはたしかにそうだけどね――」と加藤氏がいった。「十九世紀の万国博と、二十世紀にはいってからの万国博とは、性格がかわっているでしょう?」

「二十世紀も、第二次大戦後に、またかわっとるんやね」と梅棹氏がつぶやいた。「万国博開催の発議は、通産がやっても外務がやっても、どこがやってもかまへんけどね。――それに主管官庁は当然通産になるのが筋やろうと思うけど……万国博そのものの性格が、〝勧業博〟や〝輸出振興〟といったものにきめられてしまうと……」

高度成長政策と完全な開放経済体制になる日を間近にむかえて、前年度つまり一九六三年の国際収支は、前々年度の黒字から一挙に一億ドルちかい赤字に転落し、六四年度の国際収支の見通しも、一億五千万ドル程度の赤字と発表されていた。外貨準備高も、十八億ドルと、二十億ドル台を割った。——外貨手持ちが四十億ドルにも達し、円引き上げを要求されることをおそれて、しきりに外貨の手持ちを減らそうとし、IMFのイタリアに対する債権まで買いとったりしている現在にくらべると、不思議な気がするが、当時は外貨手持ちが減ると、何となく全体に不安な「気分」がかもし出されたのである。

この年の四月、日本はIMF八条国に移行した。——つまり「貿易収支の悪化を理由に為替制限のできない国」になったのである。同じ時期、OECDにも加盟し、経常取引、資本取引の自由化も大幅に進んだ。物資輸入の自由化率も九十パーセント台に達し、海外渡航の自由化、外貨予算制度の撤廃と、世界経済の大きな枠《わく》組につながる「開放経済体制」がほとんどととのったのである。

——終戦直後の、あの荒廃しきった経済状態から二十年、被占領国の戦災復興経済からたちなおって、日本もようやく、経済大国として、経済の面だけは、「世界の旦《だん》那衆《なしゅう》」の仲間入りができたわけである。ドゴールに「トランジスタの商人」といわれようが、後進国に「エコノミック・アニマル」とののしられようが、昭和二十四年、第三次吉田内閣の蔵相として、「貧乏人は麦を食え」などという失言をしながらも、ドッジ・ライン、シャウプ税制下で、一応、日本の産業を強引に「成長」の方へふりむけた実績のある、池田首相の得意や思うべし、である。

しかしながら、一方では、一九六二年の引きしめ、景気後退のあとをうけ、再び上昇拡大気運にむかった産業界では、設備投資がまた急ピッチになりはじめ、そのため輸入が激増して、国際収支の悪化の傾向が出はじめた。——あとになってふりかえってみれば、この悪化は、成長期にともなう一時的なものにすぎなかったのだが、これが、開放体制に不安をもつ産業保護、保護貿易論者に、一つの材料をあたえたようである。

とにかく、開放体制、国際収支悪化を前にして、「輸出振興」と、海運整備や企業合同をふくむ「国際経済競争力の強化」は、当時の政府の緊急方針であった。——企業の国際競争力強化をねらって、石油化学、自動車、重電、特殊鋼などの業種に合理化カルテルを認めようという「特定産業振興法案」が、通産から三十八年十月の第四十三国会に提出されたが、公取委、野党、それに戦中戦後の産業官僚統制からやっとぬけ出した財界からの反対があって、審議未了で流産していた。しかしながら、輸入、資本の百パーセント自由化を前にして、海外の先進大企業の日本市場進出を「第二の黒船」と恐れる声は依然として強く、一部では、その不安をあおっている気配さえあった。

「輸出振興と万国博」――万国博が、今、政府が力をいれている輸出振興につながるのは別に悪くない。また政府に万国博誘致にふみきらせるための、説得のテクニックとして、その「御利益《ごりやく》」を説くのも悪くないだろう。――しかし、輸出振興のために万国博をひらくのだ、という基本的性格がきまってしまうのは、何となく具合が悪い。

## 「理念」と「意義」

その時、なぜ具合が悪いのか、すぐにはわからなかった。――ただ、万国博の歴史をしらべ、その基本的性格や「理念」の変遷《へんせん》ぶりをしらべている段階で、万国博を開く理由を、輸出振興や、開放経済体制と直接にむすびつけてしまうのが、どうもいただけない、という気がしたのだ。オリンピックのように、それを地域開発、社会資本の充実の「口実」につかうのも、おかしい。オリンピックは、要するに世界アマチュアスポーツの祭典であり、期間も十四日間であり、直接観客動員も、外国人客の数もまず知れている。何といっても、主催するのが「都市」であって、参加するのも各国オリンピック組織委員会によって組織されたアマチュアである。国家や財界の補助はあるにしても、その構成・参加主体は、あくまで自由で任意のアマチュアである。——いかに巨大な予算をつかおうとも、その本質的な性格は、模型ファンの国際大会などとかわらないのだ。

だが、万国博の方は、参加・開催主体は「国」であり、期間も六カ月、観客動員数も数千万をこえ、催しの「なかみ」そのものが、オリンピックよりはるかに濃く、ゆたかであるはずだ。

そんな時、加藤氏が私たちの会合にもたらしたレポートは、この問題についての私たちの考え方の方向をはっきりさせることになった。——加藤氏は、古代からのヨーロッパ、オリエント、アジアの「市《いち》」、バザールの歴史をしらべ、さらに初期の万国博の歴史について報告した。

それによると、第一回ロンドン万国博の大成功以後、欧米各地で、やたらに万国博がひらかれるようになり、ほとんど毎年、それもひどい時には、一年の間に六カ国もの会場で万国博がひらかれた時期があった。その上、工業博や金工博、園芸博や森林博といったものまで、「万国博」の名で開催されるようになった。そこで一九〇七年あたりから整理の動きがはじまり、一九二八年、パリで欧米諸国と日本をふくむ三十二カ国があつまって、万国博条約をむすんだ。——一方、産業技術社会の発達普及により、初期のように万国博でもって、産業技術、物産、商品の国際的情報交換をやる意義はうすれていき、その役割りはむしろ、毎年、随時随所で開かれる、技術、商品の国際見本市の方にうけつがれていった、というのである。

この報告と、戦後最初の万国博、つまり一九五八年のブリュッセル博のテーマ「科学文明とヒューマニズム——より人間的生活へのバランスシート」にとなえられた格調高い解説文を読み、また、三年後にひらかれるモントリオール博が、テーマ作りにあたってサン・テグジュペリの作品からそのアイデアが得られたという情報を得て、私たちの考え方の方向はほぼきまった。

——博覧会投資の波及効果のことはさておき、万国博が、産業、技術の一大情報交換の場であった時代は、十九世紀中にほぼ終わった。二十世紀前半は、新しいファンタスティックな建築、新しい概念の美術によって印象づけられるが、これはむしろ「過渡期」の性格をもっていた。

そして戦後の博覧会は、一方において、「ますます大衆化されつつある世界——国際的大衆化社会」を基礎にし、他方において、その「世界の大衆」へむかって、われわれの世界についての問題提起と、提案を、展示、催しを通じて行う場、という意義と性格がつよまって来ている。――博覧会は、その直接的、経済的な効果より、その博覧会を通じて世界の大衆にアピールすべき「理念」の方が重視されてきているのだ。そして、その方向にそってのみ、博覧会を開催する「意義」がある。

私たちの、ごくささやかな「自発的」研究会――一九六四年当時は、まだ新聞に名がのったこともなく、ほとんど知られてもいなかった――が、さぐりあてた結論は、「日本万国博は、やりようによっては、きわめて意義のある、――やる価値のあるものになり得るだろう」ということだった。

もちろん、博覧会の進展についての「観察」はつづけるとして、問題は、私たちの到達した結論を、何らかの形で発表するかどうか、ということだった。「それは、いずれすることになりまっしゃろな」と梅棹氏はいった。

「しかし、それは、いってみれば一種の〝啓蒙《けいもう》活動〟になりますよ。そうすると、われわれは、間接的にせよ、万国博にコミットすることになりますね」

うーむ、と梅棹氏はうなった。

「それはまあ、その程度は――つまり意見を公にする程度は、やらないけまへんやろな。何も、博覧会の実行当局にのりこんで行って、あれせいこうせい言わんでも、こうやると、意義あるものになりまっせ、という意見をパブリックに出しといて、それを見て、ええと思うたら参考にしはったらよろしい。その程度は、知識人の市民的義務かも知れまへんな」

「しかし、なかなかそうはいかないかも知れませんよ」とN氏がいった。「通産、財界、建設関係、それに政治家、それぞれにかなりな思惑をもって動き出していますからね。そのうち、どこかにまきこまれるかも知れない」「すくなくとも通産関係は、戦前のこともあり、博覧会開催の発案者でもあり、監督官庁でもあり、開放体制をひかえて、万国博を世界大企業のアジア、日本進出をひかえつつ、日本産業、技術の国力の一大デモンストレーションとして組織しよう、という方向で動く可能性はある。それによって、自由化体制のもとで、また産業界に対する〝指導性〟を恢復しようとするかも知れません。——そうなると、われわれの出した、万国博はこうあるべきではないか、という方向と対立することも考えられますが——連中を説得することができると思いますか？」

「そんなもの、できまっかいな」と、梅棹氏はにべもない返事をした。

## 動きはじめたさまざまな思惑

たしかに、万国博をめぐってさまざまな方面で、すでに思惑が動きはじめた気配はあった。——開催の年が、一応昭和四十五年ときまった、ときいた時、私は思わず、まずいな、と腹の中で舌うちした。一九七〇年は、安保改定の年だ。せめて、もう一、二年あとへずらせばいいのに……。

しかし、七二年にメルボルンが開催の意向をもっている、ときいては、それもやむを得ないかな、とも思った。一九七五年はアメリカ独立二百年を記念してフィラデルフィアが十八年以上も前から名のり出ている。その上、世界の情勢はなお流動的で、過去に二度、一度は国内事情で、もう一度は国際情勢のために、開催のチャンスを逸している日本としては、「鉄を熱いうちに打つ」衝動にかられていたのかも知れない。

折りも折り、ある政治家が、「安保の年に、こういう平和の祭りをやるのはちょうどいい」といったという噂が流れてきた。——バロン・デッセ（観測気球）かも知れないが、私は、政治家というものの神経の粗さにおどろいた。

安保改定の年におこなわれるかどうか、ということは別として、私たちは、安保体制と、万国博との関係についても、一応考えていた。――日米の軍事的関係は、どちらにせよ、長期的にはデスカレートし、最終的には消滅すべきものである。ただし、そうなって行くには、そのデスカレーションに見あう、別のシステムを、国際関係の中に育てて行かなければならない。防衛力増強は、現行憲法があるかぎり一定の限度があり、それも結局「軍事力」の問題である。国際関係における、軍事力そのものの意義逓減《ていげん》の傾向をにらみながら、非軍事的、平和的な関係を、諸国と強化して行かなければならないだろう。

その中の一つは、もちろん経済関係であるが、この中には利潤法則と競争関係が動いているから、これだけでやって行くと、逆にAA諸国との関係でまずくなるかも知れない。もう一つは、「文化交流」であるが、日本は特に、この面が立ちおくれている。在外公館の、日本紹介のお粗末さは定評があるが、何よりも日本には政策的な「文化外交」がほとんどないといっていい。――これだけ民度が高く、外国文献の翻訳は気ちがいみたいになされているのだが、日本の国と国民を積極的に他の国に「知ってもらう」努力も、日本の国民に、直接的、具体的に諸外国の生活を知らせる努力も「政策」としてほとんどなされていないといっていい。だから日本人は、それだけきりはなしてみると、教養もあり、行儀もいいのだが、いざたくさんの、各国人が集まって国際的に交歓している場へ押しこんでみると、社会的にまるきり洗練されておらず、「世界のいなかもの」といった感じになってしまう。

――海外との経済関係も、ただやたらにつくって売る、といった「エコノミック・アニマル」式のものでなく、経済関係を真に各国との友好関係にまで高めるためには、相互の利害を人間的配慮でもって調整するような、「心のかよいあい」を獲得する必要がある。つまり、本当の意味での文化交流――芸術の紹介や、出版物の翻訳といったものだけでなく、お互いの生活をささえている文化を理解しあい、普通人としての「人情の機微」にふれあうような交流は、日本の海外経済活動を真に将来の平和的、人間的関係形成に有効たらしめるものである。

こういうコンテキストで見ていくと、万国博が、直接安保にかわるものではないにせよ、すくなくとも、それにかわるべき「方向」を目ざし、持つものである、という結論が出てくる。――経済における「国際開放体制」はでき上がった。しかし、次に、日本の大衆が、「大衆的レベルにおける」新たな国際常識を獲得すべき時期に来ている。国際社会というものに対する、ことわけた、リーズナブルなコンセンサスを形成し得る認識と感覚を身につけるような、「日本の大衆意識の国際社会への開放体制」が必要になってくるだろう。その方向の一つの布石として、万国博の日本開催は、日本の社会にとって、有効であり得るだろう。

ずいぶんと気の早い話であるが、すくなくとも一九六四年中に、「考える会」のスターティング・メンバーは、ほぼこういう結論に達してしまっていた。一つは、それまでに、最初にのべたような下地があったからであったが、研究会としては、実をいうと、これで解散してしまってもよかったのである。——一応この結論を各人の了解事項として、あとは各人それぞれの立場で、啓蒙するなり、コミットするなり、また別の研究テーマととりくむなりしてもよかった。あとあとのことを考えると、どうもこの時に解散していた方がよかったような気もする。——しかし、スターティング・メンバーによる研究の進展と、よびかけた人たちのオーガナイズの間に、かなりな時間的ずれがあり、いろんな人たちによびかけておいて、その人たちが腰を上げた時に発起人会が解散してしまったのでは、どうも具合が悪いので、私たちはオーガナイザーのN氏にあずけた恰好《かっこう》で、しばらくほうっておいた。

## 知的国際協同作業

その間にも、時間はどんどんたって行った。——東京オリンピックは、周知の如《ごと》く、史上もっとも派手なオリンピックになったが、その開催期間中、ソ連のフルシチョフ首相が突然解任され、同じ日、中共が初の核実験をやり、私たちをおどろかせた。一九六三年十一月のケネディ暗殺、一九六四年五月ネール死亡、日本の国内でも、自民党の大もの大野伴睦《ばんぼく》氏が死んだ。国際社会での、相次ぐ大ものの死亡、退陣は、何となく、ある時代の終わりを告げるような気がした。

そしてこの年の十一月、七月に総裁選に勝って、内閣を安泰させたばかりの池田首相が、突然病気のため退陣し、長老の話し合いによって、ライバル佐藤栄作氏に政権は「禅譲《ぜんじょう》」された。――政権交代のあわただしい時期の前後に、閣議は万国博の日本開催を決定、万国博条約の国会批准《ひじゅん》をとりつけ、翌春パリのＢＩＥ（博覧会国際事務局）理事会に、通産省企業局長が派遣されることになった。

十月から十一月へかけて、梅棹氏が病気で寝ておられた関係もあって、「考える会」は開店休業だった。私は、加藤氏からも、アメリカ、ヨーロッパをまわる旅からかえってきた星新一さんや真鍋博さんからも、ニューヨーク博の印象をきき、「企業博」と悪口をいわれたニューヨーク博でも、企業館がそれぞれ自社製品の誇示より観客への「メッセージ」を重要視していることをきいて、自分の考えに自信を深めた。――だが、そのころ、私たちが、万国博にコミットするきっかけが訪れていた。

当時大阪府職員で、万国博の準備にタッチしていた、のちの協会テーマ課長広瀬智生氏が、ひそかに梅棹邸をたずねて、万国博の「持ち方」について、どう考えたらいいか、知恵を貸してほしい、と申し入れたのである。——広瀬氏は三高、京大で私と同期、以前から梅棹氏に私淑し、府の仕事の関係でいろいろと助言を得ていた。私が広瀬氏と、大学卒業以来十二年ぶりで顔をあわせたのは、昭和四十年の初めだった。——それから五年にわたる、長い接触がはじまるのだが、お互い妙なことになったものだと苦笑した。彼は私と対照的に、瘦身《そうしん》で、几帳面《きちょうめん》で、生真面目《きまじめ》な性格であり、大学の教養部時代自治会で一緒に仕事をした時、何度か尻ぬぐいめいたことをさせた記憶がある。彼はモントリオール博の、テーマ、サブテーマの作成に注目し、それについてある程度の情報をもっていた。——有名な「モンテベロ会議」には、作家、哲学者、科学者、詩人などが集まり、長期にわたる討議の末、あのロマンチックなテーマをきめたという。討議には、カナダ人でない人も参加したらしい。そして、テーマとサブテーマを展示にこなすにあたっては、各国の展示プロデューサーやディレクターとも会議を持ち、場合によっては、会合をヨーロッパやアフリカにうつして行う、というプランもきいた。

「テーマからプランまで、国際協力でつくろうというんだね。そいつは面白い」

と、加藤氏と私はさっそく乗り気になった。――梅棹氏もそのやり方には、相当動かされたらしい。

その時、実をいうと、私たちに――すくなくとも私に、万国博の「観察者」の立場から、場合によっては、裏方でもいいからコミットしてもいい、という「夢」がうまれたのだった。――万国博の開催主体は、条約により、日本という「国」がなるのは当然だろう。

しかし、その基本理念、基本計画を作りあげる「知恵」は、何も日本だけでやらなければならない必然性はない。先例はあるかも知れないが、日本の万国博は、その「基礎的な枠組」を、全世界のすぐれた、あるいは生きのいい、知性の「国をこえた」協力でつくり上げたとすると、これこそ日本万国博は、全世界の「知的精神的共同財産」という意味をはっきりともつようになるではないか。そして、アジアにおける最初の万国博は万国博の歴史上、エポックメイキングな性格をもち、モントリオール―日本とうけつがれたやり方は、これからの万国博に「知的国際協同作業」という新しい意義をつけくわえることになるだろう。

この方式に、もっともつよい興味を示したのは加藤氏だった。――加藤氏は、会長は日本人がなるべきだが、ゼネラル・プロデューサーは、別に日本から出る必要はない。世界的大もの、たとえば、ルイス・マンフォードあたりを持って来てもいいではないか、というラディカルな意見をもっていた。

言語の問題をふくめて国際会議や国際知的協同作業の技術的困難や、海外から人をよんだり、こちらから出かけたりする費用の問題など、厄介なことはすぐに頭にうかんだ。――しかし、それ以上に、この方式には、さまざまな困難をのりこえても実現させてみたい、という「夢」があった。リースマンと親交のある加藤氏の頭の中には、いちはやく、スターティング・メンバーのラインナップがうかんだのかも知れない。

基本計画まで、一貫した国際協力が無理なら、せめてモントリオール方式で、「理念」や「テーマ」の面だけでも、国際協同作業をもたせたい。それもだめなら、せめて、モンテベロ会議のメンバー全員と、つきあわさせるべきだ。そこへブリュッセル博の事務総長、E・ド・ヴェルブや、七五年のフィラデルフィア博の準備をやっている建築家のタルハイマーも参加させたらいい。何もそのメンバーに「私たち」が加わらなくてもいい。しかし誰がやっても、「実現」したら愉快ではないか。

予算と時間切れで、このアイデアはその年の夏までにあっけなくつぶれてしまうのだが、万国博というイヴェントの中核を「つくる」上での国際知的協同作業をさせるという「夢」は、かなり長い間、私たちの中で生きつづけ、何かの場面で実現させられないか、と思いつづけた。——黒川紀章などの努力で、テーマ館の空中展示の、「未来の居住空間」の部分に、まことにみすぼらしい形でわずかに実現したが、最初は万国博の全基本計画を、全世界の知的協同製作で、という、それなりに大きな「夢」だったのである。

私たちが、かなり乗り気になって話し合ったあと、梅棹氏は、笑って、

「つぶれるやろな」

といった。——物理学者のパウリのようにまことに見通しのいい人だった。

婚約はしないが交際はする

四十年の四月、大阪府の国際博準備事務局が発足し（注、このころまで、まだ「国際博」の名称が使われていた。私たちの会は最初から「万国博」をつかっていた）、私たちのグループは、大阪府、市、商工会議所担当者と非公式の会合をもった。広瀬氏の斡旋《あっせん》だった。別にどうということはなく、私たちが前年から自発的にはじめている、万国博の理論的研究——というほどのものではないが——を通じて、万国博について、どういう「意見」をもっているか、教えてほしい、といった程度のものだった

が、その席上で、はじめて会った、大阪商工会議所専務理事で、のち万国博協会の常任幹事長をつとめた、里井達三良《たつさぶろう》氏の人柄には、大きな魅力を感じた。実に知的で、頭が切れて、スマートで、私たちのいうことをほとんどツーカーで理解してくれ、しかも大阪の財界人らしく、気さくで濶達《かったつ》だった。

五月――パリＢＩＥ理事会で、七〇年の日本開催が本ぎまりになった。しかし、私たちは、まだ慎重にかまえていた。というよりは、広瀬氏や里井氏に、裏で知恵を貸すだけで、あとは逃げだすつもりでいた、といった方がいい。

それというのも、万国博はひょっとすると「政争の具」になるかも知れず、へたにコミットすると、厄介《やっかい》なことにまきこまれかねない、という危惧《きぐ》があったからである。――私たちが、マークしていたのは、佐藤栄作氏と勢力を二分する実力者、故河野一郎氏であった。このユニークな「怪物的政治家」の実行力は、それなりに評価していたが、何分そのやり方が強引すぎ、荒っぽすぎて、私たちの考えているような、いりくんだことを、うまく生かしてもらえそうになかった。その上、大野氏死亡、池田氏退陣のあと、いよいよ佐藤、河野宿敵の対決は、露骨なものになって行きそうだった。

第三次池田内閣の建設相であった河野氏は、首都圏整備委員長、近畿圏整備長官をかね、その当時から瀬戸内船上会談をやったり、西日本に徐々に比重をかけはじめているようだった。河野首都圏整備委員長と、佐藤オリンピック担当大臣が、「東京オリンピック」をめぐって呉越同舟の形をとっているのは奇妙だったが、三十九年七月の総裁選の時、河野氏はもちろん池田氏支持にまわり、次の内閣では国務相のポストにすわった。

七月総裁選をのりきり、大勢は任期いっぱい安泰と見えたのが、十一月に突然池田退陣、川島副総裁の大芝居と〝吉田学校〟校長の示唆《しさ》により、ライバル佐藤氏に総理の椅子《いす》が「禅譲」されたことは、河野氏にとってあまり予期しなかった事態だったろう。しかし、与党内きっての「モーレツ男」は、配下の名だたる暴れん坊師団をひきいて、必ずや次の機会——それも佐藤体制があまりかたまらないうちに、巻きかえしをはかるだろう、という下馬評がもっぱらだった。大野氏が死に、川島フーシェ氏は佐藤内閣の産婆《さんば》役、三木武夫氏は十一月総裁選に、河野、藤山を退けて佐藤支持にまわって通産相で入閣し、石井光次郎氏はなりをひそめ、党人派らしい党人派としては、河野氏ぐらいしかいなかった。それだけに大衆や報道関係に不思議な人気があった。

佐藤内閣が成立して間もないころ、例の「オリンピック記録映画事件」があった。——市川崑監督の映画に、河野氏が文句をつけ、編集しなおせ、と強力に命じ、それに対して佐藤氏が、「世の中には芸術のわからない人もいる」と間接的にあてこすったとかで、すでに両雄かるく鎧《よろい》の袖《そで》をふれあった、という感じがあった。

その実力者河野氏が、「万国博」に関して、不気味なにらみをきかせはじめたことは、私たちにコミットをためらわせた。——大阪府知事の左藤義詮《さとうぎせん》氏と大阪市長の中馬馨氏との間に了解が成立し、地元では府市の協力体制がしかれ、「東京オリンピックの次は大阪万国博」という線で早い時期から動いているのに、河野氏は、「会場は神戸の埋立地がいい」とか、「滋賀県琵琶湖畔が適当だろう」とか、いろんなゆさぶりをかけていた。——兵庫、滋賀、どちらにも、河野派のチャキチャキの「青年将校」がいた。

そんな時、ある人の仲介で、私たちは河野派の代議士と会うことになった。会談は別にどうということはなかったが、そのあと、自民党関係で、私たちが河野派のブレーンになったという噂が立ったという話をきいたので、余計に神経質になった。——どんなことになるか知らないが、河野対佐藤の争いなどにまきこまれることになったりしたら、たまったものではない。

だが、そのうちまたしても意外なことが起こった。——河野氏が突然死んだのである。その翌月には池田氏も病床のまま世を去った。同じ月、国際博準備委員会が発足しており、通産省繊維局長の新井真一氏が事務局長に就任した（のちの万国博協会初代事務総長）。別に河野氏が死んだからというわけではないが、私たちは広瀬氏の粘りづよい説得に根負けして、「公式のブレーン」ということではなく、準備事務局との「接触」をつづける、ということにした。

「婚約はしないが交際はする」

という梅棹氏の名言がとび出したのはこの時だった。

「利権めあてか？」

万国博は結局二代目事務総長の鈴木俊一氏の手で実現されるのだが、そして、鈴木氏も実に有能で、温厚な人だったが、私たちは、万国博のごく初期に接触した新井真一氏に、現在でも、特別の親しみをもっている。大阪にいて、次に本省の繊維局長になった新井氏は、在阪時代、地元の評判が非常によかったが、会ってみるとお役人には珍しい、なかなかの熱血漢だった。人情家でもあり「人生意気に感ず」といったところがあり、感じすぎるようなところもあった。

「考える会」のスターティング・メンバー六名は、東京のホテルで、新井事務局長と最初の会合をもった。またもや私が貧乏くじをひいて、なぜ私たちが、こんなに早くから「万国博」に興味をもち、自発的な研究会まで持つようになったか、ということをくわしく説明した。

そして、こうやるべきだ、といっているわけでも、また「万博かくあるべし」というキャンペーン活動をやっているわけでもない。われわれが、万国博の歴史や、アジア最初の万国博について、いろんな方面から検討しているうち、そういう風にやれば、関連一兆円の税金をつかっても、つかうだけの値打ちがあるだろう、と思われるような、万国博のはらむ、さまざまな面白い、あるいは意義のある「可能性」が見つかってきた。そういうものを、このままデッドストックするのは、われわれとしても惜しいと思いもするし、広瀬局員から強い要請もあったので、準備事務局の方で、「知りたい」という姿勢があるなら、われわれの研究、あるいは「考えたこと」について、お教えするのにやぶさかではない、という具合に説明した。

あとで新井氏は広瀬氏に、「ああいううるさい人たちが集まって、早くから会合をもってきたのは、何らかの〝利権〟をねらっていたのかと思った」ともらしたという。それをきいた時、梅棹氏は露骨にいやな顔をした。「それやから、こういうことに関係するのはいやなんや」と梅棹氏はつぶやいた。「純粋な知的興味から、こんなことをやっている、といったって、みんな信じよれへん」

新井氏は、私たちの——私たちにしてみれば当たり前だが、外から見れば奇妙な——立場を了解してくれたが、あとになって私たちの意向を、

「ありゃ、饅頭《まんじゅう》こわい、さ」

と評する向きもあったという噂もきこえた。勝手にしやがれ、と私は思った。——まったくつまらないことに手を出したものだ。やはり去年の暮れに、会を解散させておくべきだったかもしれない。

しかし、新井氏は実に熱心だった。つい最近まで通産省の局長であったにもかかわらず、とにかく私たちの研究の内容を、一応そのまま本気で「きこう」という姿勢があった。私はともかく、一応当代の錚々《そうそう》が、一年以上かけて「研究」したことを協会発足前のあわただしい時期に、短い時間で「うけわたし」しようというのだから、非公式のレクチュアのある時は、まるで新井氏一人をかこんで、うるさ方がよってたかってつるし上げるみたいになったことさえあった。しかし新井氏は、まるで学生のように謙虚に、熱心に、メモをとりながらきいてくれた。

「私は、万国博の成功に生命《いのち》を賭《か》けます」

とまで、新井氏はいった。——その新井氏が、二年後、初代事務総長として、モントリオール博視察中、突然国際電話一本で解任された理由については、まったくわか

らない。その当時、私たちは、サブテーマ作成の仕事を終わり、万国博協会から完全にはなれて、「未来学研究」をはじめていたからである。

「なんだ、あいつらは」

私たちが、新井氏に「集中講義」をやっている間、新井氏は一方で、博覧会協会の会長人選で走りまわっていた。左藤知事、里井氏ら、準備会のメンバーの間で、会長は関西財界から、ということで、松下幸之助氏をくどいたが、健康上の理由で失敗、大商会頭も体が悪くてだめ、住友銀行の堀田頭取、関電社長の芦原氏いずれもだめ、ついに三木通産相が国際電話でカイロにいた石坂泰三氏をくどきおとした。四十年十一月のことである。

一方、広瀬氏は、モントリオールの先例を研究し、私たちの意見をきき、「テーマ作成委員会」の必要性を感じて、桑原武夫氏に相談をかけた。桑原氏は、元東大総長の茅誠司《かやせいじ》氏を委員長候補にあげ、左藤知事も茅氏に加わってもらうことを強く希望していた。広瀬氏はテーマ委員会の公式メンバーになってもらう人を集めるのに東奔西走していた。

そのころになると、関係者の間で、「考える会」と新井、広瀬両氏との接触について、かなり知られるようになってきた。「なんだ、あいつらは」と、誰かがいったとかいわなかったとかいう声もきこえてきた。

――レクチュアもすんだし、そろそろひきあげる潮時かな、と私は思った。考えてみると無理もない。私たちは、準備会の「公式」のブレーンでも何でもない。見る立場によっては、新井事務局長に、妙な考えをふきこむ「君側《くんそく》の奸《かん》」と見えないこともないだろう。

学者の理屈こねまわしは厄介だ、とか、新井氏の理念道楽もこまったものだ、とか、中央から出向している役人の誰かがいったとか、いわないとか、そろそろ厄介なことになってきた。

「ここらで〝考える会〟も、ヴェールをぬいで、その存在を公にするべきですな」

とオーガナイザーのN氏がいった。

「ヴェールなんて別にありませんよ。はじめからそんなつもりじゃないんですから」

「いや、一度総会をやって、その存在と会の性格をマスコミに知らせるんです。その方がすっきりします」

そういうことの判断になると、マスコミ畑のN氏にまかせるよりしかたがなかった。

「万国博を考える会」に参加を求め、承諾を得たメンバーは、その時すでにかなりいたのだが、それまで東京、大阪で何かの機会に個別的に会って、意見や情報を交換するだけで、メンバーが一堂に会したことは一度もなかった。スターティング・メンバーの研究会だけが、継続的研究をかさね、地元のせいもあって、気がついた時は、かなり深入りしている恰好になった。この際、万国博を「考える」ことに同意してくれた人たちを全員集めて、会の存在と性格をはっきりさせる必要があった。――第一回の「総会」の話は、日本開催が本ぎまりになった五月ごろ一度もち上がったのだが、N氏はその後、慎重に時期を見はからっているようだった。

## 「考える会」初の総会

九月一日、東京高輪《たかなわ》の光輪閣で、第一回のテーマ委員会がひらかれ、十八名の委員の中から茅委員長、桑原副委員長が選出された。――そして、九月十五日、ちょうど万国博の「大阪開催」が正式にきまった翌日、「万国博を考える会」の最初の――そしてそれ以後一度も開かれたことのない――総会が、大阪科学技術センターでひらかれた。メンバーの中で、梅棹氏が病気で欠け、丹下健三氏は、テーマ委員会の立場があって欠席、そのかわり、岡本太郎、萩原延壽、浜口隆一、吉阪隆正の諸氏が出席し、若手では、大阪市大の講師で地元の建築界きっての理論派水谷頴介《えいすけ》、それに星新一、真鍋博の諸氏、そのほかデザイナーや、評論家をくわえ、総勢三十五名だった。

加藤氏の会合の趣旨説明、会員の自己紹介と万国博に関する意見開陳のあと、午後「万国博はいかにあるべきか」というテーマで、あらかじめ登録していた傍聴希望者にのみ公開の、パネルディスカッションにうつり、私が司会役を押しつけられて、パネラーに、岡本、萩原、吉阪各氏が登場した。

岡本氏は、一九三七年パリ博で、有名なピカソの「ゲルニカ」を見ており、東西文化論と対極主義と、近代のつまらなさ、近代主義にスポイルされていない世界と人間のすばらしさを例によって「猛烈に」主張し、「万国博は、実にやりがいのある仕事だ」と結んだ。吉阪氏は、何につけても日本のやり方の、なあなあ主義と理念、思想のほり下げの不徹底、その実現のための「きびしさ」のなさを難じ、萩原氏は、七〇年日本万国博には、AA諸国はもちろんだが、なによりも「大陸中国」を参加させられるかどうか、「非政治的、文化的交流」の姿勢が、そこまで徹底できるかどうかは、これからの日本の外交上、大きな賭けだ、とのべた。

フロアとのディスカッションがすみ、そのあと、この会は、会規も義務も、何もきめない。会長もおかない。ただ、それぞれの専門の立場で、万国博を「考え」つづけること、その意見や情報の交換を、随時パースン・トゥ・パースンでおこなうことを申しあわせよう、ただ連絡事務だけは、今まで通りN氏にたのみ、入会については、みんなの意見を電話できいて判断しよう、万国博について誰がどういうふうにコミットしようと、みんなの能力と良心を信じて干渉しない、と、はなはだルーズな「申しあわせ」だけして、閉会した。――とたんに、Y氏が、新聞記者が大勢つめかけて、記者会見をしろといっている、と知らせてきた。

結局加藤氏と私が記者会見にひっぱり出されたが、おっかない社会部記者諸氏にとりまかれて、矢つぎ早やに発せられる質問には、なれていないためもあって、汗だくになった。第一、規約も会則もない、会長もいない、ただ考えたい奴《やつ》が集まって「考える」だけという変てこな会の性格を、どう説明したらわかってもらえるか、見当もつかなかった。しかし、記者諸氏にしてみれば、一応マスコミに名の通った学者文化人――司馬遼太郎氏や手塚治虫氏にも参加要請していた――がわざわざ大阪へ集まって、「万国博」について話し合ったとなれば、万国博実行体制に対して、何らかの働きかけや関係が生ずるはずだ、と頭からきめてかかっていた。当時の一問一答をひろってみると、まるで「コンニャク問答」だ。

この会の目的は何か？　――万国博についていっしょに「考え」、意見・情報を交換するものである。

万国博のアイデアをつくるのか？　――それは考えているうちには、いろんなアイデアも出るだろう。

そのアイデアを協会側に採用させるように働きかけるのか？　――別に働きかけない。

協会から何か要請があったか？　――協会とは何の関係もない。まったく自由な、自発的な団体である。

つまり、万国博を成功させよう、という協賛団体か？　――万国博はたしかに成功してはほしい。が、別に協会に「協賛」してムードもり上げのお先棒をかついだりする気はない。

何だかよくわからない――私たちの関心のあるのは「万国博」という人類共通の財産であって、万国博「協会」ではない。日本万国博はどうやれば理想的で意義あるものになるか、ということを、まったく自由な立場で考えてみるだけだ。

そうすると、自由な立場からの意見を表明して、万国博かくあるべし、というキャンペーンを展開する？　――意見はもとめられればいうが、別にキャンペーンを展開しようとは思わない。意見を採用しようがしまいが、それはつくる側の勝手だ。

今日の会合の結論は？　万国博に対する統一見解は？　——結論など出なかった。めいめい思っていることを述べただけだ。意見交換をはじめただけだから、統一見解など出るはずはない。これから考えて行こうという会員相互の基本的同意があっただけである。会の統一見解など、これからも出ないだろう。

一つはっきりさせてほしい。この会は、万国博に「協力」の立場をとるのか、「批判」する立場をとるのか？　——さっきもいったように別に「つくる側」に協力するわけではない。万国博は、われわれの一人ひとりが、その「理想的なあり方」について考えてみるに値する知的共有財産だ。それについて考えているうちに、その考えが一種の「批判」になることもあるだろう。しかし、別に、最初から「批判的姿勢」で考えるわけではない。

ずいぶん無責任だ。——こういうやり方の方がかえって知的責任は果たせると思う。文化人は、「行動」はヘタくそだし、やろうとすればしばしばマスターベーションになってしまう。われわれは「プラトニック・ラヴ」で行きたい。

その時はしどろもどろだったが、あとになって、この記者会見を思い出すたびに、ふき出したくなる。——社会部の、いきのいい記者諸氏は、何とか派手な見出しがつけられるように、会の「性格」をはっきりさせたかったのだろうが、話はあさっての方向に食いちがってばかりいた。汚職、犯罪をおいかけている社会部の記者諸兄に、私たちの立場を理解してもらうのはちょっと無理で、むしろ学芸部むきの問題だった。ただその時気になったのは、記者諸兄が、しきりに、この会を万国博の「批判団体」である、といわせたがっている、と感じられたことだった。――つまり、批判団体ですね。――ということは、批判活動をするということですか？――要するに批判をするということでしょう……当初、私は、この会を協会に対立させることによって、記事を面白くしようとしているのかと思っていた。

しかし、あとになって、どうもそうではないらしい、ということがわかってきた。総会の直後、協会サイドからと、報道関係から、通産の連中が「考える会」のことを、「あれは万国博の批判団体だ」といっている、ということをきいたからである。つまり、「考える会」の連中は、万国博協会と「敵対関係にある」といったにひとしい。

なるほど――と私は思った。――だいぶうるさがられているな。

しかし、その時はまだ、いずれ通産の人たちとも、話し合う機会があり、われわれの立場を了解してもらえる時があるだろう、と思っていた。通産省万国博調査室の人たちは、それなりに、少数で大仕事をやっていた。河野氏が、万国博をいただこうかという形で動きはじめた時、ある若手の策士は在ヨーロッパの某通信社の記者にひそかにたのみ、「七〇年はミラノが立候補するという噂《うわさ》がある」という記事を、イタリアから送らせ、河野氏をハッスルさせたという。――河野氏は、「ミラノは大丈夫か」といいながら死んだ、ということである。

## 草案起草は桑原氏に

九月から十月へかけて、テーマ関係の動きはにわかにはげしくなった。――テーマと基本理念を早急につくって、十一月にパリでひらかれる、万国博国際理事会にかけなければならない、というのである。こんなにあわただしくては、とても当初構想した「国際協力」でテーマ、サブテーマをきめるなどということは不可能だった。その上、財団法人日本万国博覧会協会は、まだ正式に発足しておらず、準備会のテーマ作成関係の予算は、エッ！　というほど少なかった。

桑原氏から梅棹氏、加藤氏、私の三人に、テーマについての内輪の質問があり、九月後半の、京都での非公式の会合は、頻繁《ひんぱん》になったが、その「会合費」は、一部準備会が負担したものの、かなりの部分がめいめい負担、あるいは「考える会」事務局負担、ひどい時には——おどろくべきことに——Y氏の個人負担だったのである。協会発足後、一部は清算されたが、そのままになったものもあった。何となく中《ちゅう》っ腹《ぱら》で、要求しなかった分があったからである。

九月にようやくテーマ委員会が発足し、十一月七日にはパリ提出、というのでは、タイムリミットは、ぎりぎり十月いっぱい、翻訳のことを考えるとおそくとも月末一週間前には、テーマと基本理念が選択されていなければならない。たった二カ月の間である。——準備期間からみると、一年以上かけているモンテベロ会議と、大変なちがいだ。

今は、とにかくスピードが要求されている時だった。そして、わずか二カ月たらずで、テーマと基本理念をこしらえるという「突貫作業」は私たちが一年半もの間、知る人に「お先っぱしり」と冷やかされながらつづけてきた研究の蓄積をフルに利用することによって、可能になったといえるだろう。

私たちの立場は妙なものだった。——依然として、博覧会当局とは、「公式に」何の関係もなかったし、むしろ一部からは、「考える会」が白眼視されてさえいたのに、テーマ作成のために、私たちの研究は、「非公式に」どんどんつかわれるということになった。万国博そのものの現在から未来へのあり方、それをふまえた上で、日本万国博の「持ち方」「精神」をどう考えればいいか、——そういった点に関する私たちの「自発的な」研究が実際に利用され、生かされれば、私たちにしてもけっこうなことだが、それにしても一年余りかけて、詰め将棋を解くように、膨大な問題を丹念に検討してきたのだ。

その上、何度もいったように、私たちは何も、自分たちのアイデアを「採用してくれ」と持ちこんでいるわけではない。私たちの研究は、ここまでやってあります。もしお知りになりたいなら、その内容をお教えしてもよろしい、ききにいらっしゃいと、あくまで「好意ずく」で、提示したにすぎない。

——にもかかわらず、いつの間にか、さまざまな義理人情のからみあいから、私たちは、テーマ作成の裏方の「作業員」のようなことをさせられていた。正式の契約があるわけでもない、報酬の契約どころか、はっきりいって持ち出しだった。その上、時折「万国博という公の行事のため」あるいは「お国のため」私たちが、手弁当でも協力するのが「当たり前だ」という考えが——広瀬氏がそうだというわけではなく——先方の機構の背後にちらりとすけて見えるのが頭にきた。その点で、私はよく広瀬氏といいあいした。

「そやけど、あんたかて、万国博を成功させたいのやろ」と、広瀬氏はいった。

「させたいと思っているわけじゃない。してほしい、と思ってるんだ。わかるか？——失敗しやがったらいいのに、と思ってるんじゃなくて、成功してくれたらけっこうやな、と思ってるだけなんだぜ」と私はいらいらしながらいった。「させたい、という立場に立つのはあなたたちの側なんだ。その点おれたちの立場と混同しないでくれ」

ずっとあとになって、私が岡本太郎氏から依頼されて、岡本氏との契約で——協会と契約したわけではない——テーマ館地下部門のサブプロデューサーをひきうけた時、インタビューにきた記者がいった。「大変ですね、——でもテーマ以外の方をひきうけた人たちは、まあ〝お国のため〟だからしかたがないといってます。小松さんもそうですか？」

「バカバカしい！」とつい私はどなっていた。

「誰が今さら〝お国のため〟の仕事なんかひきうけるもんですか！　〝日本民族のため〟ならまだしもですがね、万国博という〝人類の知的、文化的、精神的共有財産〟のために仕事をひきうけたんです。〝お国のため〟に働くなんて、戦時中、おかえしはしましたし、もうまっぴらですね。——口はばったいようだが、〝人類のため〟——あるいは〝人類の未来〟になんらかの形でつながっていると思えばこそ、ひきうけたんです」

だが、「お国のため」は、万国博をつくる途中で、一時かなり露骨に出てきた。はっきりいって、国家の官僚は、相当なナショナリストだ。それでも万国博全体としては、よくあそこまで、「お国のため」をおさえられたものだと思う。

十月五日、第二回のテーマ委員会がひらかれ、そこで「基本理念」の起草がきまった。——七〇年万国博の「精神」を内外にしめし、よびかけるようなものが、絶対に必要だ。それもブリュッセル博、シアトル博、モントリオール博でつくられたもののように、文明について、人類について、世界の現状について、人類の未来についての深い洞察と高い認識にもとづき、それをふまえた上で、日本における、アジア最初の万国博の持ち方をうたいあげるような、格調の高いものである必要がある、というのが、ずっと前からの私たちの考えだった。その「基本理念」に対する考え方が、テーマ委員会で、茅、桑原両氏を通じて了承され、草案起草を桑原氏がひきうけることになった。

次のテーマ委員会まで二週間しかなかった。五日から二十日までの間、私たちはほとんど毎日、京都で会合をもった。行きがかり上、私たちは桑原氏のブラックチェンバーのような立場にあった。これも浮き世の義理だ、とか、前世の業《ごう》だろうなどとぼやきながら、ついには泊りこみで作業をつづけた。――加藤氏は、一度、頭から英語で書いてみた。「考え方」が、翻訳された時、その全体のニュアンスが、どういう風に思えるか、ということをしらべるために、最初から「英語的発想」で書いてみたのである。

短い文章にもりこまねばならない、「必須《ひっす》」のエレメントを討議で抽出し、それをどんな順序で、どういうプロポーションで配列するかをきめ、――ついにひっくりかえってしまった梅棹氏を、広瀬氏が自宅でカン詰めにして、ついに文章の骨格ができ、それを桑原氏が中心になって、全体にポリッシュをかさね、ようやく第三回テーマ委員会の前々夜、草案が完成した。

理念は京都、建築は東京

「開け行く無限の未来に眼をはせつつ……」という文ではじまる基本理念を、私は大変な名文だと思っている。私自身はエレメントの配列についての討議と、最終段階のポリッシュに参加し、文章そのものの制作をやったわけではないのだが、物を書く立場として、この作業は大変参考になった。

「基本理念」の草案は、二十日の第三回テーマ委員会に提出され、ほとんど無修正で採択になった。——そしてこの文章をもとにして、「人類の進歩と調和」というテーマがうまれ、二十五日の理事会で正式採択された。ただちに英仏文の翻訳にかかり、十一月七日、パリの理事会に提出され、正式に登録された。まさに「すべりこみセーフ！」という感じだった。日本万国博は、いかにも日本らしく、「突貫作業」と「すべりこみ」ではじまったのである。

私自身は個人的に、「人類の進歩と調和」というテーマをやや歯切れが悪いように感じていた。私たちの考えていた流れから、漠然と、「人類の英知」あるいは「世界の知恵」といったものを期待していたように思う。——しかし、テーマと基本理念ができ上がった時、協会の一部で、「これで〝お経〟ができたから、あとはこいつを神棚に上げて、実質的な仕事にかかるんだ」といっているときくと、さすがにちょっと不愉快になった。

オリンピックのあと、手のあいた東京の建築家の間で、「理念は京都がつくった。だが、建築は東京がいただきだ」といっているという噂をきいた時、今さらながら、現実というやつは荒っぽいものだな、と思い知らされた。何でも「利害」の系に翻訳されてしまい、その系の中で、「なわ張り」をめぐって汗くさい死闘が展開される。

――こういう現実に対して、「理念」というものは、精緻《せいち》すぎて、役に立つとも思われない。特に私たちは、早くから、万国博の「理念」にとりくみすぎたのかも知れない。しかし、精緻なものは、直接的な影響力は小さいかも知れないが、考えに考えぬき、現実を律する「方向」としてオーソライズされれば、それは眼に見えない糸として、巨大な現実を「しばる」だろう。また現実の巨大な葛藤《かっとう》の間に、その現実を動かしている人々が方向を見失った時、ふとそこを見かえれば、そういった場面に立ちいった時はじめて問題になるようなことについての解答のヒントが、そこにちゃんと用意されてある、というのが、「文」の力というものなのであろう。

先哲、聖人のすぐれた「思想」は、まさにそういうものとして、後代への存在価値をもっている。そう思うと「お経」とよばれたのは、名誉なことと思わなければならず、今は棚にほうり上げられても、ちっともかまわない。いずれ、その「お経」を、もう一度、読みかえしてみなければならない時がくるだろう――そう思うと、とにかく私たちは、誰にたのまれたわけでもないが、先を見こして考えぬいておいたこのことはおそらく役にたつだろう、という一種の責任達成感が湧《わ》いてきた。

テーマがきまったあと、そのテーマをどう展示にむすびつけるか、という、「サブテーマへの展開」の作業があった。専門調査委員会というのが、テーマ委員会の委託で組織され、テーマ委員の阪大の赤堀四郎先生がその委員長になり、梅棹氏と私は、またしても行きがかり上、そのメンバーになることをひきうけさせられた。

## わずか二カ月でサブテーマを展開

最初広瀬氏から内々に話があった時、私は難色をしめした。――正直いって、私はまた万国博についての、自由な「ヤジ馬」の立場にもどりたかった。万国博に対して、これ以上手をしばられたくなかったし、「非公式協力」にあまりに時間をとられすぎて、本職の方が苦しくなっていた。その上、どっち道この仕事はなんのかんのと相当な個人的持ち出しだった。にもかかわらず、東京では、私のことを「万博成金」などとよぶ冷やかしの言葉が流れかけており、のちには週刊誌にまでそうよばれた。苦笑しかけたが、この時ばかりは情けなくて、ひとりになると口がゆがんだ。

それでも、梅棹氏が「行きがかり上しかたおまへんやろな」と、それこそしかたなさそうにひきうけられたので、私も最後の責任をとるつもりで受諾した。

テーマ委員会の下部機構としてのテーマ専門調査委員会、通称「サブテーマ委員会」が発足したのは翌一九六六年の三月で、メンバーは十五名、赤堀委員長のほかに、テーマ委員会から桑原先生が副委員長としてはいられ、私たちのほかに、京大教授でコンピューター研究で有名な坂井利之氏、阪大の石谷清幹氏、湯川泰秀氏、東京工大の永井道雄氏、東大の中根千枝氏といった学者のほかに、当時、経企庁経済研究所長だった林雄二郎氏、建築評論家の川添登氏、西武百貨店の堤清二氏、名鉄常務の神野三男氏、伊勢藤紙工常務の小谷隆一氏といった顔ぶれだった。物書きでは、私のほかに開高健氏が加わっていたが、健坊は賢明にも、第一回会合の時あらわれて、例の大《だい》音声《おんじょう》で一吹き吹くと、あとは皆欠席という見事な遁走《とんそう》ぶりだった。永井道雄氏も一度例によって卓抜な意見を開陳されたあと、愛想づかしといった恰好で欠席が多かった。

それというのも、サブテーマ作成の期限が、またもや二カ月しかなかったからではないかと思う。——各方面の中堅、第一線のメンバーで、ある意味では、テーマ委員会よりも忙しい人たちを十五名も集め、わずか二カ月で、重要な——と、モントリオール博の例から私たちは思っていた——サブテーマの展開をやろうというのである。

それでもやりようはある、と私は思っていた。気の毒だが、メンバーを一週間、どこか山の中のホテルへカン詰めするのだ。もちろん、各種の資料、情報の収集のため、オフィスに優秀な連絡員、セクレタリィを充分に集め、できれば専用電話をひき、さまざまの情報機器類を集めて、とにかく一週間、一歩も外へ出さずにディスカッションをつみかさねて行く。もちろん「考える会」がやった研究も全面的に提供する。——そのかわり、メンバーはそれぞれ社会的に見てVIPクラスの人たちだから、そういった「知的突貫作業」をやるための時間づくりにも、事務局が協力し——たとえば国家公務員の場合は、上の方から許可を出してもらうように働きかけるとか——、これだけの地位の人たちの時間を、まるまる一週間完全に「買い切る」のにふさわしいようなあつかいをしなければならない。

私は、この構想を広瀬氏に話した。——しかし、協会側はとてもそんなことがやれる情勢にはないようだった。

「じゃどうするんだ？　委員てのは、結局おかざりか？」と、私はむかっ腹をたてて広瀬氏にいった。「つまり、対外的に箔《はく》をつけるために雁首《がんくび》をそろえただけかい？」

「そうやないよ。やっぱりちゃんとみなさんの知恵を出していただかんと……」

「この人たちは、それぞれの方面でプロだぜ。これだけの人たちに、本気で知恵を出してもらおうと思ったら、出してもらえるような体制をつくらなきゃだめだ。——安く お知恵拝借しようとする気なら、こちらもそのつもりで、そちらの程度に応じた、お座なりの知恵しか出さないことになるぞ」

そんなことをいくら広瀬氏にいっても、大勢はしごくありきたりの「諮問《しもん》委員会」

方式になってしまいそうだった。——そういうやり方を知っている人たちは、第一回の会合で、大体見切りをつけてしまったのかも知れない。「知的責任」に忠実であろうと思えば、「こんなやり方ではできない」と、この時はっきり降りてしまった方が賢明だったのではないか、という気が今でもする。協会側が「悪い」といっているのではない。しかし、「国」が直接やるのでは「自由な民間の創意」が充分にくみつくせないというので、主催団体として発足させた財団法人万国博協会も、システムの根幹はやはり「お役所式」であり、民間会社のように「知恵やアイデアを買い切る」という行為は「システムとして」なかったようである。民間企業の場合は、すべての行為が「一企業の営利」につながるので、「魂」にふれるような所まで、売りわたしたくないという気があったが、さて「国家」でもない、しかし「公的な《パブリック》」事業をやるという大義名分のある事業体で、場合によってはこの相手には売りわたしてもいいと思うような機関には、それを買いとるシステムがない、というのも皮肉なことだった。

## 人間不信の「管理機構」

それというのも、日本の「お役所機構」が二重三重の、それもきわめて意地の悪い監視によっていじけてしまっていること（これはタチの悪い「政治家」に責任の一半がある）、役人の数が多すぎて、しかも公務員の給与がやたらに低いこと、そして「失敗」が絶対に許されない――それ故《ゆえ》にかえってマクロの失敗が起こる――こと、などがある。恐らくは、歴史的なつみかさねによって析出してきたのであろうが、政治、官庁機構をつらぬく「性悪説の体系」は、一朝一夕では解体されないであろう。人間というものは、根本的に「悪い奴」である。ほうっておくと、何をするかわからないから、二重三重の「管理機構」でもって、がんじがらめにしておかなければならない。すべての人間の根底にあるのは「色と欲」である。――こういう奇妙な、根底的に「人間を信頼しない」管理思想は、おそらく幕府時代から一貫して流れているものであろう。

私は学生時代、「民主化警察」の古手の警察官たちの中にその「人間をすべて潜在的犯罪者と見なす」思想があるのを知って愕然《がくぜん》としたことがある（そしてこの「見方」は新聞の社会部記者やスキャンダル・ジャーナリストにまで感染しているふしがある）。警察はまさに社会の暗黒面ばかりを相手にしているのだから無理もない所もあるが、それがふつうの官庁の組織「思想」としてまで働いているのには一層おどろかされた。個々の官吏が悪いのではない。「機構の思想」がまさにそうなってしまっているのである。

企業は、「公の機関」を利用して常に利益をねらっている「悪い奴」である。民衆は愚鈍で「ごね得」をねらっている「悪い奴」である。そして、公務員は組織を背景に、常にみみっちい「汚職」をおかそうとしているし、政治家は政治家で、権力をかさに着て常に私腹をこやそうとしている。——たしかに「事実」としてそういう面もあるが、これでは「信頼の体系」にたった、より生き生きとした、人知と金の運営はのぞめない。「組織」として、企業体の方が、まだそういう点ではよほどましである。

裁量権ががんじがらめにされていて、しかも「投機的」な金の運営、「冒険」や「試行錯誤」が許されないとなると、これでは「自由でヴィヴィッドな創造」に思いきって金をかけるなどということはできまい。そして、このことはまたかえって「金の生きた使い方」をさまたげてもいる。正直いって、すぐれた公務員たちは、自分たちが「公的権威」のもとで、むちゃくちゃな知的低賃金労働、否《いな》、「知的ただ働き」をやらされているのだ。（余談だがある役所では、外部の人間と、紅茶はのんでもいいが、コーヒーはのんではいかん、という通達がなされたという。紅茶なら席でいれてもらえるが、コーヒーはどうしても喫茶店へ行く。するとそこに「汚職」が発生す

る可能性がある、というのである)

そんなやり方をがまんすることができるのは、中央官庁のエリート官僚の場合は、昇進と「おれたちが国の運営をやっている」というプライドであり、将来の議員の肩書きや天下りの報酬のためであり、エリートでない連中は、恩給のたのしみのためぐらいだろうか? 行政改革委がいくら役所の人べらしを叫んでも、公務員の「創造性」「知的労働」の正当な「人間的」評価——ということは、創造的なことには当然悪意ではない「失敗」もともなうということを認めることをふくむ——を行う軸が形成されないかぎり、「機構の自己防衛」の壁はますますあつくなり、やがて内部からは「知的造反」が起こるだろう。

大分脱線したが、サブテーマ委員の中に、ひきうけてはみたものの、「知恵」を貸しても正当にあつかってくれないのではないかという危惧《きぐ》が起こった理由の一つに、例の「マーク事件」があった。万国博の正式マークは、勝見勝氏以下七人の選考委員のもとに、一九六五年末から、一流デザイナーの指名コンペをおこなった。そして翌年、十五人、二団体のデザイナーの作品四十八点の中から、候補作一点を選出した。ところが、専門家の集まりである選考委員会がただ一点えらび出したこの作品が、理事会で「難解」の理由で否決されたのである。

　ここらあたりの判断はむずかしいところである。たしかに最初の作品は、あとあと考えてみると、大衆性に乏しかったかも知れない。しかし、最初のがよく、あとのが悪いということは別として、一応「専門家」に協会が選考を委嘱し、その意見が理事会でくつがえされたとしたら、「専門家」の意見をはじめから信用していなかったといえる。——それなら何も「専門家」をたのんでその顔をつぶすようなことをせず、協会が自分たちで募集し、えらんだらいい。私たちは、当然選考委員会が総辞職し、場合によっては、協会を相手どって、つぶされた顔について一戦いどむのではないかと思っていた。しかし、どういう説得があったのか、委員会は再募集、再審査にはいった。

「われわれの考えるサブテーマもああなる可能性がありますかね」と、私はいやな気持ちになって梅棹氏にきいた。

「あるやろけど、理事会で否決されたら、われわれに委嘱したテーマ委員会が総辞職せんならんやろな」

「そうなったら、ぼくはやめますからね」と私はいった。——多忙を理由にエスケープしている人たちが、よっぽどスマートに見えた。

またしても「時間切れ」

第一回の会合は、十五名の委員が相互に相手の考え方を知ろうとすることからはじまった。それぞれの人たちが、儀礼的な、しかし好意的な態度で、それぞれの立場から意見を開陳した。中で阪大の造船工学の石谷氏はもっとも積極的で、システム・エンジニアリングの立場から「作業の進め方」について発言があった。私も委員同士が早く「一体」になって、創造性を発揮できるように、もっとブレーン・ストーミングなりなんなり、「ホットなコミュニケーション」の場をもたなくては、と思ってひそかに焦《あせ》っていたが、儀礼的なへだたりをおいたまま、会合の時間は終った。残れる人たちだけでもいい、会合を延長し、上着をぬいで、何なら一ぱいやりながら、赤堀委員長、桑原副委員長もいっしょに、もっと膝《ひざ》をつきあわせてつっこんだ話しあいをしたい、とひそかに事務局側に打診したが、急にはそんな場所もないし、手配もできないという。それに、そんなエキストラの会合の予算もないという。

業を煮やして、それなら、会場はおれが手配すると広瀬氏に耳うちしたが、そんなわけにも行くまい、といっているうちに解散になってしまった。第二回のサブテーマ委員会は、三、四人の委員の欠席のもとに、同じような調子でおこなわれた。

「こんなことをやってたんじゃ、とても間にあいませんよ」

という元気のいい石谷氏の意見にはまったく同感だったが、それでもこの時に、まがりなりにも、サブテーマを展開すべき四つの方向が出され、それが翌四月はじめのテーマ委員会で検討された。

私が考えていたような、「膝つきあわせたホットな討論」は、そんなやり方ではできるわけはなかった。——またしても、事務局側の斡旋《あっせん》で委員中、在関西の「有志」により原案を作成し、それを書面で委員にまわして、意見を提出してもらう、という便法がとられることになり、その「有志」のお鉢は、またしてもこちらにまわってきた。その理由たるや、またしても「時間切れ」である。五月中旬のテーマ委員会で、サブテーマとその展開、さらに各サブテーマごとのコメンタールをつけなければいけない、というのである。「在関西」のサブテーマ委員——ということは、梅棹氏、石谷氏、湯川氏、坂井氏、そして私が公式の委員会以外に二度の会合をもち、そこで原案をつくった。(1)人間（生命）自身、(2)人間と自然、(3)人間と技術、(4)人間と人間、の四項目の主題をきめ、これに「より……へ」という方向性をもたせ、(1)よりゆたかな生命の充実を、(2)よりみのり多い自然の利用を、(3)よりこのましい生活の設計を、

(4)より深い相互の理解を、とし、さらにそれぞれのサブテーマに、たとえばこの項目には、こういう展示が考えられるという「展開」が付されてある。(「展開」の中には、「自動車の排気ガス規制、大気汚染の防止」や、「胎児の予防医学」といった項目がはいっている)

でき上がったものを見れば、何だと思うかも知れないが、「人類の進歩と調和」というテーマと、前述の基本理念にそって、まだ存在もしない博覧会のサブテーマが、これで予想される「文明の問題」をおおいつくしているか、いかなる新興国、かわった宗教の国や、いかなる大国も「平等に」参加しうるひろがりを持っているか、中小企業や伝統産業をふくめていかなる産業、いかなる文化、宗教団体も、「どこかに」参加できるだけのふところをもっているか、また博覧会としてふさわしくない、あるいはこのましくないもの――たとえば兵器の誇示や国際紛争についての一方的宣伝――を排除し得るような「方向づけ」をそなえているか、といったことを、一つ一つ慎重に考慮しながら、くみたててはくずし、また配列を考えなおす、というのは、まったくもって、脳漿《のうしょう》をしぼるような作業だった。「まだありもしないもの」を想像しながら、そのディテールを考えるのは、SFを書く時によくやるとはいえ、何しろ今度は責任が重大すぎる。一応四方八方から検討し、「難くせ」をつける模擬実験までやって、一応「これでよし」という確信がもてるものにまでこぎつけた時は、頭の芯《しん》に固いしこりのようなものができてしまっていた。
この作業のあと、まったく心身ともに「消耗《エキゾースト》」しきったという感じで、このあとしばらく、自分の仕事ができなくなってしまった。テーマ、基本理念の作業で時間と「頭」をかなり吸いとられて以来、おせおせにしてきた締め切りは容赦なく次々とおそいかかってきて、私といえばまさに「信用破産」寸前の状態だった。まだ「バンパク」がそれほど東京サイドで社会的話題になっていない状況では、それを言いわけにつかうわけにもいかない。このあと、五月になって民間でひらかれた、初の「万国博セミナー」で、私が司会をやりながら四十枚ほどの原稿を書き上げた、とひやかされたのも、実はこの時の影響なのである。

憎まれ役を買って出て

サブテーマ委員会は、このあと二度ひらかれた。最終回は名古屋だった。テーマ委員会とは、赤堀、桑原両氏を通じて、ほぼＯＫの線が出ることはまちがいないことがわかっていた。この方向で考えるかぎり、これ以上のものができる余地はあるまいという自信も、私たちにはあった。

名古屋の会議をもって、専門調査委員会は解散するということがわかったので、私は最初から協会側に食いさがるつもりでいた。私の頭の中にこびりついていたのは、マークのことだった。テーマ委員会のメンバーは、マーク選考委員会より強力であるとはいえ、理事会でもしひっくりかえされるようなことがあるとしたら、どうにもやりきれない感じである。

「この委員会のつくったサブテーマは、どこにわたすのですか?」と私は新井事務局長にきいた。

「テーマ委員会を通じて、協会側にいただく形になります」

——ということは、今ここで、協会におわたしすることになりますか?

——協会の事務局がおあずかりするということになります。

——ということは、このあと理事会にかけるということですね。

——もちろん、理事会の承認は得なければなりません。

——するとその理事会で、承認されないことも考えられるわけですか?

——そういうことはないと思いますが……。

——モントリオールのようにテーマ展示館をつくる計画がありますか?

――まだきまっていません。

――それなら、私たちがどういうつもりで、どういう認識のもとに、このサブテーマをつくったかということについて、理事会および会長に説明させていただけますか？　一番の若僧が口はばったいことを申し上げるようですが、短い時間でも、私たちは一応心をこめてこのサブテーマをつくりました。委員の皆さんは、いわばこういった問題についての専門家であり、協会側も、こういった作業にもっともふさわしいとお思いになったから、この方たちに委嘱されたわけでしょう。私もそのつもりでおうけしましたし、ほかの方々もそうだと思います。こういった、いわば〝思想〟に関するプロの方々が、責任をとるつもりでおひきうけになったからこそ、これほど短い時間の間に、サブテーマが完成したのだと思います。協会側も運営にいろいろと無理があったでしょうが、そのことは今は問いません。ただ私たちは――すくなくとも私は、物書きのはしくれですし、知恵とアイデアを売る専門家として、自分の関係した〝作品〟に責任があると思っています。ですからその責任をとれるようにしていただきたいのです。いまここで、サブテーマができたといって、協会側におわたしして、サブテーマ委員会は解散してしまい、そのあと協会側でまたもやいじくりまわし、最終的には、タナ上げされてしまうような可能性があるとするなら、専門家として委嘱された私たちの面目はまるつぶれです。そんなことになる可能性があるというなら、そして協会側に、一応私たちが時間をかけ知恵をしぼってつくったサブテーマを〝責任をもって処理する〟という姿勢がないなら、私一人ででも、今まで協会がおつかいになった費用は全部弁済し、そのかわり、このサブテーマには私たちの名においてクレジットをつけて、一切協会側に使わさないようにし、同時に委員のみなさんとはかってこの経緯を新聞に公表しますが、それでもよろしいですか？

完全に正確におぼえているわけではないが、大体こんなことを私はいったように思う。――最後のくだりなど、今から思えば若気のいたりで、ちょっと赤面ものだが、ある意味で、私は無理を承知で協会側に食いさがったのである。一つはむろん「マーク問題」のことが頭にひっかかっており、それが何となくうやむやになったような様子なのが、気になっていて、直接関係はないにせよ、同じような立場に立つ人間として、別の方面から「協会の基本姿勢」をついておきたかったのである。もう一つ、協会内部で、サブテーマ委員会のつくったものは「案」にすぎないのだから、事務局でもう一つ「事務局案」をつくって、理事会に比較検討させろという声があるのを知ったからである。

あとの話をきいた時には、さすがにむかっ腹がたった。同じ「知的職業人」や「思想人」同士のコンペなり、討論なりなら話は別である。しかし、どれだけ秀才がそろっているか知らないが、「役人」と同列にたたされて両天秤《てんびん》にかけられるなどということは、別に国家の禄《ろく》を食《は》んでいるわけでもないし、まったく屈辱的である。「みなさんの協力を」とか「衆知を集める」とかいいながら、これではまるで「衆知」などというものを初めから信用していないにひとしいし、「専門家」の識見など尊敬していないにひとしい。私たちの肩書きを単なる「世論のがれ」の看板にするために雁首を集めたにすぎない。

そのくらいのことが、はじめからわからない奴が馬鹿だといわれるなら、別に負け惜しみではなしに、大体そんなことになるのではないかという大まかな予想はついていた。ただ、それがどこらへんで、どんな形で出てくるかに一つの興味があった。特に私にとっては、役所というもののビヘイヴィアについて、「実地に」貴重なデータを得たわけで、その意味では大変勉強にもなり、またその後の大きな研究テーマもつかめた。博覧会に関しては、結局サブテーマを通じて、基本的な「考え方」をいれておけばよかったし、それ以上のことは、先方がのぞまないかぎりできない相談だった。「観察と研究」はつづけるとして、協会との「つきあい方」もはっきりきまったし、もう私たちにとって「万国博」は終ったも同然だった。あとはまあせいぜいうまくおやりください、といった感じだった。

新井氏には大分気の毒なことをした。「あまりいじめないでくださいよ」と苦笑していたが、別に新井氏を困らせるつもりはなかった。ただ、「マーク事件」もあり、万国博という大「文化」事業をやろうとする協会が、「文化」や「知恵」に対して、ずいぶんお粗末な考え方しかもっていないようなのが気になったので、押す所だけは押しておきたかっただけである。——委員の中で、私一人がプロの専門家のとはずかしい言葉をつかってごねた恰好になったが、公務員の先生方も多かったし、私だけがごねても傷つかない立場にあったので憎まれ役を買って出たわけである。

## 未来学ブーム

五月にサブテーマ委員会が解散したあと、前から約束のあった、ある旅行社とプロダクションの共同企画の、純民間の「万国博セミナー」の講師をやり、その海外スクーリング・プログラムにくっついて建設中のモントリオール博を見に行くのが、私たちの「研究」の最後の仕上げになった。加藤氏がチューターだったが、梅棹氏と私は自費でモントリオール視察団に同行した。——現地できくと、モントリオール博にもいろいろ問題があるようだったが、テーマ館関係だけで百億円ちかくかける規模や、知恵やアイデアへの金のかけっぷりには、カナダという国の「文化」に対する意気ごみが強く感じられた。ケベック州独立の問題はまだそれほどはげしくなっていなかったが、あえてフランス語圏の中心のモントリオールで博覧会をひらこうとするところは、カナダがかつてのフランス、英国の植民地といった性格や、合衆国のヒンターランドといった性格をこえて、新しい世界の新しいタイプの国としての性格をつくり上げて行こうとしているのがわかり、その「新しい国家のあり方」の中で、精神や文化や、知的創造活動といったものを、ポリシィとして重視しているように感じられた。

カナダ、アメリカ、メキシコとまわる間、私たちは、「文化」と「文明」について話しつづけた。「考える会」で二年近くもさわりつづけてきたこの問題は、今は「万国博」という問題をこえて、私たちの興味の対象になりつつあった。サブテーマを考える時に、私たちは「人類の条件」を総合的に考えざるを得なかった。過去の全遺産、文化と文明の多様性、近代科学が各方面で明らかにしつつある自然と人間、文明と人間との関係、科学技術が急速にかえつつある社会と世界……「万国博」というものを考えて行く過程で、そういったものを総合的に考える必要にせまられたのだが、万国博というものをはずしても、何かそういう考え方ができる「場」というものは考えられないだろうか、ということが話題になった。

「未来学というのはどうですか？」

と、私は帰国後、週刊朝日での梅棹氏との対談の時いった。

「未来をきちんと予測しようと思ったら、過去現在にわたって、あらゆることがどうなっているか、どうなってきたかをしらべて、そいつを総合してみなければならないでしょう」

なるほど、それなら、あとの一生を全部つぶすぐらいの「考えること」があるかも知れない、といって二人は笑った。

この対談は、ごく気楽にやったのだが、サブテーマ委員会で知りあった林雄二郎氏、川添登氏からすぐさま反応があった。ぜひやろうときわめて熱心なので、梅棹、加藤両氏に私の関西勢と、林、川添両氏がくわわって一九六六年の秋、また「自発的」な研究会ができ上がった。未来を「考える会」というのは、「万国博を考える会」がまだ存続しているので、名称はいちおう「未来学研究会」とした。今度は何しろ茫々《ぼうぼう》漠々《ばくばく》とした「未来」である。万国博とちがって締め切りなしで悠々と研究できるだろう――と思ったのが大まちがいで、その年の暮れから、翌六七年はじめにかけて突然マスコミでまき起こった「未来学ブーム」にまきこまれ、ふりまわされることになってしまった。未来というものは、遠い、大まかなことは比較的あつかいやすいが、数カ月先の未来となると、故川島正次郎氏の言い種《いいぐさ》ではないが、「寸前暗黒」である。六七年前半は「未来学ブーム」にこちらが文字通りふりまわされた。たしかに火をつけた責任はあるが、「ミソの未来」とか「株式の未来」とかいった原稿にまでつきあわされるのではたまったものではなかった。しばらくの間、万国博のトレースどころではなかった。——もっとも、この間、会場基本計画が進み、やれお祭り広場の構想だ、娯楽ゾーンのプランだ、職員の講習だというたびに、テーマ、サブテーマの解釈について話してくれといって広瀬氏からひっぱり出された。サブテーマのうけわたしの時に、ろくにこちらの話もきかないで、ずいぶん気安い勝手な話だとは思ったが、広瀬氏には昔迷惑をかけた弱みもあって、地元の場合はできるだけ出かけて行った。

基本計画関係をやっている若い建築家やデザイナー、アーチストには、日ごろ親しい人たちも多く、協会につきあう気はなかったが、そういった人たちがひきうけるとしたら、できるだけそれらの人たちに、こちらの考え方を正確に理解してもらうにこしたことはないと思いもした。また「考える会」以来の考え方について一般のメディアを通じても、極力ひろめる努力をした。それにしても、協会関係でひっぱり出された時の「お車代」の額にはいつも驚かされた。規定でそれ以上は出せないというのだが、企業によばれた場合と十倍以上の開きがある。これで他人の「知恵」を借りるつもりかと思うと、しまいにはばかばかしくなってしまった。梅棹氏の「電波料お布施《ふせ》論」や「万博成金」という綽名《あだな》を思い出しては、苦笑いするだけだった。

「満身創痍《そうい》になりますよ」

そのうち私の知らない間に風向きがかわってきた。例の「モントリオール・ショック」というやつである。六七年四月から開催されたモントリオール博で、日本館の展示の方法が、他のパビリオンとくらべて、テーマと精神を理解せず、「見本市」みたいにあまりに露骨な企業ＰＲ意識をむき出しにしているというので、ベルギーからクレームがつき、各国からも非難された。六月に帰国した堀田副会長は、「日本では博覧会のイメージが誤解されている」と発言し、つづいて松下幸之助氏が「ＥＸＰＯ'70を企業博にしないために」松下グループの単独出展を辞退すると発言した。いわゆる「松下ショック」である。そして企業側から協会に「企業が参加するなら、どういう展示をするべきか協会が指導しろ」といううつよい要望が起こった。協会は、「期待される万国博像」という、パンフレットを出した。

——ショックをうけるのは当然のことだし、ショックそのものは結構なことだ、と、私はしごく冷淡に考えていた。テーマ、基本理念、サブテーマなど「タナ上げ」して、もっぱら自由化黒船時代に世界企業の進出をむかえうち、日本の産業と技術を世界に誇示する大宣伝戦の場として、産業界にはっぱをかけていたのは監督官庁筋である。その方向で押し切れば、日本は自分で自分にエコノミックアニマルの烙印《らくいん》を押し、日本万国博は恥さらしになるのは眼に見えている。途中でその方向がかわる兆《きざ》しが見えただけでも結構なことだ。

その後またしても協会に引っ張り出され、企業のトップの人たちに、テーマ、基本理念、サブテーマの「基本的な考え方」と、それが「企業出展」とどうつながるかについて考えを述べさせられた。

そのころから、いろんな方面でばたばたと様子がかわった。新井事務局長が、モントリオール視察中に更迭《こうてつ》され、中央官庁からの出向者の顔ぶれもかわった。その少し前、桑原氏の代理の人から、突然、岡本太郎氏が京都へ来ているが、ちょっと顔をださないかという電話があった。出かけてみると、桑原、岡本両氏のほかに、「考える会」のスターティングメンバー、それに協会テーマ課の人が顔をそろえていた。桑原氏と岡本氏は旧知の仲である。——話題は万国博からすぐはずれて、にぎやかな文化論になり、その時はそれですんだが、実はこのころ岡本氏は、テーマ展示プロデューサーになってほしい、と協会に口説かれていたらしい。

それから間もなく、岡本氏はテーマ展示プロデューサーをひきうけた。たまたまその時、大阪で岡本氏と会って酒を飲んだ。

「こりゃ太郎さん、協会相手じゃ満身創痍になりますよ」と私はひやかした。「知らないよ知らないよ。血圧に気をつけてくださいよ。一つ後進のためにりっぱな斬り死《きし》にを見せてください」

「なにいってんだ。万国博ぐらいで死んでたまるか」

と岡本氏は例によって、眼を三角にむいていさんだ。それから旬日を経ずして、梅棹氏から、岡本氏の仕事を手伝ってあげてくれないか、という電話があった時には、二の句がつげなかった。

「ぼくは適任じゃないですよ」と私はことわるつもりでいった。「第一ぼくは協会――特に監督官庁筋に評判が悪いですよ。それに気が短いから、すぐ喧嘩《けんか》しちまいますよ。かえって岡本さんのマイナスになると思います」

「しかし、岡本氏からテーマ委員長と副委員長に、サブテーマ委員の誰かが協力することを、ひきうける条件として要請してきたんです」と、梅棹氏はいいにくそうにいった。

「〈考える会〉のメンバーの精神的協力もほしいらしいんです。あなたのほかに、川添さんがあがっています。——私と加藤さんは国家公務員の立場もありますし、厄介《やっかい》でっしゃろ。加藤さんは一応広報委員にひっぱられていますし。いかがです、ひきうけてあげてくれませんか?」

## 岡本太郎氏との個人的契約

とっさに返事ができず、とにかく考えさせてくださいといって私はいったん電話を切った。——正直いって弱ったことになった、という感じだった。もしひきうけるとすれば、開会までの間の仕事のプランを大幅に整理しなければならない。つい先日、アウトサイダーの気楽さで岡本氏をひやかしたのに、今度はこちらが「満身創痍」の御相伴《おしょうばん》をすることになる。

それにしても、協会側が、よくあの一匹狼の岡本氏をつかう気になり、岡本氏がよくひきうけたものだ。サブテーマ委員会が解散する時、協会主管の計画は、プロデューサー制度をとらなければ絶対うまく行かないだろう。そしてもし、テーマ館をつくるとして、このテーマ、サブテーマを、理念的にも造形的にも、まちがいなくとりあつかえる人物は、日本広しといえども岡本太郎氏以外にないだろう、だけど今の協会の空気じゃ、とてもあの人をむかえいれられやしまい、と広瀬氏に憎まれ口をたたいたことが思い出された。

あとできいてみると、岡本氏はいったん「組織の仕事なんかできない」といってことわったが、どうでも自由に好きなようにやってくれ、と広瀬氏や天野事業部長に食いさがられ、次々に出した条件に全部OKを出され、最後に、協会側に、自分以外の候補の準備がないことを知ってひきうける気になったらしい。——京都で「考える会」のメンバーと顔をあわせたのも、ひょっとすると、精神的バックアップが得られるかどうかの瀬ぶみだったかも知れない。その時の空気が、岡本氏を受諾にふみきらせる理由の一つになっているとしたら、ここで、誰もぜんぜん岡本氏を手伝わないのは、二階に上げて梯子《はしご》をはずしたみたいな恰好になるだろう。——こちらから見れば、岡本氏が人質にとられたような恰好になった。正直いってむかっ腹をたてたあまり協会を少し見くびりすぎていたきらいがある。

まあいいや——とめんどうくさくなって、私は思った。どうせ大して社会的な「名」があるわけでなし、もともと汚れ役で売り出したんだから、手を汚す役がまわってくるのはしかたがない。だが、それまでの協会とのつきあいを考えると、何となくげっそりした。企業関係ならともかく、これから二年以上もあの協会とつきあわなければならないとすると、「万博成金」どころか、へたをすると、「井戸塀」になりかねない。ま、そうなったらそうなった時のことだ。

私は梅棹氏に電話して、テーマ委員会も協会も通さず、岡本氏が「個人的」に私に依頼されるのならひきうけてもかまいません、といった。岡本氏は個人的に大好きな人物だったし、その考え方もよくわかっていたし、尊敬もしていた。彼なら胸襟《きょうきん》をひらいてぶつかれる。私はビジネスマンを失格した人間だし、デザイナーでも建築家でもなし、できることといえば、抽象論議ぐらいだが、それでも岡本氏の手だすけになるなら、井戸塀が心中になってもかまわないと腹をきめた。

二日後、岡本氏から直接自宅へ電話がかかってきて、テーマ展示を手つだってくれないかといってきた。

「ええ梅棹先生からききました。おひきうけします」と私はいった。「肩書きもなにもいりません。ただそちらのスタッフに、テーマ、サブテーマはどういうものかということが完全にコミュニケートできれば、ぼくとしては満足です。それからぼくはあくまで、太郎さんと個人的に契約したいんです。協会との喧嘩はいっさい太郎さんがやってください。これだけが条件です」

私としては、肩書きなどがあると、かえって具合が悪いと思っていた。うかつに協会辞令などもらって、身もフタもない喧嘩をすれば、へたをすると岡本氏をまきこむことになる。肩書きだの権限よりも、とにかくテーマ展示のスタッフに、テーマ、サブテーマの考え方の背景からねらいまで、とことんわかってもらえれば、こちらも肩の荷がおりる。

——岡本氏の方にも、これは協会との契約の関係上もあって、うまいシステムができていた。芸術家岡本太郎氏が「社長」になって、「現代芸術研究所」という会社をつくる。そこが、テーマプロデューサー岡本太郎氏の指名により、協会から「テーマ展示プロジェクト」を請け負わせる。私は「株式会社現代芸術研究所」と、このプロジェクトに関して契約をむすぶ。このプロジェクトの実施責任者は「社長」岡本太郎氏であり、監察責任者は「協会プロデューサー」岡本太郎氏である。

三十億円規模の仕事を管理した人物

私の肩書きはいちおう「テーマ展示サブプロデューサー」ということになったが、

これはこの現代芸術研究所が請け負ったプロジェクトの制作チームの中でもらった肩書きであって、岡本氏のプロデューサーの肩書きとは全然性質がちがい、協会とは何の関係もない。こちらにかみつくことがあったら「社長」にかみつけばいいわけで、そのかわりに社長がこうしろといえば服従する。とにかく、「直接」協会と折衝しなくていいのはありがたかった。

当時、千代田区竹橋の科学技術館にあったテーマ展示事務所にはじめて行った時、私は岡本氏に地下展示の方をやってくれとたのまれた。私としてはどこでもよかった。「小松君はSFを書いているから、本来は空中の〝未来部門〟をやってもらうべきであるが、彼の重量を考慮すると、展示空間の構造安定上、地下をやってもらうのがふさわしいと思った」

というふざけたスピーチでみんなを笑わせながら、岡本氏は私を地下展示のスタッフに紹介した。川添氏の空中部門には、黒川紀章、粟津潔《あわづきよし》といった、すでに錚々《そうそう》たるメンバーがいたが、地下展示のスタッフには知った顔はなく、無名ではないが、当時まだマスコミにそれほど売れていない比較的若い人たちばかりだった。しかし、このメンバーと一緒にやった仕事は、あとあとまで心にのこるような、実に気持ちのいい、たのしい仕事になった。

エンバイラメント・アートで、今や大変な売れっ子になっている伊藤隆道、伊藤隆康両氏、東宝舞台美術で「風と共に去りぬ」の舞台をつくった幡野氏、映像評論家で日大講師の岡田晋氏、それに乃村工藝社から出向してきた遠藤氏、そのほか塔内、地上の厄介な所の展示プロデューサーをひきうけていた日活の美術の千葉氏や、展示部門の進行マネージメントをやっていた小野氏、さらに若い事務局員たちをふくめてＧＧＫ（現代芸術研究所）のメンバーは、こんな臨時かきあつめの混成部隊で、よくこんなに気持ちのいい連中が集まったと今でもふしぎに思う。ずいぶん無茶な仕事の仕方もやったが、こんなにたのしい仕事をやったのは、ほかには四十五年四月の「国際未来学研究会議」で、加藤秀俊氏の下で事務局を手伝った時ぐらいである。この二つの仕事を通じて、私は「若い人」についてのイメージがまるでかわってしまった。もっとも両方ともいいメンバーがあつまったということもあり、その責任者に大変なタレントを得たということもある。

ＧＧＫの「専務」でもあり、予算規模三十億円の、この複雑怪奇な仕事を、実質的に統轄《とうかつ》していたのは、岡本氏の長年の秘書である平野女史の弟の平野重臣氏だった。この人物の事務処理の能力は、ビジネスマン失格の私などから見れば、一種の天才としか思えなかった。

もとは、さる大生命保険会社の社員教育か何かをやっていた人で、コンピューターのソフトウエアとか、システムエンジニアリングとか、かたいことばかり知っている勤め人で、芸術のげの字も関心がなかったという。世俗のことは赤ン坊同然という岡本氏のもとへ来て、とにかくこの不思議な混成旅団を編成統率し、何十という下請け業者と、飴《あめ》が歯にくっついたみたいな協会相手に、予算三十億の、万国博の「目玉」をつくり上げてしまったのだから、何だか魔法使いのような気がしてならない。

もし私が、組織のできる前に状況をのぞいていたら、いかに太郎氏が好きでも手伝うのに二の足をふんでいたかも知れない。金だの組織だののことがまるきりわからないプロデューサーと、それまで芸術のことなぞまるで関心のなかった事務屋がよって、ゼロから寄せ集めで組織をつくる。――基本設計が終って施工管理にうつり、事務所がいちおうビルである科学技術館から南青山の岡本邸近くの、小さな二階建てのしもた屋にうつった時、事務員の女の子に何とかいっては背中をどやされながら、私は何度もうなったものである。「こんな人数で、こんなメンバーで、それにこんな事務所で、三十億の規模の仕事を管理しているなんて、信じられないなあ」

まったく管理している仕事の種類と量から考えると、悪夢のような気がした。――それを平野氏は、きわめててきぱきと片端から処理して行った。おどろくほどカンがよくて頭の回転の早い人物であり、決断が早く、技術材料方面にもつよく、展示表現についてもあっという間にのみこんでしまった。大変な勉強家でもあったが、その万能処理の秘密は、彼が見事にシステム思考をマスターしていたからだとにらんでいる。

「まるで大学みたいだな」

私が地下展示のスタッフたちとはじめて顔をあわせた時、もう展示についての、デザイン面でのいくつかのアイデアが出ていた。私はいちおうそれをきいた上でいった。
「すまないが、今まで出ているアイデアは一度全部忘れてください。あとできっと、もう一度復活してくるんだから、しばらくの間デザインのことは考えないでほしい」
岡本氏は私に「一つ憎まれ役を買ってくれ」といった。何も進んで憎たらしくすることはなかったが、いくつかそろっていた模型もスケッチもわきにおき、最初の二週間ほどは、とにかくくる日もくる日も、テーマとサブテーマをめぐってのレクチュアと討論ばかりやった。展示業者からの出向員までひきずりこんで、むちゃだと思ったが、生化学から文明論から人類学から民俗学まで、とにかくサブテーマをつくり出す上の背景となった基礎知識を、みんなが大体のアウトラインをマスターしてしまうまでやった。

四つのサブテーマを、岡本氏の構想になる地下＝過去、地上＝現在、空中＝未来という三次元構造のうち、地下の「過去＝根源の世界」へ投影した展示の「基本的イメージ」は、その方向から出てくるはずだった。生命がなぜすばらしいか、自然がなぜしたわしいか、そして産業革命以前、つまり機械文明以前においても、人間の知恵は所与においていかにすばらしく多様であり、人間というものはいかにいじらしいものであるか――こういったことは、近代的デザインの「センス」からだけではよくつかめない。どうしても、ある程度、学問的な成果をふまえた具体的な「知識」がいる。

たとえば生命のシステムがいかに巧妙にできており、そのつくり出したものがいかに多様であるかという具体的な「知識」をもとにして、はじめて生命というものの「すばらしさ」に対する感動やイメージがうかんでくる。そのメカニズムに対する知識がなくては、卵からヒヨコがかえるのは、あたり前すぎる退屈な現象にすぎない。――顕微鏡映画や天体写真、学術書にはいっている図版を見てもらいながら、科学の開示する世界が、デザイナーたちの「デザインスピリット」ともいうべきものを刺激することを私は期待した。デザイナーたちは、実に敏感に反応をしめしてくれた。

展示産業界からの出向社員の一人などは、最後にはアマチュアながら生化学について大変な知識をもち、蛋白質《たんぱくしつ》の分子構造について、私をやりこめるほどになってしまった。くる日もくる日も、「まるで大学みたいだな」といわれながら、こんなことをつづけているうちに、ついにデザイナーたちは、その世界に自分から興味を持ちはじめ、どんどん資料を集めはじめた。そうなれば、あとは彼らの世界だった。無限にイメージを触発する「知識」にもとづいて、彼らがそれを「展示」にヴィジュアライズして行けばいいのである。その「技術」はまさにデザイナーの領域である。もう一度テーマ、サブテーマをやると、今度はまことによくその「展開」が理解してもらえた。――はっきりいって、そのあたりで私の仕事の大きな部分はすんだといってもいい。あとは「脱線」を監視すればいいし、メカニズムへの展開は、デザイナーたちと平野氏との間でできる。

海外民俗資料収集に飛んだ若き学究たち

三週間たって、模型一つ決定していないのは、ちょっと不安だったが、私には確信があった。急がばまわれだ。ここで「基本」の所をみっちりやっておけば、あとでいくらでも応用がきくし、基礎部分がぐらつくようなひどい迷い方をしなくてすむ。その上、誰がどこを分担しても、「基本的フレーム」に対する共通理解ができているのだから、交替や交換もできるし、協同もできるだろう。Ａの部分をやっているものが、Ｂの部分をやっているものの考えをまるきり理解できないなんてことはないにちがいない。私の仕事といえば総合チェックと、スタッフと完全に平等な立場でのアドバイスや、科学関係のインフォメーションの供給である。

仕事はようやくまわりはじめた。——私が何よりありがたかったのは、平野氏の抜群の管理能力のおかげで、それほどべったり事務所につめていなくても、仕事がどんどん進んで行くことだった。そのおかげで「万博井戸塀」にならずにすんだといっていい。平野氏は、こういった仕事はおそらくはじめてのスタッフたちをよく掌握し、私と平野氏、地下展示スタッフのコミュニケーションはきわめてよかった。

私は建築、展示、音響、照明、映像、内装、電子装置、電気工事といった厖大《ぼうだい》な関連項目を、業者とチェックしながら着々とつめている平野氏を横眼で見ながら、デザイナーたちと、模型、スケッチ、展示実験装置などをかこんで、展示の「イメージ」をふくらませていった。無数の図面がひかれ、書類がつみかさねられていった。

第一回の集積見積もりが展示業者連合《ジェー・ヴィー》から出た時点で、最初の問題が訪れた。見積もり額が、地下展示予算の三倍にもなってしまったのだ。地下展示予算は、建設面をのぞいて四億六千万円、しかし、出てきた見積もりは十三億ちかくになってしまっている。

予算といえば、あの「エキスポの顔」といわれた高さ六十メートルの名物「太陽の塔」があやうく消えかかったことがある。テーマ展示の総予算は前にもいったように建設費こみのあら見積もりで三十億は必要だと、岡本氏のスタッフははじき出していた。(この金額で理事会で説明する時、岡本氏はテーマ展示には「最低三十万円」必要だ、とやってしまった。石坂会長の「明治四十五年の万国博」とともに万国博の二大迷言とされている)

大蔵省筋はこの規模を内々に承認していたが、監督官庁の通産側は、あまり正面に大きなものを建てられると、ホストカントリーの日本政府館が目立たなくなる、という理由で強硬に反対した。テーマ展示の総予算はせいぜい三、四億でいい、というのだ。モントリオールのテーマ予算百億と大変なひらきだ。そんな予算ではとてもテーマ展示はできないとプロデューサー側がいうと、もともとテーマなんてものは万国博にはいらないものだ、とまで極言した。

同席した国会万国博対策委員長橋本登美三郎氏がさすがに色をなして、今のは個人の意見か通産の公式見解か、もし後者なら議事録にとどめて国会に報告する、と監督官庁側にひらきなおり、発言者が訂正するといった一幕もあったそうである。この話をあとからきいた時、私はつくづくそういう交渉に出る立場にいなくてよかったと思った。当時の私が出ていたら、もっと身もフタもないことになっている。

予算の三倍にふくれ上がった見積もりをむりやり削るのは大変な作業だった。業者サイドと一項目ずつ検討し、全体の仕様をかえ、やっと予算の倍ぐらいまで削った。だが、それをさらに半分にするのは、背筋の寒くなるような作業だった。場合によっては、石を一つころがしておいても、これが「根源の世界」だとひらきなおってみせると豪語していたものの、当初のイメージが、はなはだしく萎縮《いしゅく》してしまうのはさけられなかった。それに私は平野氏と話し合って、第三スペース「心の世界」に展示する、海外民俗資料収集のための予算六千万円は、最初からおさえて、絶対手をつけないことにしていた。一・五倍にまできりつめる時、展示構想を基本からやりかえなければならないところにまできた。

「理念」を最初徹底的につめておいたので、根本方針はぐらつかなかったし、デザイナーたちも、「ひでえなあ」といいながらすぐ方向転換できたが、私の心の中で、展示「効果」に対する自信が急にふっと失われそうな感じがして、寒気をおぼえた。「スペース」の広さに対して「密度」がこれほどさがってしまうと、効果に対するイメージがうかばなくなってしまう。結局は当初予定されたスペースのうちのある箇所に大幅にしわよせして、やっと切りぬけた。しわよせをくった箇所は、最初から一貫して熱心にやった人たちの責任箇所になってしまい、それぞれ一人前のデザイナーとして、自分たちの「構想」に愛着もプライドもあったろうに、よく最後までいや気がさして投げ出してしまわずにいてくれたと思う。

一九六七、八年は、ベトナム戦争反対の運動がもり上がり、六八年後半からは、大学紛争の嵐《あらし》がふきあれはじめた。六九年いっぱいつづいたそのさわぎの中で、梅棹氏と東大の泉靖一氏の協力を得て、地下出展の海外民俗資料収集のために、四十人あまりの若い学究が世界六十余国にちらばっていった。どんなものがあつまるかわからず、あつまったところで展示を考えようというのだから、私にしてみれば、一種の「賭《か》け」だった。しかし、このコレクションは、今でも、地下展示のうちでもっとも自慢できるものの一つになっている。

よくも悪くもこれで終わりだ

――一九六九年後半から「時間との闘い」がはじまった。私の内部では、すでに万国博はとうの昔に終わっており、地下展示の仕事は、いわば「後始末」だったが、それでもあの草ぼうぼうの竹藪《たけやぶ》だらけだった千里丘陵の上に、奇妙な色彩と形の、巨大な建築が姿をあらわしはじめ、肌の色、眼の色、髪の色のちがった人たちの姿が、会場内に日に日にふえて行くと、やはり一種の興奮をおぼえた。

六九年の大晦日《おおみそか》を、私はひえこむ会場内ですごした。建設の関係で、地下第三スペースの完成は、年があけてからということになった。街の角にたつ「万国博まであと何日」という電光掲示板の数字は三桁《けた》から二桁へむかって進行していた。それをやきもきしてながめながら、本当はもっとあの数字を気楽な期待をもって見ていたはずなんだがな、とぼんやり考えたりした。

現場では強行スケジュールの連続下に「戦争」がはじまっていた。私はヘルメットをかぶってうろうろしながら、はやく「総合リハーサル」ができないかと気をもむばかりだった。

機器類を全部動かし、音楽、映像、照明をすべてつけて、展示の総合リハーサルができたのは、開会式わずか一週間前だった。その時、腹の中の冷たくなるような「計算ちがい」もいくつか出たが、何とかリカバーできる性質のものだったのでほっとした。機器の故障がいたる所に出て、徹夜の手なおしの連続だった。——三月十三日の深更、私は全展示場をもう一度見まわった。まだ誰一人観客のいない地下のスペースで、映像は点滅し、音楽は鳴りわたり、展示物はくるくると動いていた。――もう、どうしようもない。よくも悪くもこれで終わりだ。これが「私にとっての万国博」の本当の終わりだった。

タクシーに乗って、光あふれる会場をながめながら、私はかるい悪夢を見ているような気持ちにおそわれていた。六年前の小さな新聞記事からはじまった万国博とのかかわりあいが、こんな結末になろうとは思わなかった。――そして、その間こちらも六つ年をとっており、物事の考え方や感じ方も、かわってしまっていた。

日本万国博は、世界七十六カ国という空前の参加国をあつめることができた。特にアジア、アフリカ、その他の開発途上国が、多数参加し、会場内展示スペースでも優遇されている。テーマ館は無事に出現した。それだけでも、もう成功したも同然だ。万国博そのものについて考えていたことは、すでに協会側の責任ある人々にすっかり渡してしまってあるし、万国博という社会的イヴェントについて抱いた興味はもっと発展した形で、未来学の方にうけつがれてしまっている。二年ほど前から、梅棹氏あたりとしきりに論じはじめていたのは「人類滅亡の可能性とその諸相」といった問題だった。

——三月十四日午前零時を期して、奇蹟《きせき》のように一斉に開通した大道路を走りながら、ずいぶん「後始末」に手間を食っちまったものだとぼんやり考えていた。少し疲れ、少し年をとったような感じがした。——そして強い酒が無性に飲みたかった。

# 万国博はもうはじまっている

## 〝情報〟が「橋」をつくる

最近知って非常に感心したのは、神戸市の「夢のかけ橋」のつくり方と、関係者の気がまえだった。——「夢のかけ橋」に、全力をうちこんでいる原口市長がえらいのだろうが、企画調査にあたっている市役所のM氏の、橋の問題へのとりくみ方が、非常に面白い。つまり、M氏は「資金や土木技術だけが橋をつくるのではない。〝情報〟が橋をつくるのだ」ということを、はっきり知っているのである。

建設省自体も、地質調査をやっているが、神戸市だけで、橋の企画調査費を、この二、三年で二億円からつかっている。これによって、橋、特に吊《つ》り橋《ばし》に関するありとあらゆる情報を世界中から集めているが、それも内外の技術情報文献だけでなく、建設にあたって実地に起った問題を、微にいり細にわたって収集し、しかもこの厖大な情報は、すべて公開にし、むしろ積極的に普及させようとしているのだ。

——「橋に関するあらゆる情報」とは、何も土木建設技術の知識だけではない。その経済効果、地域社会にまきおこす変化、都市開発との関連、住民の反応、建設途上に起った、数々の事故や、思いもかけない事態、それに小さな関連部品の問題にいたるまで、すべて精力的に集め、整理し、しかもその一切の情報を、かかえこむのではなく、あらゆる機会を通じて、市民、ジャーナリスト、学者知識人に積極的に流して行く。資料をもとめられれば、即座にコピーをわたす。一方、現実に「夢のかけ橋」をかけた場合、近畿《きんき》全体にどんな効果をおよぼすか、ということを、それこそあらゆる機会、あらゆる分野の発言をとりいれながら、精力的に研究をすすめて行く。とにかく「橋に関係のあるありとあらゆる情報」を何一つ目こぼしせず、丹念に集め、しかもそれがどんどん一般に流れて行くように気をくばっているのだ。つまり神戸市の企画課は、橋に関する厖大な情報の、収集、整理、流通のトラフィック・センターになっているのである。

この巨大な情報の流れを、積極的にドライブして行くうちに、さまざまなことが起った。――吊り橋のある種の技術が、日本でできないことがわかると、この技術を、自分の所の研究のテーマとして、自主的に開発をはじめた会社がでてきた。この技術に関する手に入るかぎりの情報データは、役所があつめ、しかもそれは誰にでも公開されているのだから、よし、一つおれの所でという意欲のある所は、どこでもやることができる。たえず、オープンな共同研究会などをもっているから、積極的意欲的でない会社は、ついて行けない。しかも、研究会自体が、連絡機関でもあり、実績のつみかさねになって行くから、変に政治的に出しぬくすきもあまりない。さらに、直接関係のないような人々の間にも、積極的にPRをすすめて行くうちに、思いもかけないような所から、思いもかけないような、かくれた知識、技術、アイデアがとび出してきて、それが思いもかけない隘路《あいろ》打開になったりする。批判があっても、当を得た批判ならどしどしとりいれ、どんな小さな市民の発言も注意してきき、ためにする批判なら、これを説得し、はねかえす。公開である以上、批判をおそれてはいない。またそれだけの覚悟があれば、姿勢もできてくる。――一般の人々も、橋の問題を理解するだけでなく「橋の建設」という一つのイベントを核にして、ぐんと広い視野を獲得するようになる。つまり、一般市民の生活開発問題全体に対する視野が開け、関心のレベルがあがるという、本当の意味での啓蒙《けいもう》教育効果があらわれ、それは「橋」に関する、世論のサポートを形成して行くばかりでなく、その問題を契機にして地域社会全体にわたって、一つのビジョンをもとうとする積極的姿勢を、少しずつ醸成し、そういった人々の中から自分でも積極的にこういった問題を研究し、参加して行こうとする意欲をもった人々がうまれてくるという、思いもかけない巨大な副次効果が徐々にではあるがうまれつつある。

「橋の建設そのものに関しても……」とMさんは説明してくれた。「いざとりかかってから、何ができない、こんな問題が起ったと、その時になって工事をのばしたり、事故対策にうろたえるよりも、あらかじめとことんしらべあげ、整理しておいた方がいい。むろん、やってみなくてはわからない面はたくさんあります。しかし、調査段階でできることは山ほどあり、これをやりぬいておくこと、考えぬいておくことは、全部のプロセスを考えれば、かえって一番効率の高い、全体として金のかからないことになる。――つまり、もっとも無駄のない金のつかい方ということになります。こういう形の調査に金をかけることは、少しも惜しくないし、むしろかえって、税金をあずかる公僕として、もっとも責任ある金のつかい方だと思っています」

──はじめて「防衛的、退嬰《たいえい》的」でない「積極的な責任感」をもった公僕の言葉をきいて私が感動したのは当然だろう。それをきいた時現在の地から、神戸市にうつりすもうかと思ったぐらいだった。

いささか前おきが長くなったが、重要なのは、M氏が「情報が〝橋〟をつくる」ということをちゃんと知っており、それを実践しているということだ。──それは決して、世論操作などという、政治技術のデカダンスではない。逆に、公僕としての責任感と、人間に対する信頼と連帯感からうまれた、もっとも積極的かつ誠実なやり方だと思う。しからば万国博の場合はどうか？

万国博は「目的」ではなく「手段」である

ここで注意しなければならないのは、万国博においては、この〝情報〟の意味が二重構造になっていることだ。

万国博は、それ自体が巨大な、世界的な規模の、しかも文字通り「ユニバーサル」な情報イベントである。──ここで「橋」に相当するものは、万国博そのものではなく「明日の世界」であろう。大げさかも知れないが、この万国博というものを全世界の歴史の流れを、少しでもいい方向にむけるための、ありとあらゆる知恵、ありとあらゆる情報をあつめ、交流させる一大情報交換会としてとらえるのでなければそれこそ意味がない。日本も一人前になったのだから、一つぜひ私の所でさせてくださいとたのみ、おハチがまわってきたのだから、何とかソツなく、きれいに手ぎわよくやってのけようとだけ、心をくだくのだったら、それこそ莫大《ばくだい》な税金をつかって、こんなものをしょいこんでくる意味はないのだ。――私たちにとっては、万国博という、大がかりな国際的娯楽をつくり上げることが目標ではないのだ。本当の目標は、すばらしい技術と文明をうみ出しながら、なお現在、多くの無理解による対立矛盾、アンバランスや不調和に悩まされているこの世界において、たとえごくわずかでもいいから、矛盾を解決し、かぎりなく多様な要素からなる世界全体、人類全体の幸福をおしすめるようなポイントを見出すために、万国博という、知恵と情報の世界的交流の場をつくろうとしているのだ。

ここをはっきりさせておこう。万国博自体は、そういういろんな矛盾を解決する知恵と技術を発見するための手段であって、それ自体が目的なのではない。

私たちの目的は、あくまで、人類全体のよりよい明日を見出《みいだ》すこと、矛盾を解決し、よりいっそうゆたかで、苦しみのすくない世界をつくりあげて行くことであって、万国博はそういう目標にそった情報の、世界的な交流の場として、つくられなければならない。

まずこの目標を、はっきり見すえておく必要がある。――これを見うしなっては、万国博自体が、あたかも目的であるように思いこむと、そこから妙に外見や、枝葉末節に拘泥《こうでい》する、本末顛倒《てんとう》の現象がおこる。前述した「橋」の場合のように、この目標がはっきりとうちたてられた上で、もっとも些細《ささい》なことも、それがこの方向に世界をおしすすめる上にプラスになるものであれば、決しておろそかにしない、という態度が確立して行くのだ。

こういう形でとらえれば、今度の万国博が、実に、日本が、あの呪《のろ》わしい戦争以後はじめて、世界史に対して、防衛的にでなく、積極的に参加し、発言する最大の機会だということがはっきりするのではなかろうか？　――しかもその参加の仕方は武力によるものでもなく、また経済力によって進出するというものでもなく、日本の立場を主張したり、どの国がよくてどの国が悪い、というような党派的なわりこみ方でもなく、人類全体のよりよき明日をつくるという意志においては、すべての国の人々が共通かつ平等である、という考え方のもとに、ひたすらそのような目標のもとに、世界が知恵をもちよってほしいと勧誘し、その知恵と創造性のもっとも有効な交流の場をプロデュースすることに、ありとあらゆる知恵と力をそそぐという形において、参加するのである。これをつくり上げることは力の均衡や、利害の均衡といった上に成立する外交とは、まさに対蹠《たいしょ》的な、――いわば「精神性による外交」ともいうべきものではなかろうか？

この点はいくらくりかえし強調しても、強調しすぎということはない。万国博を開催するのは全世界の「よりよき明日」への手がかりをつかむためであって、万国博そのものは、その手がかりをつかむ手段にすぎない。一九七〇年万国博が、たとえその実際効果と影響は、現在からは予測しがたいとしても、何らかの形で、明日の世界にプラスになるようなものになり得るという確信がなくては、――そして、そのようなものにしようという決意がなくては、われわれは万国博に情熱をそそぐこともできないし、そのような意図にそって参加各国を説得する情熱もわかないだろう。そして、万国博そのものは、そういったはげしい現実参加、人類史への善意の参加という目的意識のもとに世界各国から、収集され、整理され、展示され、そこから無数のあたらしい「よりよき明日への知恵」の結実を期待される、ありとあらゆる分野の「情報」の一大交流イベントである。――日本万国博が、世界史への貢献をねらうなどということは、誇大妄想的で、ドン・キホーテ的だ、などといってはならない。たとえわずかであっても、そういう効果がある、またやり方によってはもたせ得るという確信と決意が、まず存在しなければ、われわれが、国際見本市ではなく「万国博」をやる、ということの意義がアイマイになってしまい、すべては低次の利害関係や、利権問題、名誉欲、官僚主義、ナワバリ争いの泥沼におちこみ、博覧会そのものは、大金かけたきれい事になってしまうだろう。

## 情報の集大成とそれによる高次情報の再生産——「文殊《もんじゅ》の知恵」効果

情報に関する二重構造というのは——つまり、万国博そのものが、そういう目標のもとに、全世界からもちよられ、集められてくる「情報」の集大成であるとともに、そこにあつめられることによって、その「情報」の集合体の中から、より高次な情報——あるいは知恵といってもいいし、アイデアといってもいい——がうまれることが期待されるからである。つまり、万国博そのものは単にスタティックな情報陳列館ではなく、それ自体が、ダイナミックな高次情報再生産の機能を期待し得るのである。妙ないい方かも知れないが、これを「文殊の知恵」効果《エフェクト》とよんでもいいだろう。

この、「どんなものが出てくるか見なければ、またやってみなければわからない」

効果にこそ、博覧会をもつことの面白みや期待が出てくるのだが「文殊の知恵」効果にも、実は二つの側面があることに、注意しなくてはなるまい。一つは、そこに「展示」され「表現」されたものによって、観客にもたらされるストレートな効果である。たとえば博覧会のもっとも直接的なねらいの一つである、啓蒙的教育的効果がそれであろう。――啓蒙教育とは、かならずしも百科事典的な、言語的知識によってのみなされるものではあるまい。たとえば、もし、そこにある意図のもとに集められたものの、全体から、人間の生活の多様性に対して、素朴《そぼく》な観客が、素朴な驚きを感じたとしたら――世界はこれほどまでに複雑で多様な地域をふくみ、そこで人類はこれほどまでに異質で多様な文化をもって、それぞれ生活しているのか、というようなことを、大きな驚きをもって発見したとしたら――それはもっとも大きな啓蒙になり、教育になり得るだろう。さまざまなことなる生活条件、気候、環境社会の次元において、人間がそれぞれいかにその知恵と創造性を発揮して環境に適応し、いかによりよい生活を得ようと、それぞれの次元において努力しているか、ということに感動したとしたら――それはそれを見にくる世界のあらゆる地方の人の心の底に、大きなオリエンテーションをまきおこすきっかけになるかも知れない。ふだんは知りたいとも思わなければ、知ろうと思ってもなかなか情報が手にはいらない、世界のはるかはなれた他の地域の知恵の中に、別の地域が当面している問題の、思いもかけない解決の方法が発見されるかも知れない。敵同士だと思ったのが、隣人であることを発見するかも知れないし、思いもかけない縁戚《えんせき》関係を発見するかも知れない。——とにかく、素朴な観客が、そこに世界全体、そして同胞である人類全体の、多元的で複雑な「客観的な姿」を見ることができれば、その心を、世界にむかって開くきっかけになれば、すくなくとも、多様な世界のこと、複雑な人類のこと、そして異質の文化について、もっとよく知ろう、という意欲をおこさせるきっかけになり得れば——それはそれ自体が大きな啓蒙になり、また啓蒙教育への端緒になり得るだろう。

むろん、高度な先端的科学技術が、各分野にわたって網羅されることから、いろんな技術の異なった領域の間に、思いもかけない新しい技術や、ある領域内における問題解決、さらに異質領域の対比によって、新しい問題領域が発見される可能性があることは、言をまたない。——また、一方では異なる技術領域間や、異質文化相互間においてそれぞれの中にふくまれるいろんな要素について、おのおのの体系の中では、到底発見し得ないような、新しい、また面白い使い方、とりこみ方が発見され、それが相互に思いもかけない効果をうみ出すかも知れないのだ。

あまり適当な例ではないし、笑い話みたいだが、実際にあった例として、こんな話ある日本の玩具《がんぐ》業者が、アメリカの百貨店に、壁かけ用の木製の天狗《てんぐ》の面を展示したところ、これがよくうれて大量に注文がきた。――気をよくした業者は、天狗の面が売れるならオカメの面も売れるだろうと、ついでにオカメの面も大量につくって、天狗の面といっしょに送った所、オカメの面は一向に売れなかった。――壁かけ用の天狗の面が、なぜそんなに売れたかというと、むこうの家庭では、その面を玄関にかけ、高い鼻を、帽子かけにつかっていたのである。

日本の社会では、天狗とオカメはサルタヒコ、アメノウズメの神話以来一対のものであり、それを壁にかけるのは、一種の呪いであり、せいぜい鑑賞用である。――和風の生活で、かつあまり帽子をかぶらない私たち、また生活のための道具に、あまり遊びをつけくわえない私たちには、天狗の面に、そんな使い方があるとは、ちょっと考えつかないだろう。

こういうふうに「できあがった万国博」の中から、さまざまな新しい、あるいはより高次な、情報の再生産が行なわれることは、いくらでも期待できる。――しかし、もう一つ重要なことは「万国博をつくって行く過程」においても、こういった情報の交流、高度化、再生産が、つくる側、参加する側において起り、それは万国博の期間が終ったあとも、まったく新しい、クリエイティブな情報の多元的な組織としてのこって行く可能性がある。

――そしてそのような組織は、一九七〇年の六ヵ月間において終了しつくされてしまうものではない万国博の目標――「全世界的視野にたってよりよき明日、いっそうゆたかな明日への手がかりをもとめる」ことを万国博の終ったあとも、継続的に、未来につなげて行くための核《コア》になって行く可能性があるのだ。

万国博をつくり万国博をこえて……

「万国博をつくっていく過程」において、すでに今までになかったような、各分野の情報の交流、再生産がおこなわれることは、誰の眼にも明白であろう。

現状では、まだその体制づくりが充分とはいえない（私見によればむしろ、はなはだしく不充分である）が、しかし、とにかくごく常識的に考えても、万国博という「総合」情報イベントをつくりあげて行くためには、それに関連あるあらゆる分野が、とにかく協同しなければならないことは自明である。

ただし、ここで注意しなければならないことは、その協同が、単なる「寄せ集め」であれば、悪い意味での競合と、直接的な利益めあての際限ない細分化が起り、前にのべたように、低次の競争——ナワバリ争いや、情報のぬすみあいや、出しぬき合戦が起って、むしろNY博のようなデスポティックなやり方の方が効率が高いことになる(こういうことが起らないためには、事務局あたりがよほど腹をくって、協同の場を組織し演出して行かなければならないが、そのためには、冒頭で説明した、神戸市の情報処理——就《なかんずく》中情報効率を高める「公開」のシステムが、参考になるだろう)。

ここで、奇妙にきこえるかも知れないが、もう一度万国博の「基本理念」にたちかえり、その意図する目標を、確認しなおす必要がある。「よりよき明日への手がかりをつかむために」万国博があり、万国博を、そのようなものであらしめたいという方向設定がなされた以上、それに参加し、つくって行く側は、まずこの基本目標をうけ入れ、そのような意図方向にそって、万国博をつくって行くのだという大前提を、うけいれる必要がある。万国博そのもののかっこうをつけることが目標なのではなく「よりよき明日への手がかりをつかむ」ことが万国博の目標であることを前提としてうけいれれば——そこにはじめて、各分野、さらに地球上の各地域が、それぞれの立場に立脚しつつ、その立場をこえて一つの共通の目標のもとに、協同制作作業をおこなって行く可能性がうまれてくるのではないだろうか？　つまり、万国博は学問、産業、文化の各分野に対して「よりよき明日への手がかりをつかむような催しをつくりあげる」という、共通の課題をもたらしたことになるのだ。学者、知識人、産業人その他、ありとあらゆる分野の人々に、さらに全世界各地域各国の人々に、そのような万国博をつくってみようではないかという提案がおこなわれたのである。――そしてそれは、この世界――あるいはもう少し限定して、日本の社会に対して行われた、問題提起であった。

万国博そのものを、あらゆる分野に対して、このような共通の課題と目標をあたえるものとしてとらえれば、そこにそれぞれの分野をのりこえた「知的交流と協同」を実現させる、またとないチャンスが存在する。――くどいようだが、もう一度くりかえそう。「それを通じて人類の、よりよい明日への手がかりをつかむ」ことが、万国博自体の目標であり、「そういう目標を達成するための情報イベント」が、万国博の基本デザインであり、「では、こういう目的を達成し得るようなものをつくりあげるために（いいかえればこういった目標にそって万国博をつくりあげるために）は、どうしたらいいか、どんな知恵をもちよればいいか」というのが、各国、各界にあたえられた共通課題である。

この基本原則がまず尊重されなくてはなるまい。そうすることによって、はじめて「分野をこえた」協同作業が可能になってくるのであり、万国博が「よりよき明日へのデザイン」となる可能性が生じてくる。——現代は、科学、技術、産業、経済、文化、生活、あらゆる分野のありかたがそれぞれ世界的な規模で再検討、再編成を要求されている時代である。——このことについては、誰も異存あるまい。それぞれの分野において新しい地平が求められ、追求はすすんでいるが、すすめばすすむほど、一つの分野だけでは、問題が解決しきれない状態が出現しつつある。——文明の発達によってあらゆる意味で、地球はせまくなってしまった。明日はもっとせまくなるだろう。空間的にだけでなく、文明の、あるいは具体的な人間生活の内容からいってもあらゆる問題は、相互にからみあっている。遠い亜熱帯のジャングルの中での、小さな部族間戦争が、明日は人類全体の生存を脅威にさらすかも知れず、また逆に、死にかけている一人の人間の命をすくうために、あらゆる科学技術の、最新鋭のものが、全世界的に動員されることもあり得よう。一つの分野の華々しい発達が、人間生活の他の分野を圧迫し、おしつぶし、死滅させることも起る。——あまりしょっ中起るので、今日ではようやく、たとえば産業計画の分野においてある種の慎重さが生まれつつある。それぞれの分野の、よりいっそうの発展を追求する上で、いやおうなしに「他の分野」の協力と知恵をもとめなければならなくなりつつある、という、各分野の内的要因と、それぞれの分野の接触が、相互に自己の存在を主張する段階から、相互にその存在理由を問う段階にまで進んできた、という外部的要因の双方から異なる分野の「話しあい」と「協同」の必要性が気づかれはじめている。――まだ、どちらの主導権のもとにテーブルにつくか、という暗闘はあるが、もっとも先端的な所では、すでに「目的としての人間」が気づかれ、明日の人類としての立場から、おのおのの分野のあり方を再検討してみようという所まできているのだ。

しかし、全体的に見わたしてみれば、交流はまだ、はなはだしく不充分である。――ある分野ともう一つの分野の間では進んでいるが、別の分野との間では、ほとんど交流がおこなわれていない。大部分の接触は、ごく表面的な所にとどまっている。それに、一つの分野が、全部のカードを手もとにそろえるのは、きわめて困難だ。

その意味で、万国博は、あらゆるカードが「総合」される、またとない機会ではないだろうか？――その目標と方向づけからそれぞれの分野のこの地球という惑星の上につみこまれた人類という生き物の立場にたって、ふりかえってみることにより、それぞれの分野のもちよった問題を人間的立場から総合的に検討し、それぞれの分野のあり方を人間的立場から再検討してみる、またとない場があたえられたことにならないだろうか？　万国博の「つくり方」が大切なのは、この点であろう。すくなくとも、各々《おのおの》の分野が、それぞれ「よりよき明日」を求めている、という点では異論はないと――たとえ、一種のプレテクストとしてでも――いうなら、まずこの原則を共通のスタートラインとしなくてはなるまい。そして、そこから、各々の分野の特殊性に立ち、問題を交流させつつ、博覧会をつくりあげて行くことになる。――最初は、それぞれの分野で「どんな問題があるか」ということをもちよることからはじめなければなるまい。できあがったものが「総合」された時に、はじめて期待される、現時点からは予測もつかないような効果のほかに、その前段階において企業と、学者と、デザイナーとが、協同討議のテーブルにつく、というような稀《まれ》な機会が生ずるのだ。――この機会を、無駄にやりすごすことは、万国博の効用の中の非常に大きな部分を、くみのこすことになる。万国博という稀な機会――それは日本国内のみならず、全世界にとってそうである――のもつ価値は、そこに全世界から投下される資金が大きいだけに、あますことなくくみつくされねばならない。そういう風にプロデュースすることが主催国日本の、最大の責任であろう。

いささか大上段かつ抽象的になりすぎた。――もう少し、万国博のあり方を具体的に見てみよう。

すでに万国博は、国際見本市ではないということが、くりかえしのべられた。そして「じゃ、万博ってどんなものだ？」という疑問が、企業の立場からたくさん出ている。――一口にいうと、万国博は、見本市的なきわめて具体的な要素をもふくみつつ、さらにそれよりひろくよりベーシックな、一つの「具体的世界像」を提出するもの、といっていいだろう。

見本市においては、農、工業製品の展示が主体となる。そこには、人間の生産活動を通じてつくり出される、ほとんどありとあらゆる「生産物」が展示されている。――だが、世界と人間の活動は、マーケットにならべられる、具体的な「もの」「商品」だけで、表示しうるものではない。

たとえば、今日では、生産だけでなく、生産物の「流通」が、巨大な問題になりつつある。――通信、交通についで、都市計画、住宅計画をふくむ「住み方の計画」が世界的に大きな問題として、のしかかってきている。――それは、具体的な「生産物」「商品」をふくみつつ「もの」をこえたシステムの問題であり、レイアウトの問題であり、アイデア――理念の問題にすらなりつつある。――その理念、デザインシステムの方から、逆に新しい技術、新しい製品の出現が要求されているのだ。

開発もそうだ。――現在では、資源開発そのものもさることながら、巨大なメガロポリスづくり、さらには自然改造にちかい所まで「開発」という意味が拡大しつつある。――とすると、ここでは、地質学、気象学、地球物理から地球生態学にまで、関連情報が拡大してくる。――「見本市」では、とても、こういった分野はあつかいきれない。公害は、すでに地球的規模にまで拡大しつつある、と地球物理学者は警告している。それが沃野《よくや》を砂漠にかえるおそれもある、と生態学者は危惧《きぐ》し、有毒物質が、生物体の「種」にあたえる影響を、遺伝学者はうれえている。――ここでも、生産分野に対するチェックではなくあたらしい技術的要求がおこっているのだ。こういう問題提起は、見本市ではできない。

世界各エリア、各国のそれぞれの生活環境と、生活要求についての、具体的情報の不足、誤解が、いかに商業や経済計画を阻害し、ムダな投資を多くしているか、ということを考えれば、文化人類学も、企業にとって無関係なものではあり得まい。部分的なアドバイスではなく、こういった、あらゆる分野の情報が「総合」化された中にうかびあがる、きわめて具体的で、アクチュアルで、しかも未開拓の新しい分野と、多くの問題をはらむ、いきいきした世界像の中で、企業が自分の姿を外からながめ、そのしめる位置と役割と、その将来の見通しを、世界の中に見出し、同時にその進むべき方向や、新しい課題を見出せたら――これは、企業にとっても巨大なメリットになりはしないだろうか？　――他のそれぞれの分野の人々とも、具体的な世界を形づくる一員として、平等に語りあえる場を確保できたら、それは相互にとって――特に将来に対して――きわめて大きな意味をもたないだろうか？

ここで、冒頭の一章を、もう一度思い出していただきたい。――「〝情報〟が橋をつくる」ように、「〝情報〟が明日のよりよい世界」をつくることも充分考え得る。「明日のよりよい世界」とは、地上に存在しない神の王国や抽象的な理想ではなく、現在出まわっている数多くの生産物が、よりゆたかに、より安くなり、現在の具体的な世界がかかえている、数々の矛盾や軋轢《あつれき》が、少しでもよりよい方向に解決され、文明が現在うみ出しつつある数々の害毒――公害や、環境破壊、交通事故などが少しでも緩和され、多くの病気が克服され、かつ治療法、保健法がすすみ、現在芽ばえつつある新しい、よいものが、いっそう大きく育てられ、一方においては、現在萌芽《ほうが》段階にある危険な兆候が上手に回避されて行くそんな世界なのである。よりゆたかで、より苦痛が緩和され、それぞれ特性に応じて、より充実した生をおくることのできるような世界である。――すでに現在までに、人間はある程度までそれをなしとげてきた。

日本だけにかぎって見た場合、戦後二十年だけでも、その方向をある程度まで実現してきた。だが、それはまだ完全とはいい得ないし、一方において、巨大複雑化した文明はその中から以前には考えられもしなかったような、まったくあらたな問題をうみ出しつつある。――日本だけでもそうだが、世界的に見れば、それはもっと先鋭な形をとっている。そこには一国だけでは、解決しきれない所が、検討さえしきれない――ある場合には、気づかれもしないような、問題がいっぱいあるだろう。基礎生活を大急ぎで充実させせなければならない地域もあれば、すでに充分ゆたかになっていながら、また新たな途方もない問題にぶつかっている地域もある。これらの問題について、相互に知り、学び、助けあうもとになる情報の交流の場として、万国博をデザインすべきであろう。

くりかえしていうが、ここでいう「世界」は、抽象的哲学的命題としてのそれではない。――現在私たち、あなたがた、全世界に生きて活動している人々の組織と、その実際的活動がつくり上げている、生き生きとした、具体的な世界であり、地球という、それ自体が生きた、具体的な自然環境の上に展開されている、「手でふれることのできる」生きて動いている世界である。――企業もまた、この世界の中でそれぞれ必要な役割を負って、具体的な世界の一部を形づくり、その活動でもって、この人間の世界全体のアクティヴィティの一部をささえている。

しかし、世界の多様性と、多様性の総合された全体像の中において、自分の占める位置と特性さらに全体的具体的な未来像から、自己の未来像を描き出すような機会は、あまりないのではないだろうか？――具体的な世界は、企業の日常活動の中での、社会との接触点、一種のエネルギー交換点を通じてごく限定された姿でしか、はいってこないのではないだろうか？――その活動が、現在の具体的な世界をささえ、複雑で有機的な社会の一部をささえ、その活動が、社会全体の生産と富と利益の拡大を通じて、結局は、企業自体にとってと同時に、社会全体にとって「よりよく、よりゆたかな明日」を編み上げて行くことをねらっているのだったら――その将来への見通しと、問題点とより一層、新しい分野への飛躍への可能性を、もっとも「総合的かつ具体的に」展望できる、稀な機会が、この博覧会の中に、そしてそれをつくり上げて行く作業の中に、ふくまれているであろう。――万国博は、もうはじまっているのだ。万国博を、四年後の六ヵ月間だけのお祭りにおわらせるか、その期間をさらにこえて、日本を、さらには世界をよりよき明日へとおしすすめるような志向と組織をこの時代の中にうみ出して行くようなものになし得るか――それは、準備制作期間をふくめた万国博のもっていき方にかかっているのである。

# 小松左京と走り抜けた日々

加藤秀俊

わたしが作家・小松左京の名前を知ったのは、一九六四年のことである。

京都大学人文科学研究所（人文研）の助手として十年がすぎ、前年から一年間、アメリカのアイオワ州グリネル大学で交換教授として教え、帰国したばかりのころであった。アメリカ生活は三度目であったが、まるまる一年も日本を離れたのは初めてで、帰国したときには一種の精神の空白状態。それを埋めるべく、誰かれつかまえては、この間に読むべき本は出たか、必読書は何かとたずねてまわった。すると助手仲間の多田道太郎、樋口謹一《ひぐちきんいち》、山田稔《みのる》の各氏や謹厳な高橋和巳《かずみ》までもが異口同音に、小松左京という新進作家の長編小説『日本アパッチ族』こそ必読書であるという。

さっそく買い求めて読んでみたが、たしかにおもしろい。人間が鉄を食うという発想が奇抜だし、その設定を押しとおす腕力と図々《ずうずう》しさ。山田稔が山田捻《ひねる》という名前で出てきたりもする。抱腹絶倒するとともに、こんなにかなしい小説を書いた小松左京という人物につよく惹《ひ》かれた。

それからほどなくして、わたしは実際に小松さんと出会い、急速に交遊を深めていくことになる。残念ながら実際の出会いがどのような場であったかは思い出せないのだが、ともかく意気投合するとはこういうことをいうのだろう。京都の祇園《ぎおん》や大阪のホテルで、ほぼ毎日のように会った。わたしが一九三〇年生まれ、小松さんは一九三一年の早生まれで学年は同じ。ともに落語好きで、ばかばかしい話やファンタジーを楽しむという点で共通していた。ふたりで話していると話題があちこちにひろがっていき、尽きることがなかった。

新製品や新しもの好きというのも似ていた。わたしが自分の研究室に電卓のはしりともいうべき東芝トスカルを買ったときのこと。卓上の大きな電子計算機を興味津々《しんしん》で見ながら、小松さんが「これで何か計算でけへんやろうか」という。そのころ人文研ではうどんやそばをとって、食べながら研究していたので、そこらじゅう丼《どんぶり》だらけ。それで、丼を見ながらおもしろいことを思いついた。そばの長さを二十センチとして、ひとつの丼のなかにそばが二百本入っていると仮定する。そうすると丼ひとつのそばの長さは四十メートルになる。ではこのそばが月に到達するには、何杯食ったらいいのか。それをふたりで一所懸命に計算した。それがわが電卓の使い初めである。

この話には後日談がある。わたしが東芝トスカルを買ったのが一九六五年で、値段は三十六万円であったが、しばらくすると今度はキヤノン・キヤノーラという計算機が出て、桁《けた》は多いうえに値段は二十三万円。小松さんから「加藤さんはおっちょこちょいやな。もう少し待てば、こんなに安くで買えたのに」といわれたのをおぼえている。ちなみに小松さんは一九七一年にキヤノン・キヤノーラを十四万円で買い、それで日本列島の質量を計算しながら『日本沈没』を書いた。

小松さんと知り合ったときの正確な記憶はないが、おそらく『放送朝日』を通じてであろうと思われる。小松さんも書いているとおり、『放送朝日』は朝日放送のPR誌という枠を超えて、ユニークで存在感のある雑誌として異彩を放っていた。

小松さんは一九六三年から同誌でSFルポ「エリアを行く」の連載を始めているが、わたしと同誌との関係はもう少しふるい。一九五九年の放送法改正にともなって、各局とも放送番組審議会の設置が義務付けられることになった。そのときに朝日放送から審議会の若手委員にと、梅棹忠夫《うめさおただお》さんとわたしに声がかかったのである。そこから朝日放送及び『放送朝日』とのつながりができていく。

梅棹さんは、わたしたちより十歳年長であるが、兄貴分というよりは、わたしにとっては先生であり、あこがれの存在であった。もともと母校一橋大学の恩師・南博《ひろし》先生が「思想の科学研究会」の同人であった関係で、わたしも学生時代から鶴見俊輔《つるみしゅんすけ》さんらと交遊があった。鶴見さんはわたしが人文研に入るのと入れかわりに東京工大に移られたが、その鶴見さんからも「ぜひ梅棹さんと会いなさい」とすすめられていた。わたしは『思想の科学』(一九五四年五月号)に梅棹さんが書かれた「アマチュア思想家宣言」に衝撃を受けた。プラグマティックな機能主義に貫かれ、いわゆる「思想」を痛烈に批判する姿勢がかがやいており、それにもまして平易なその文体に惹かれた。

北白川の梅棹邸には、わたしをふくめていろいろな人間が集まった。酒を飲み、深夜までよく議論したものである。梅棹さんはしばしば「学問は最高の道楽である」と説いた。当時の日本の知的環境からすると、これは特筆すべきことであった。知識人の多くが、多かれ少なかれ政治的なかかわりへの義務感をもつような時代風潮のなかで、京都でわたしが属していたグループは醒《さ》めた自由な精神をもち、学問を楽しむという姿勢が根幹にあった。

小松さんも書いているように、梅棹さんは一九五六年には岩波新書から『モゴール族探検記』を出し、五七年には『中央公論』に「文明の生態史観序説」を発表、すでに論壇の寵児《ちょうじ》となっていた。その梅棹さんに、『放送朝日』は今度は「情報産業論」を書かせたわけである。それをプロデュースしたのが編集長のN氏こと仁木哲さん。仁木さんは勘がするどくて企画力があり、仕事のできる人であったが、小松さんにとっては旧制三高時代の先輩でもあった。京大吉田寮の主みたいな人で、後輩としては頭があがらなかったようだ。

わたしがアイオワにいた時期に梅棹さんと小松さんにどのような交遊があったかはわからないが、いずれにせよ、一九六四年に梅棹、小松、加藤の三人で頻繁に顔をあわせるようになったのはたしかである。梅棹さんもまた、ばかな話が好きで、三人揃《そろ》うと話題はいっそうひろがり、あまりのおかしさに手を叩《たた》いて喜んだりしたものである。いまにして思えば、「万国博を考える会」に向けた準備があったからこそ、集まる機会もより増えていたのかもしれない。

梅棹さんが大阪市立大から人文研助教授に就任した六五年以降は、文字どおり毎日顔をあわせていた。小松さんは勝手に「人文研院外団」を名乗り、フリーパス。むしろ夜の祇園では小松さんが主役だったかもしれない。桑原武夫先生、貝塚茂樹先生、今西錦司《きんじ》先生らにかわいがってもらい、祇園でもご馳走《ちそう》になった。小松さんと私とで飲みに行くと、いつも貝塚先生のボトルが自動的に出てきた。大晦日《おおみそか》にどこにも行くところがなくて、梅棹さんと小松さんと祇園で語り明かしたこともあった。じつは小松さんが大阪万博後にこのような顚末《てんまつ》記を書いていたとは知らず、今回はじめて拝読した。当時の雰囲気がよく書かれていて、祇園に集まった最初の会合で西日が強く、暑かった記憶がまざまざと甦《よみがえ》った。小松さんの文章に触発されてわたしもいくつか思い出したことがある。

「万国博を考える会」発足のきっかけになった「次は大阪で国際博か？」という新聞記事は、おそらく当時の通産省の池口小太郎、のちの堺屋太一《さかいやたいち》が観測気球として書かせたものだろう。実際それに小松さんが飛びつき、梅棹、加藤、仁木と四人で準備が始まった。これに川喜田二郎、多田道太郎、鎌倉昇の三人が加わって、「考える会」はスタートした。

一方、東京でも敏感な人たちが動きはじめた。それが丹下健三さんのグループである。華道の勅使河原蒼風《てしがはらそうふう》、グラフィックデザインの亀倉《かめくら》雄策、造形の岡本太郎、このあたりはもともとつながりのある人たちだ。そして丹下さんの下には浅田孝《たかし》、川添登のふたりを中心とした「メタボリズム・グループ」、すなわち建築家の菊竹清訓《きよのり》、槇《まき》文彦《ふみひこ》、黒川紀章、デザイナーの栄久庵憲司《えくあんけんじ》、粟津潔《あわづきよし》といった錚々《そうそう》たる顔ぶれもいた。

いずれも当時、四十代にさしかかろうかという年齢で、万博においては彼らが実際の設計やデザインを手がけることになる。

しかし京都で「万国博を考える会」なんてやっているのに、建築家は東京ばかりというのでは格好がつかない。京大にも西山卯三《うぞう》先生という復興住宅などの立派な仕事をされた方がおられる。丹下さんのような大有名人ではないけれども、西山さんを無視する形では進められないということで、丹下さんと西山さんを引き合わせて、一種の手打ち式のようなことも行われた。そのお膳立《ぜんだ》てをしたのが京大の上田篤《あつし》さんであった。

「考える会」はあくまで民間有志の団体であり、国の方では財団法人日本万国博覧会協会という組織ができあがり、準備が進んでいく。その両者の関係は微妙なものがあった。結果的に万博協会側が「考える会」を上手に取り込んでいくわけだが、両者の共存が実現できたのは初代事務総長を務めた新井真一さんの功績である。新井さんは通産官僚であったが、大変な人格者で、通産からはまっとうな理念は出てこないと踏み、「考える会」に協力を求めてこられたのだ。途中で交替されたけれども、大阪万博の最初の土台をつくったのは新井さんだといっても過言ではない。

「考える会」サイドで理念の重要さをいちばんわかっていたのは、やはり梅棹さんであった。単に万博をやるというだけでは世界に顔向けできない。「趣意書のない催し物はないやろ」と梅棹さんが言い、理念や目的を言葉にする作業をはじめた。

同時に、万博協会でも元東大総長の茅誠司《かやせいじ》氏を委員長に、桑原先生を副委員長にしたテーマ作成委員会が発足していたが、じつはこれも梅棹さんの知恵。というよりも、京大にはもともと若い人たちが何か物事を進めるときに、「シャッポを探せ」という伝統があって、若い連中がおもしろそうなことを発案すると、それを実現するために誰か上に立つ人間を必ず探すのである。万博のテーマづくりに際して茅、桑原両先生を選んだのは、茅先生は日本学術会議の会長を長らく務められていたし、桑原先生はちょうど副会長の職に就かれていたからである。このお二人をおさえておけば、学界から文句が出る心配はまずない。桑原先生は最初は万博にはほとんど興味をお持ちではなかったのだが、わたしたち三人で頼み込んで、「お前たちがそう言うなら」と引き受けてくださった。逆にそうなったからこそ、わたしたちも桑原先生のブレーンのようなかたちで動かざるを得なくなった。当時は三人で会えば万博のことしか話していなかったようなおぼえがある。

理念やテーマづくりが一段落した六六年、京都の旅行代理店の企画で、企業の人を募って「万国博学習の旅」ツアーが行われた。それにわれわれ三人が現地講師として同行することになった。ちょうど建設中だったモントリオール博の見学がメインだったが、さらにニューヨーク、メキシコシティとまわった。あのツアーは楽しい旅で、ばかなエピソードもいろいろある。

ニューヨーク・ヒルトンに泊まったときのこと。予算の関係で二部屋しかとれず、三日に一度一人部屋でと言われたが、結局三人で夜な夜な酒盛りをして、床にごろ寝という仕儀になった。ウィスキーの水割りばかり飲んでいたが、バスルームのところに製氷機があって、なかなか便利だった。ところが小松さんがその製氷機をいじって壊してしまって、氷が止まらなくなってしまった。どんどん出てくるから、梅棹さんと二人でバスタブにお湯をためて、必死で氷を運んだ。

だいたい、いつも何かをしでかすのは小松さんで、帰りに寄ったハワイでも、ムスタングを借りてわたしが運転したら、小松さんが何やらいじって、幌《ほろ》が走行中に上がってしまったり……。忙中におとずれた、なんとも愉快な珍道中であった。

小松さんの文章を読むと、あの視察旅行の前まで、サブテーマ委員会で役人相手に大立ち回りをした様子がうかがえる。サブテーマ委員会は、テーマを実際にどのように展示に結びつけるかを議論する場であり、枢要《すうよう》なポジションだ。小松さんは触れていないけれども、ここで一番焦点になったのは、「テーマ館」をめぐる議論であった。われわれは当然ながらテーマ館が必要だと考えていたが、通産省サイドはそもそも想定していない。小松さんは、なぜテーマ館が必要なのか、大演説をぶった。ここで通産側の担当者である池口小太郎と微妙な関係が生まれる。もちろん表立って喧嘩《けんか》はしないけれども、小松さんは相当神経をつかっていたと思う。

結局、テーマ館を作ることになり、その展示プロデューサーを岡本太郎さんが引き受けた。その条件として、サブテーマ委員の誰かが協力するということで、梅棹さんが小松さんに電話をかけてきた、というくだりがある。このあたりは、いかにも梅棹さんらしい。

梅棹さんは先々まで見通して手を打つ人だった。洞察力があるといえば聞こえはいいが、要するにたいへんな「悪党」であった。岡本さんに小松さんを付けるという人事は秀逸だし、万博会場の跡地に国立民族学博物館をつくるという構想も、梅棹さんはかなり早い段階で思い描いていたふしがある。世界中に若い研究者を派遣して「お面」を集めてくるというのは、まさに万博後をにらんだ布石だろう。

岡本太郎さんといえば、あの太陽の塔の元になったデザインに、わたしは心当たりがある。先にも触れたが、まだ人文研に入る前、わたしは東京で『思想の科学』の編集にかかわっていたことがある。同誌は当初、先駆社刊だったが、財政的な理由から刊行が難しくなり、一時的に建民社から『芽』という誌名で刊行された時期があった。その雑誌の表紙絵を岡本さんが描いていたのである。それはタケノコの芽を描いたもので、太陽の塔の原像のような絵であった。鶴見俊輔さんに同道してわたしもその原稿依頼にうかがっており、今にして思えば不思議な縁である。

「万国博を考える会」と並行して、あの頃はさまざまな人的つながりが生まれていった。わたしにとって大きかったのは、林雄二郎さん、川添登さんという二人の素晴らしい友人を得たことである。林さんは当時、経済企画庁の経済研究所所長で、二十年後の日本の見取り図を「20年後の豊かな日本への一つのビジョン」という報告書にまとめられたところであった。その林さんの報告書について議論する座談会を総合雑誌『展望』が六六年新年号で企画し、わたしも呼ばれたのだ。そこに川添さんも出席していた。川添さんはメタボリズム・グループの旗手として存じ上げていたし、桑原先生が「同時代の生んだもっとも優れた芸術批評家」と評されていたので、ぜひ話してみたいと思っていた。偶然の機会であったが、この座談会をきっかけに、林、川添両氏と親しくなっていった。

わたしとしては、「20年後の日本」をめぐってつきあいが始まった二人を、京都の二人に引き合わせたいと思った。梅棹さんも小松さんも未来について語り始めたら止まらないだろう。そんなときに、エッソ・スタンダード石油のPR誌『Energy』の編集長・高田宏《ひろし》さんから、一冊まるごと「未来」について特集したいという申し出があった。かくして、六六年秋、比叡山《ひえいざん》ホテルに梅棹、小松、林、川添、加藤の五人がそろった。そのような議論合宿を何回か行い、特集号「未来学の提唱」（六七年四月号）ができあがった。未来学という言葉がつくられ、五人のメンバーで「未来学研究会」が結成された。

この五人の会は、いちおうちゃんと研究会を行いつつ、お互いに忙しくなってもたまには集まろうということで、鳥羽の某ホテルに集まるようになった。ホテルのアワビやサザエが美味《おい》しいというので、会は「貝食う会」と名付けられた。

そういえば、この頃、川添、小松、加藤に川喜田二郎さんが加わって、「KKKK団」という結びつきもあった。何のことはない、四人の頭文字にちなんだもじりであるが、川喜田さんからはフィールド・ワークの哲学を学びながら、四人で人類の未来について語り合った。

いずれにしても、わたしと小松さんは、あの頃ほんとうによく一緒に過ごした。「貝食う会」のメンバーの結束はとりわけ強く、どこかで一蓮托生《いちれんたくしょう》という仲間意識を、お互い抱き始めていたような気がする。

未来学研究会は、やがて日本未来学会の創設（六八年七月）、国際未来学会・京都会議の開催（七〇年四月）へと大きく動いていく。わたしは未来学会の事務局長を仰《おお》せつかり、万博と並行して忙殺された。さらに六九年から教育学部助教授となっていたため、京大紛争に直面することになる。全共闘の諸君と毎日、団体交渉ばかりやっていた。万博と未来学会と京大紛争を、どうやって同時に乗り切っていたのか、自分でもさっぱりわからない。

しかしさすがに大学紛争にはうんざりして、七〇年三月、わたしは京都大学を辞めた。小松さんは小松さんで、万博のテーマ館サブプロデューサーとして東奔西走していたし、国際SFシンポジウムの実行委員長もやっていたはずだ。お互いほっとしたり、一段落する間もない。ひたすら走り抜けた日々であった。

わたしは幸いにも、京大を辞めたタイミングでハワイ大学東西文化センターのシニア・フェロー（高等研究員）として声がかかり、ハワイへ移った。小松さんはやがて『日本沈没』でベストセラー作家となり、わたしは学習院大学に職を得て日本に戻った。それぞれの道を歩いていくわけだが、その後も『学問の世界——碩学《せきがく》に聞く』という鼎談《ていだん》集を作ったり、いろいろなことを一緒にやってきた。小松さんの秘書も、もとはといえばわたしの公的秘書を務めていた女性である。その任期がおわったとたんに小松さんに連れて行かれてしまった。

小松さんとの思い出は尽きないけれども、忘れられないのは七一年のハワイでのできごとである。わたしがハワイにいるならということで、小松さんは家族連れで遊びにきた。二人でワイキキ沖をゴムボートで遊んでホテルに戻ると、日本からメッセージが入っていた。

どうやら桂米朝師匠からの電話だったようで、コールバックすると、高橋和巳が亡《な》くなったと告げられた。そのときの小松さんの顔は、ふだん見たこともない顔だった。何があっても取り乱すような人ではないのだが、このときばかりは、ひどくショックを受けて、まさに顔面蒼白という表情であった。

小松さんと高橋和巳とは、ほんとうに特別な関係だったのだと思う。まったく作風は違うけれども、心をゆるせる文学仲間として、おたがいを必要としていた。

そのときわたしは、自分の知らない、作家・小松左京の姿を見たような気がした。

（二〇一八年八月、社会学者　談）

# 小松左京年譜

刊行書籍はオリジナル版に限った。単行本の文庫化、再編集、二次文庫などは原則として割愛した。

**1931（昭和6）年**　1月28日、大阪市西区京町堀（西船場）に生まれる。五男一女の次男で本名は實《みのる》。家は理化学機械商を営む。

**1935（昭和10）年【4歳】**　兵庫県西宮市夙川《しゅくがわ》に転居。翌年、阪急夙川駅東側の若松町に移る。

**1937（昭和12）年【6歳】**　4月、西宮市立安井小学校入学。

**1941（昭和16）年【10歳】**　4月、JOBK（NHK大阪）の番組「子供放送局」でDJ役を務める。ラジオ・ドラマにも出演。

**1943（昭和18）年【12歳】**　4月、県立神戸一中入学。〝空腹と暴力〟の中学校生活をおくる。

**1945（昭和20）年【14歳】**　8月、勤労動員先の造船所で終戦を知る。

**1946（昭和21）年【15歳】**　後年俳優になる高島忠夫らと軽音楽バンド「レッド・キャッツ」を結成（担当はバイオリン）、ダンス・パーティなどで演奏する（～47年）。

**1947（昭和22）年【16歳】**　神戸一中文芸部の『神中文藝』にユーモア小説「成績表」を書く。

**1948（昭和23）年【17歳】**　4月、旧制第三高等学校入学。「わが人生〝最高の日々〟」を過ごすが、それも学制改革のため一年で終わる。小松實名で漫画「怪人スケレトン博士」を発表。

**1949（昭和24）年【18歳】**　3月、三高修了後、7月、新制京都大学受験。9月、新制京都大学文学部入学（学制改革のため変則日程）。11月、友人に誘われるまま共産青年同盟に入り、

「発作的左翼学生」となる。12月、学内の同人「京大作家集団」に参加、高橋和巳、三浦浩らと知り合う。このころから同人誌の資金稼ぎに「モリ・ミノル」の筆名で、大阪・不二書房より漫画『イワンの馬鹿』『大地底海』『ぼくらの地球』を発表。

**1950（昭和25）年【19歳】** 6月、京大で反戦学生同盟を結成、その中心メンバーの一人として、51年まで左翼活動、反戦運動を続ける。

**1951（昭和26）年【20歳】** 4月、専門課程（イタリア文学専攻）に進む。「作家集団」以降、卒業までに『土曜の会』『ARUKU』『現代文学』などの同人誌に参加。9月、神戸高校（神戸一中）OBで結成された劇団牧神座の第一回公演に参加。以後56年ごろまで、四内和・牧慎三・小松実の名義で、作・演出・出演をこなす。12月、『土曜の会』第2号に短編「子供たち」を書く。

**1952（昭和27）年【21歳】** 10月、高橋和巳らと同人誌『現代文学』創刊。実体験に基づいた未完の長編「裏切」を書く。同誌は創刊号のみ。

**1953（昭和28）年【22歳】** 一般教養の数学と体育理論の単位を落とし、留年決定。11月、『ARUKU』第8号に短編「慈悲」を書く。

**1954（昭和29）年【23歳】** 3月、五年かかって京大を卒業。卒論はピランデルロ。書きためた七千枚の原稿を廃品回収に売る。定職はなく、アルバイトや雑文書きで食いつなぐ。11月、三浦浩の紹介で経済誌『アトム』に就職。

**1955（昭和30）年【24歳】** 6月、『ARUKU』第9号に「最初の悔恨」を書く（後に「握りめし」と改題し『別冊小説新潮』に掲載）。

**1956（昭和31）年【25歳】** 1月、『アトム』創刊号刊行。10月、高橋和巳らと同人誌

『対話』創刊。巻頭論文「文学の義務について」と短編「溶け行くもの」を書く。

**1957（昭和32）年【26歳】** 3月、『対話』第2号に短編「失敗」を書く。

**1958（昭和33）年【27歳】** 11月、劇団活動で知り合った下山克美と結婚、甲東園に新居。この年『アトム』を辞め、父親の経営する工場を手伝うが、工場は赤字続きで苦しい生活が続く。

**1959（昭和34）年【28歳】** ラジオが壊れ、娯楽のなくなった新妻のために、小説を毎日少しずつ書く。これが『日本アパッチ族』の原型となる。このころから大阪産経新聞の翻訳ミステリ雑誌欄を担当。10月、ラジオ大阪の番組「いとし・こいしの新聞展望」で、夢路いとし・喜味こいしの演じるニュース漫才の台本を担当。以後、足かけ四年にわたり一万二千枚の台本を書く。12月、三浦浩に『SFマガジン』創刊号を紹介され、巻頭の「危険の報酬」（R・シェクリイ）を読んで「眼をひっぱたかれたような気持ち」になる。

**1960（昭和35）年【29歳】** 9月、長男誕生。『SFマガジン』主催の第一回空想科学小説コンテスト（SFコンテスト）に「地には平和を」で応募。「小松左京」のペンネームを初めて使う。この年、京都の工場社宅に移るが、またも会社はつぶれ、夜逃げも経験。借金の返済に奔走する。

**1961（昭和36）年【30歳】** 8月、「地には平和を」が選外努力賞を受賞する。賞金五千円。この作品は『SFマガジン』には掲載されず、後に同人誌『宇宙塵』63号（63年1月）でやっと陽の目を見る。10月から大阪産経新聞に週一回「テレビ評定」（署名K・O）を執筆。

**1962（昭和37）年【31歳】** 3月から「テ

レビ評定」が「やぶにらみ」となって65年1月まで執筆。『SFマガジン』10月号に「易仙逃里記」が掲載され、小松左京として商業誌デビュー。同誌12月号に「終りなき負債」を発表。同じ号で第二回SFコンテスト結果発表。応募作「お茶漬の味」が、半村良「収穫」と共に第三席に入賞（第一席、第二席とも該当作なし）。賞金三万円。以後、同誌の常連執筆者となる。

**1963（昭和38）年【32歳】** 3月、日本SF作家クラブ発足。『オール讀物』7月号に「紙か髪か」が掲載され、中間小説誌に初登場。読売新聞の大衆文学時評欄で吉田健一にとりあげられ好評を得る。8月、早川書房より処女短編集『地には平和を』刊行。収録作品のうち「地には平和を」と「お茶漬の味」が直木賞（昭和38年下半期）候補作となる。9月、『放送朝日』で「エリアを行く」連載開始（〜66年）。10月、次男誕生。この年、父親の工場閉鎖。

**1964（昭和39）年【33歳】** 3月、書き下ろし処女長編『日本アパッチ族』（光文社カッパ・ノベルス）刊行。4月、短編集『影が重なる時』（早川書房）刊行。『週刊漫画サンデー』に「エスパイ」連載開始（〜10月）。7月、「万国博を考える会」発足。8月、書き下ろし長編『復活の日』（早川書房）刊行。10月、ラジオ大阪で桂米朝師匠との「題名のない番組」始まる。

**1965（昭和40）年【34歳】** 1月、『週刊現代』に「明日泥棒」連載開始（〜7月）。『SFマガジン』2月号から「果しなき流れの果に」連載開始（〜11月号）。6月、長編『エスパイ』（早川書房）刊行。『SFマガジン』7月号に「まき・しんぞう」名義で「五月の晴れた日に」を発表、「作者はブルドーザーの運転手」と紹介される。短編集『日本売ります』（早川書房）

刊行。11月、「エリアを行く」をまとめた『地図の思想』(講談社) 刊行。12月、長編『明日泥棒』(講談社) 刊行。この秋、ニューヨークへ初めての海外旅行。NHKでアニメと実写の合成ドラマ「宇宙人ピピ」放送開始。

**1966(昭和41)年【35歳】** 6月、ショートショート集『ある生き物の記録』(早川書房) 刊行。7月、長編『果しなき流れの果に』(早川書房) 刊行。9月、エッセイ集『未来図の世界』(講談社)、11月、『探検の思想』(講談社)、12月、『ゴエモンのニッポン日記』(講談社) 刊行。この年、万国博とは何かを視察するために梅棹忠夫、加藤秀俊とカナダ、アメリカ、メキシコへ。「未来学研究会」発足。

**1967(昭和42)年【36歳】** 3月、ジュヴナイル短編集『見えないものの影』(盛光社) 刊行。4月、『シンポジウム　未来計画』(講談社。加藤秀俊・川喜田二郎・川添登との共編) 刊行。6月、エッセイ集『未来　怪獣　宇宙』(講談社) 刊行。7月、短編集『生きている穴』(早川書房)、『未来学の提唱』(日本生産性本部。梅棹忠夫・加藤秀俊・川添登・林雄二郎との共同監修) 刊行。9月、短編集『ウインク』(話の特集編集室) 刊行。11月、短編集『神への長い道』(早川書房)、書き下ろし評論『未来の思想』(中公新書) 刊行。

**1968(昭和43)年【37歳】** 4月、短編集『模型の時代』(徳間書店) 刊行。『週刊文春』で「見知らぬ明日」連載開始(〜9月)。『SFマガジン』6月号から「継ぐのは誰か?」連載開始(〜12月号)。11月、短編集『飢えた宇宙《そら》』(早川書房) 刊行。「未来学研究会」が発展して日本未来学会設立。

**1969(昭和44)年【38歳】** 2月、ジュヴ

ナイル連作集『空中都市008』（講談社）刊行。NHKで人形劇シリーズになる。3月、長編『見知らぬ明日』（文藝春秋）刊行。10月、『日本タイムトラベル』（読売新聞社）刊行。

**1970（昭和45）年【39歳】** 3月、大阪・千里で行なわれた日本万国博覧会〈EXPO'70〉でサブテーマ委員、テーマ館サブプロデューサーを務める。4月、国際未来学会開催（京都国際会館）。5月、短編集『星殺し《スター・キラー》』（早川書房）、短編集『闇の中の子供』（新潮社）、評論集『ニッポン国解散論』（読売新聞社）刊行。6月、『世界SF全集第29巻・小松左京篇』（早川書房。「継ぐのは誰か?」「果しなき流れの果に」を収録）刊行。8月、国際SFシンポジウム開催、実行委員長を務める。10月、『人類は滅びるか』（筑摩書房。今西錦司・川喜田二郎との共著）刊行。12月、短編集『三本腕の男』（立風書房）、ジュヴナイル長編『宇宙漂流』（毎日新聞社）刊行。年末から二週間ほど、星新一とオランダ旅行。

**1971（昭和46）年【40歳】** 『放送朝日』1月号から対談「地球を考える」シリーズ開始（〜12月号）。3月、短編集『青ひげと鬼』（徳間書店）刊行。6月、短編集『最後の隠密』（立風書房）刊行。『文藝春秋』10月号に「オランダ式弱気のすすめ」を掲載。これを機に「歴史と文明の旅」取材のため、ひと月おきに海外へ。翌年『文藝春秋』1月号より一年間連載。12月、討論エッセイ集『日本人のこころ——文化未来学への試み』（朝日新聞社。梅棹忠夫・加藤秀俊・米山俊直・佐々木高明との共著）刊行。この年、『継ぐのは誰か?』が第二回星雲賞日本長編部門賞受賞。

**1972（昭和47）年【41歳】** 1月、日本経

済新聞で「現代の神話」連載開始（〜12月）。2月、短編集『牙の時代』（早川書房）刊行。4月、ジュヴナイル長編『青い宇宙の冒険』（筑摩書房。新学社『中一計画学習』連載「青い世界の冒険」改題）刊行。5月、短編集『怨霊の国』（角川書店）刊行。6月、書き下ろし童話『おちていたうちゅうせん』（フレーベル館）刊行。10月、対談集『地球を考える（Ⅰ・Ⅱ）』（新潮社）刊行。11月、紀行エッセイ集『日本イメージ紀行』（白馬出版）、短編集『待つ女』（新潮社）、短編集『明日の明日の夢の果て』（角川書店）刊行。

**1973（昭和48）年【42歳】** 3月、光文社（カッパ・ノベルス）より九年がかりの書き下ろし長編『日本沈没（上・下）』刊行。上下で四百万部を超えるベストセラーとなり、映画化、TV化、ラジオ化、劇画化され、日本中を「沈没ブーム」に（第27回日本推理作家協会賞受賞）。『現代の神話』（日本経済新聞社。山崎正和との共著）刊行。8月、短編集『旅する女』（河出書房新社）刊行。11月、短編集『結晶星団』（早川書房）、『未来からの声』（創樹社）刊行。12月、『歴史と文明の旅（上・下）』（文藝春秋）、『百科事典操縦法』（平凡社。梅棹忠夫・加藤秀俊との共著）刊行。この年、「結晶星団」が第四回星雲賞日本短編部門賞受賞。

**1974（昭和49）年【43歳】** 2月、『日本を沈めた人・小松左京対談集』（地球書館）刊行。3月、ジュヴナイル・ショートショート集『宇宙人のしゅくだい』（講談社）刊行。4月、短編集『春の軍隊』（新潮社）刊行。5月、根本順吉・竹内均らとのシンポジウム『異常気象』（旭屋出版）刊行。6月、五人の科学者とアイスランド旅行。8月、短編集『夜が明けたら』

（実業之日本社）刊行。11月、『野球戯評』（地球書館。梅原猛・多田道太郎との共著）刊行。この年、『日本沈没』が第五回星雲賞日本長編部門賞受賞。年末から一カ月ほどTBSテレビの取材で南極へ。

**1975（昭和50）年【44歳】**　2月、『やぶれかぶれ青春記』（旺文社文庫。『螢雪時代』の連載をまとめたもの）刊行。6月、短編集『無口な女』（新潮社）刊行。7月、架空インタビュー『おしゃべりな訪問者』（筑摩書房）、エッセイ集『恋愛博物館』（光文社）刊行。

**1976（昭和51）年【45歳】**　2月、エッセイ集『男の人類学』（大和書房）刊行。4月、講談社のPR誌『本』で「碩学に聞く」シリーズ開始（〜77年11月）。朝日新聞で新聞小説「こちらニッポン…」連載開始（〜77年1月）。5月、短編集『男を探せ』（新潮社）刊行。8月、『SF作家オモロ大放談』（いんなあとりっぷ社。星新一・筒井康隆らとの共著）刊行。『週刊小説』に「題未定」連載開始（〜10月）。9月、『絵の言葉』（講談社学術文庫。高階秀爾との共著）刊行。11月、短編集『虚空《そら》の足音』（文藝春秋）刊行。報知新聞で「時空道中膝栗毛」連載開始（〜77年5月）。この年、「ヴォミーサ」が第七回星雲賞日本短編部門賞受賞。

**1977（昭和52）年【46歳】**　2月、長編『題未定』（実業之日本社）刊行。4月、短編集『飢えなかった男』（徳間書店）、長編『こちらニッポン…』（朝日新聞社）刊行。5月、評論集『日本文化の死角』（講談社現代新書）刊行。6月、中編集『ゴルディアスの結び目』（角川書店）、座談会スタイルのエッセイ集『人間博物館』（光文社）刊行。7月、『別冊小説新潮』で「空から墜ちてきた歴史」連載開始（〜78年

4月)。9月、長編『時空道中膝栗毛』(文藝春秋)刊行。この年から日本テレビのドキュメントシリーズのため、サントリーニ・マヤ・イースター島・フランス列柱石・ストーンヘンジなど、巨石文明の遺跡への取材旅行始まる。

**1978(昭和53)年【47歳】** 6月、短編集『アメリカの壁』(文藝春秋)刊行。7月、対談集『21世紀学事始』(鎌倉書房)刊行。8・9月、鼎談集『学問の世界——碩学に聞く(上・下)』(講談社現代新書。加藤秀俊との共著)刊行。10月、『高橋和巳の青春とその時代』(構想社。編著)刊行。12月、会田雄次・山崎正和との鼎談『日本史の黒幕』(平凡社)刊行。この年ホテルプラザに大阪事務所を開設、ワープロ1号機JWP—10を試用。「ゴルディアスの結び目」が第九回星雲賞日本短編部門賞受賞。

**1979(昭和54)年【48歳】** 2月、渡辺格との分子生物学講義『生命をあずける』(朝日出版社)刊行。『SFアドベンチャー』創刊号に「とりなおし《リテイク》」発表。5月、全編初収録のオリジナル・ショートショート集『一生に一度の月』(集英社文庫)刊行。『SF宝石』8月号でI・アシモフと対談。9月、評論集『地球社会学の構想』(PHP研究所)刊行。11月、冨田勲のシンセサイザー・コンサート「エレクトロ・オペラin武道館」の企画構成を担当。「関西で歌舞伎を育てる会」代表世話人として、『大向こう』創刊号に「歌舞伎との出会い」寄稿。オリジナル・ショートショート集『まぼろしの二十一世紀』(集英社文庫)刊行。

**1980(昭和55)年【49歳】** 2月、短編集『華やかな兵器』(文藝春秋)刊行。3月、文庫オリジナル短編集『猫の首』(集英社文庫)刊行。5月、『週刊サンケイ』に「さよならジュピター」連載開始（〜82年1月）。6月、映画『復活の日』公開。7月、短編集『氷の下の暗い顔』（角川書店）、サイエンス・エッセイ『はみだし生物学』（平凡社）刊行。8月、NHK少年ドラマシリーズで「ぼくとマリの時間旅行」（原作「時間エージェント」）放送。

**1981（昭和56）年【50歳】** 1月、文庫オリジナル・ショートショート集『一宇宙人のみた太平洋戦争』（集英社文庫）刊行。2月、書評集『読む楽しみ　語る楽しみ』（集英社）刊行。3月、ホテル・ニューオータニのフォーラム一階に「エレクトロオフィス」開設。4月、南極などへの旅行記『遠い島　遠い大陸』（文藝春秋）、エッセイ集『地球文明人へのメッセージ』（佼成出版社）刊行。8月、映画『さよならジュピター』製作のために株式会社イオ設立。10月、短編集『あやつり心中』（徳間書店）刊行。11月、長編『空から墜ちてきた歴史』（新潮社）刊行。12月、箴言集『宇宙から愛をこめて』（文化出版局）刊行。

**1982（昭和57）年【51歳】** 2月、イオの事務所を東京都千代田区平河町に設置し、映画『さよならジュピター』のプレ・プロダクション開始。4月、長編『さよならジュピター（上・下）』（サンケイ出版）刊行。6月、文庫語り下ろし『SFセミナー』（集英社文庫）刊行。11月、日本初のCG国際会議「ニコグラフ'82」をサンシャインシティプリンスホテルで開催。書評集『机上の遭遇』（集英社）、石毛直道との対談集『にっぽん料理大全』（潮出版社）刊行。12月、歴史紀行『大阪タイムマシン紀行』（PHP研究所）刊行。

**1983（昭和58）年【52歳】** 3月、シンポジウム記録『未来技術と人間社会』（ダイヤモンド社）刊行。4月、原作、製作、脚本、総監督を務めた映画『さよならジュピター』クランクイン。12月、東京新聞等に「首都消失」を連載開始（〜84年12月）。この年、『さよならジュピター』が第十四回星雲賞日本長編部門賞受賞。

**1984（昭和59）年【53歳】**　1月、「小松左京の世界展」を西武池袋本店にて開催。3月、映画『さよならジュピター』公開。科学万博〈つくば'85〉のパビリオン企画などに参画。

**1985（昭和60）年【54歳】**　3月、『首都消失（上・下）』（徳間書店）刊行（第六回日本SF大賞受賞）。5月、関西テレビ開局三十周年記念番組「河と文明」シリーズ（構成・取材・出演）の取材で中国・黄河へ（〜8月）。11月、サンケイ新聞に「黄河」を連載開始（〜86年4月）。

**1986（昭和61）年【55歳】**　『SFアドベンチャー』2月号から「虚無回廊」を連載開始（87年3月号で中断）。6月、『黄河――中国文明の旅』（徳間書店）刊行。「河と文明」シリーズの取材で、ソ連・ボルガへ（〜8月）。11月、サンケイ新聞に「ボルガ」を連載開始（〜87年4月）。

**1987（昭和62）年【56歳】**　1月、映画『首都消失』公開。3月、『週刊読売』に「時也空地球道行」連載開始（〜11月）。6月、「河と文明」シリーズの取材で米国・ミシシッピーへ（〜7月）。7月、『ボルガ大紀行』（徳間書店）刊行。11月、『虚無回廊（Ⅰ・Ⅱ）』（徳間書店）刊行。90年に大阪で開催される「国際花と緑の博覧会（花博）」国際シンポジウム・プロデューサーとして、この年から全四回のシンポジウムの企画・構成を担当する。第一回は「花とひと」。

**1988（昭和63）年【57歳】** 3月、サンケイ新聞に「ミシシッピー紀行」連載開始（紙面刷新で中断するまで六十回分掲載）。4月、長編『時也空地球道行』（読売新聞社）刊行。12月、東京で第二回花博国際シンポジウム「みどりと都市」。

**1989（平成元）年【58歳】** 11月、大阪で第三回花博国際シンポジウム「バイオと未来」。

**1990（平成2）年【59歳】** 1月、戯曲集『狐と宇宙人』（徳間書店）刊行。4月、『「自然の魂」の発見』（いんなあとりっぷ社）刊行。花博開催。5月、花博会場全体を舞台にランドスケープ・オペラ「ガイア」公演。9月、第四回花博国際シンポジウム「植物と地球」開催、「提言」を発表。この年、大阪文化賞受賞。

**1991（平成3）年【60歳】** 1月、小松左京還暦記念シンポジウム・in白浜「宇宙・生命・知性をかんがえる」開催。この成果は翌年『宇宙・生命・知性の最前線』（講談社）として刊行。3月、同人誌時代の作品を収録した『地には平和を』（阿部出版）刊行。8月、BS―3b打ち上げ特番「宇宙へのミッション」（WOWOW）企画・出演。『SFアドベンチャー』12月号から「虚無回廊」連載再開（92年秋季号で再び中断）。

**1992（平成4）年【61歳】** 12月、『鳥と人』（ネスコ）刊行、二十年ぶりの書き下ろし。

**1993（平成5）年【62歳】** 3月、A・C・クラーク『地球村の彼方』（同文書院インターナショナル）を監修。4月、大阪産経新聞に「こちら関西」を連載開始（〜94年3月）。7月、『小松左京が語る「出合い」のいい話』（中経出版）刊行。12月、文庫オリジナル『わたしの大阪』（中公文庫）刊行。

**1994（平成6）年【63歳】**　6月、『こちら関西』（文藝春秋）、7月、『巨大プロジェクト動く』（廣済堂出版）刊行。大阪産経新聞に「こちら関西〈戦後編〉」を連載開始（〜95年3月）。12月、『ユートピアの終焉』（DHC）刊行。

**1995（平成7）年【64歳】**　3月〜7月、芸道ものアンソロジー『芸道艶舞恋譚』『芸道綾錦夢譚』『芸道夢幻綺譚』（廣済堂出版）刊行。4月、毎日新聞にルポ「大震災'95」を連載開始（〜96年3月）。9月、『小松左京コレクション』（ジャストシステム）全5巻の刊行始まる。11月、ショートショート192編を一冊にまとめた『小松左京ショートショート全集』（勁文社）刊行。12月、『こちら関西〈戦後編〉』（文藝春秋）刊行。

**1996（平成8）年【65歳】**　6月、『小松左京の大震災'95』（毎日新聞社）刊行。12月、『未来からのウインク』（青春出版社）刊行。

**1997（平成9）年【66歳】**　6月、『SFへの遺言』（光文社）刊行。『SFマガジン』500号記念特大号のオールタイムベストSF日本長編部門一位に『果しなき流れの果に』が、短編部門一位に「ゴルディアスの結び目」が選ばれる。

**1998（平成10）年【67歳】**　この年から、代表作のハルキ文庫での刊行相次ぐ。

**1999（平成11）年【68歳】**　9月、『紀元3000年へ挑む科学・技術・人・知性』（東京書籍）刊行。

**2000（平成12）年【69歳】**　7月、『虚無回廊（Ⅲ）』（角川春樹事務所）刊行。11月、高千穂遙・鹿野司との共著『教養』（徳間書店）刊行。この年より「小松左京賞」の選定始まる。

**2001（平成13）年【70歳】**　1月、同人誌

『小松左京マガジン』創刊（〜２０１３年９月、第50巻をもって終刊）。４月、『威風堂々うかれ昭和史』（中央公論新社）刊行。

**２００２（平成14）年【71歳】**　２月、『幻の小松左京＝モリ・ミノル漫画全集』（小学館）刊行。３月、高橋桐矢との共著『安倍晴明（天人相関の巻）』（二見書房）刊行。９月、小惑星６９８３番の呼称に「小松左京（Komatsusakyo）」が採用される。この年、ノーベル化学賞を受賞した田中耕一の原点が『空中都市００８』だったと紹介される。

**２００３（平成15）年【72歳】**　「日本沈没　第二部」執筆プロジェクト始動。

**２００４（平成16）年【73歳】**　10月、女シリーズ全十作収録『旅する女』（光文社文庫）刊行。

**２００５（平成17）年【74歳】**　一色登希彦による「日本沈没」漫画化プロジェクト始動。

**２００６（平成18）年【75歳】**　７月、樋口真嗣監督による新作『日本沈没』（東宝）公開。『ＳＦ魂』（新潮新書）、『日本沈没　第二部』（小学館。谷甲州との共著）刊行。『小松左京全集』（城西国際大学出版会）刊行開始（〜２０１８年２月、全五十巻完結）。

**２００７（平成19）年【76歳】**　６月、『日本ＳＦ作家クラブ40年史』刊行。

**２００８（平成20）年【77歳】**　１月、『小松左京自伝　実存を求めて』（日本経済新聞出版社）刊行。

**２００９（平成21）年【78歳】**　８月、第十回小松左京賞該当者なし。賞の中止も決定。

**２０１０（平成22）年【79歳】**　12月、『宇宙にとって人間とは何か』（ＰＨＰ新書）刊行。

**２０１１（平成23）年【80歳】**　３月、東日本大震災。７月26日、肺炎のため死去。

## 刊行履歴及び底本

「やぶれかぶれ青春記」

初出　『螢雪時代』（旺文社）一九六九年四月号〜十一月号

書籍　『やぶれかぶれ青春記』（旺文社文庫、一九七五年二月）

『やぶれかぶれ青春記』（勁文社、一九九〇年一月）

『小松左京全集完全版34』（城西国際大学出版会、二〇〇九年五月）

＊旺文社文庫版を底本とした。

「ニッポン・七〇年代前夜」

初出　『文藝春秋』（文藝春秋）一九七一年二月号

書籍　『巨大プロジェクト動く』（廣済堂出版、一九九四年七月）

『小松左京全集完全版47』（城西国際大学出版会、二〇一七年六月）

＊『文藝春秋』記事を底本とした。

## 「万国博はもうはじまっている」

初出　「万国博覧会資料」一九六六年

書籍　『未来図の世界』（講談社、一九六六年九月）

『小松左京全集完全版28』（城西国際大学出版会、二〇〇六年十月）

＊講談社『未来図の世界』を底本とした。「万国博覧会資料」の現物は確認できていないが、万博協会関係者によれば、六六年七月より、万博協会主催で国内企業の参加奨励のための説明会が行われ、小松は丹下健三と共にその講師を務めた。本稿は、理念を担当した小松が説明会の資料用に書いた文章であると推測される。同資料の現物をお持ちの方は、編集部までご一報ください。

なお、本文中、今日の観点からみると差別的表現ととられかねない箇所もありますが、著者に差別的意図はなく、原文のもつ作品性、資料性に鑑み、基本的には原文どおりとしました。また、明らかな誤字・脱字、誤記と思われる箇所は、文意を損なわない範囲で適宜修正しました。「やぶれかぶれ青春記」「万国博はもうはじまっている」の小見出しは底本どおり。「ニッポン・七〇年代前夜」は初出と書籍で大幅に異なるため、初出をもとに新たに付けました。

岡本太郎著
青春ピカソ
20世紀の巨匠ピカソに、日本を代表する天才岡本太郎が挑む！ その創作の本質について熱い愛を込めてピカソに迫る、戦う芸術論。

岡本太郎著
美の呪力
私は幼い時から、「赤」が好きだった。血を思わせる激しい赤が——。恐るべきパワーに溢れた美の聖典が、いま甦った！

岡本太郎著
美の世界旅行
幻の名著、初の文庫化!! インド、スペイン、メキシコ、韓国……。各国の建築と美術を独自の視点で語り尽くす。太郎全開の全記録。

星新一著
人民は弱し 官吏は強し
明治末、合理精神を学んでアメリカから帰った星一（はじめ）は製薬会社を興した——官僚組織と闘い敗れた父の姿を愛情こめて描く。

星新一著
明治・父・アメリカ
夢を抱き野心に燃えて、単身アメリカに渡り、貪欲に異国の新しい文明を吸収して星製薬を創業——父一の、若き日の記録。感動の評伝。

最相葉月著
星新一（上・下）
—一〇〇一話をつくった人—
大佛次郎賞・講談社ノンフィクション賞受賞
大企業の御曹司として生まれた少年は、いかにして今なお愛される作家となったのか。知られざる実像を浮かび上がらせる評伝。

筒井康隆著
おれに関する噂
テレビが突然、おれのことを喋りはじめた。そして新聞が、週刊誌がおれの噂を書き立てる。黒い笑いと恐怖が狂気の世界へ誘う11編。

安部公房著
他人の顔
ケロイド瘢痕を隠し、妻の愛を取り戻すために他人の顔をプラスチックの仮面に仕立てた男。——人間存在の不安を追究した異色長編。

安部公房著
壁
戦後文学賞・芥川賞受賞
突然、自分の名前を紛失した男。以来彼は他人との接触に支障を来し、人形やラクダに奇妙な友情を抱く。独特の寓意にみちた野心作。

安部公房著
第四間氷期
万能の電子頭脳に、ある中年男の未来を予言させたことから事態は意外な方向へ進展、機械は人類の苛酷な未来を語りだす。SF長編。

安部公房著
水中都市・デンドロカカリヤ
突然現れた父親と名のる男が奇怪な魚に生れ変り、何の変哲もなかった街が水中の世界に変ってゆく……。「水中都市」など初期作品集。

安部公房著
砂の女
読売文学賞受賞
砂穴の底に埋もれていく一軒屋に故なく閉じ込められ、あらゆる方法で脱出を試みる男を描き、世界20数カ国語に翻訳紹介された名作。

やぶれかぶれ青春記《せいしゅんき》・大阪万博奮闘記《おおさかばんぱくふんとうき》

新潮文庫　こ - 8 - 12

平成三十年十月一日発行
令和六年四月五日二刷

著者　小松左京《こまつさきょう》

発行者　佐藤隆信

発行所　株式会社新潮社

郵便番号　一六二―八七一一
東京都新宿区矢来町七一
電話　編集部(〇三)三二六六―五四四〇
　　　読者係(〇三)三二六六―五一一一
https://www.shinchosha.co.jp

価格はカバーに表示してあります。

乱丁・落丁本は、ご面倒ですが小社読者係宛ご送付ください。送料小社負担にてお取替えいたします。

印刷・株式会社光邦　製本・株式会社大進堂



ISBN978-4-10-109712-1 C0195